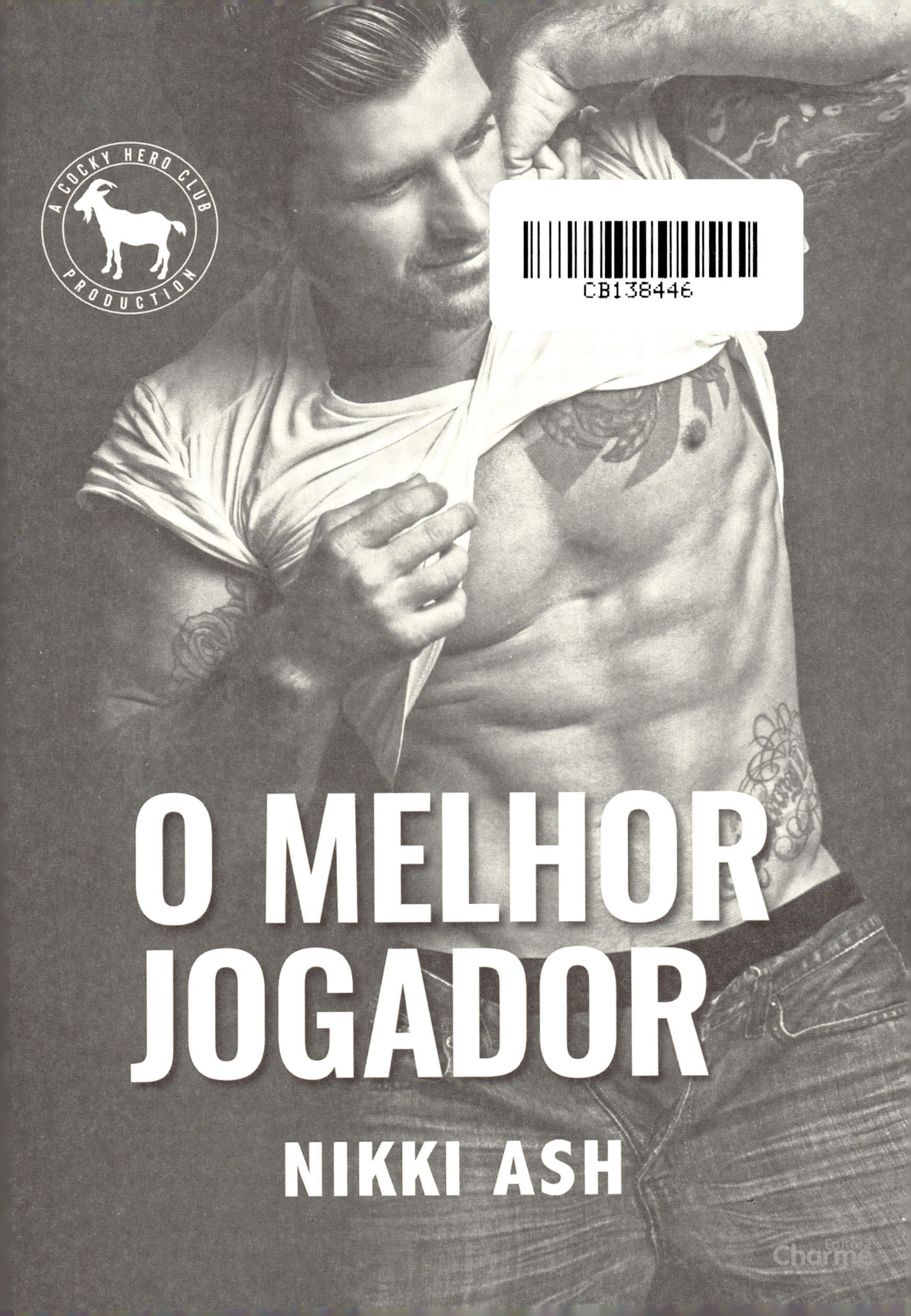
A COCKY HERO CLUB PRODUCTION
O MELHOR JOGADOR
NIKKI ASH
Editora Charme

1ª Impressão 2022

Produção Editorial - Editora Charme
Adaptação da capa e Produção Gráfica - Verônica Góes
Tradução - Mariana C. Dias
Preparação - Monique D'Orazio
Revisão - Equipe Charme

Esta obra foi negociada por Brower Literary & Management.

FICHA CATALOGRÁFICA ELABORADA POR
Bibliotecária: Priscila Gomes Cruz CRB-8/8207

A819m Ash, Nikki

O melhor jogador / Nikki Ash; Tradução: Mariana C. Dias;
Adaptação da capa e produção gráfica: Verônica Góes;
Preparação: Monique D'Orazio.
– Campinas, SP: Editora Charme, 2022.
[Projeto: Cocky Hero Club, Inc.]
272 p. il.

ISBN: 978-65-5933-057-7

Título original: Clutch player.

1. Ficção norte-americana. 2. Romance Estrangeiro.
I. Ash, Nikki. II. Dias, Mariana C. III. Góes, Veronica.
IV. D'Orazio, Monique. V. Título.

CDD - 813

Editora Charme

www.editoracharme.com.br

O MELHOR JOGADOR

NIKKI ASH

Editora Charme

O melhor jogador é uma história independente inspirada no romance *Amante Britânico*, de Vi Keeland e Penelope Ward. Faz parte do universo de Cocky Hero Club, uma série de romances originais, escritos por várias autoras e inspirados na série de bestsellers do *New York Times* de Keeland e Ward.

Para Bret, a minha segunda chance.

CAPÍTULO 1
Harper

Dezesseis anos

Quique. Quique. Quique.

Giro e encontro Landon Maxwell quicando uma bola de basquete atrás de mim. Quando ergo uma sobrancelha para ele, numa silenciosa indicação para que parasse, ele ergue a própria sobrancelha e continua quicando a bola.

Quique. Quique. Quique.

— Você poderia, *por favor,* parar com isso? — pergunto, a falsa meiguice escorrendo pela minha voz. — É irritante. — Avanço alguns passos sobre a linha, e Landon ri, fazendo questão de quicar a bola com ainda mais força.

Quique. Quique. Qui... plaft!

Dou um tapa na bola, arrancando-a da mão dele. Ela acerta o chão e rola para longe. Landon a acompanha com o olhar. Em seguida, seus olhos castanhos encontram os meus, e um sorrisinho se espalha pelos seus lábios arrogantes.

— Harper! — grita Melissa, minha melhor amiga. Por um breve momento, seu olhar esquadrinhador dispara entre mim e Landon. — O que vão querer comer?

Quando aperto o passo para fazer o pedido, um braço se atira ao redor dos meus ombros, e Richie Bennet, meu namorado há sete meses, beija minha bochecha.

— A gente quer um número dois e uma Coca grande — diz ele para a atendente, nem se importando em perguntar o que eu quero. Ele faz esse tipo de merda o tempo todo, e isso me irrita pra caramba. Tirando a carteira do bolso traseiro, Richie entrega uma nota de dez a ela.

— Quero um McFlurry de Oreo — resmungo, mas Richie me ignora, afastando-se para se entreter com o celular. Não estamos no ano de 1800.

Tenho desejos e o direito de me pronunciar. Ainda mais quando se trata da delícia que é o McFlurry de Oreo: sorvete de baunilha misturado com Oreo triturado. Humm... tão simples, mas tão bom. Considero voltar para a fila e pedir o sorvete, mas, quando olho para trás, vejo umas quinze pessoas na fila.

Assim que chamam a nossa senha, Richie pega a bandeja e nos sentamos em uma das mesas grandes, onde um punhado dos nossos amigos já se acomodou.

— Vão jogar uma partida depois? — pergunta Melissa a Richie, enquanto ela apoia a bandeja na mesa ao lado. Abstenho-me de revirar os olhos quando ouço a pergunta. Ela já sabe que eles vão jogar, como todo domingo. Durante a temporada do basquete, jogam basquete. Durante a de beisebol, jogam beisebol. Já que a temporada de basquete acabou faz pouco tempo, e a de beisebol está prestes a começar, jogarão beisebol. É como se a Melissa estivesse procurando uma desculpa para falar com ele. Às vezes, eu tinha sérias dúvidas da lealdade de sua amizade. Eu a via passar dos limites com todos ao nosso redor, então me pergunto se algum dia ela me desrespeitaria. Gostaria de pensar que não, mas uma pequena parte de mim ainda questiona se Melissa sequer sabe o que lealdade significa.

— Sim, temos que nos preparar para a próxima temporada — Richie responde, enfiando um punhado de batata frita na boca. — Os treinos começam essa semana.

Estico a mão para pegar a bebida que eu e ele estamos dividindo, mas acidentalmente derrubo o copo. O líquido escuro escorre pela mesa, e todos levantam os celulares quando pulam para longe, fugindo do refrigerante.

Sem perder tempo, ergo o copo.

— Desculpa... Desculpa! — peço a todos, procurando guardanapos.

— Jesus, Harper! Pare de agir como uma criança — ralha Richie, jogando alguns guardanapos para mim. — De aniversário, vou te dar um daqueles copinhos com tampa que não derrama.

Todos na mesa riem da piada, enquanto eu limpo a sujeira. Não é a primeira vez que o meu namorado faz um comentário desses. Richie sabe que sou propensa a causar acidentes desde quando me conheceu, e isso o deixa louco, mas não quer dizer que eu derrube ou derrame tudo de propósito. Essas coisas simplesmente acontecem... e muito.

— Acho que vou pra casa — digo, assim que termino de limpar a bagunça e de jogar os guardanapos encharcados no lixo. — Tenho um dever para amanhã, e minha mãe vai me matar se eu não o terminar. — E, sendo sincera, não quero mais sair com ele. Para um garoto que supostamente gosta de mim, Richie com certeza tem dificuldade de demonstrar isso às vezes. E, caramba, ultimamente tem sido na maior parte das vezes.

— Termine amanhã durante o almoço, como você sempre faz — rebate Richie. — Preciso da minha líder de torcida preferida pra nos animar. — Ele sorri para mim, como se não tivesse acabado de me chamar de criança segundos atrás. Ranjo os molares para não berrar. Quente e frio. Quente e frio. É sempre assim com ele. Em um minuto, Richie é todo gentilezas. Noutro, vira um babaca. A gentileza costumava subjugar a babaquice. Mas, agora, não tenho mais tanta certeza.

— Se você não quiser ficar, posso torcer por nós duas — oferece Melissa, dando uma piscadela.

Encaro-a, mordendo o hambúrguer antes de devolvê-lo à embalagem. Nem estou com tanta fome assim. Tudo que eu queria era a porcaria do...

— Trouxe algo pra você — diz Landon, colocando um McFlurry de Oreo na mesa e empurrando-o na minha direção.

— Você comprou pra mim? — pergunto, pegando o sorvete e dando uma olhada. Ele deve ter me escutado, apesar de Richie não ter ouvido. Landon e Richie se tornaram amigos quando Landon se mudou para a cidade há um ano, mas ele nunca prestou atenção em mim. Não desde que Richie e eu começamos a namorar. Então fiquei meio que surpresa por ele ter comprado aquilo para mim.

— Fizeram errado. — Ele dá de ombros, despreocupado. — Eu tinha pedido um de chocolate com manteiga de amendoim. — Landon me dá uma piscadela, e tento não dar atenção ao friozinho que de repente surge na minha barriga.

O que raios era isso? De onde isso tinha vindo? Landon Maxwell *não* me dá frio na barriga. É claro, ele é o típico atleta americano bonitão, com seu cabelo castanho bagunçado e olhos castanho-esverdeados brilhantes. Sim, ele tem o abdômen mais bem definido do que a maioria dos homens adultos. Mas, desde que chegou, há um ano, nunca o olhei duas vezes. Seu charme paquerador pode até afetar todas as outras garotas na escola — apesar de Landon nunca namorar nem ficar com nenhuma delas —, mas não me afeta. Pelo menos, não costumava afetar...

— Obrigada — digo, experimentando uma colherada e observando-o comer o sorvete dele.

— Ei, Harper, ainda está de castigo? — pergunta Melissa, com um sorriso adocicado, apesar de já saber que estou de castigo graças a ela. No final de semana passado, quando foi passar a noite lá em casa, ela implorou para que fugíssemos e nos encontrássemos com alguns amigos na praia. Minha mãe nos pegou voltando e me deixou sem o carro. Agora, eu deveria estar em casa todos os dias às seis da tarde. A pior parte era que eu nem queria ter ido. E já que era eu quem estava dirigindo, Melissa se embebedou, enquanto eu zapeava pelas estações de rádio. Disse várias vezes para ela ir devagar, mas ela tinha apenas uma velocidade: rápida. No caminho para casa, vomitou por todo o chão do meu carro, e eu nunca mais vou conseguir me livrar daquele cheiro.

— Você sabe que sim — respondo, seca. — Sei que você ficou bêbada naquela noite, mas não deve ter se esquecido de que vomitou tudo no banco do passageiro, antes de chegarmos em casa e sermos pegas. — Quando Melissa desvia o olhar e continua rindo, reviro os olhos.

Landon dá uma risadinha.

— Com amigos como ela, quem precisa de inimigos? — murmura ele, levando a colher até a boca. Nunca notei o quanto seus lábios são volumosos. Sua língua escapa e lambe o sorvete na colher. Por um momento, imagino aquela mesma língua deslizando pelo meu pescoço.

Caramba, Harper! O que foi isso? Deve ser a quentura do lugar. Está frio lá fora, então esquentaram o lado de dentro. Devo estar delirando.

Preciso parar de encarar Landon, então olho para Melissa, que ri de algo que Richie acabou de dizer. Ela joga a cabeça para trás como se seja lá o que ele tenha dito fosse a coisa mais engraçada do mundo todo, o que é mentira. Eu sei muito bem que Richie não é tão engraçado assim.

— Você sabe que ela tem uma quedinha pelo seu namorado, né? — conta Landon.

Suas palavras me fazem parar e pensar. Se ele chegou a essa conclusão, quantos dos nossos amigos também haviam notado? Olho para Melissa e Richie outra vez, esperando sentir uma pontada de ciúme ou raiva em resposta aos dois, que flertavam abertamente um com o outro. Mas, por alguma razão, não sinto nada. E essa percepção faz com que eu me questione ainda mais.

Um minuto depois, Melissa se levanta e caminha para o outro lado da mesa. Ela se joga no colo de outro garoto e envolve o pescoço dele com os braços. O garoto diz algo em seu ouvido, e ela ri alto.

— Ela só gosta de paquerar — digo a Landon. — Sempre foi assim.

Melissa e eu nos conhecemos no verão antes do sexto ano do fundamental. Eu tinha acabado de chegar de outra cidade, e Melissa estava caminhando pelo bairro com Richie e o irmão gêmeo dela, Dennis. Quando me viu sentada no jardim da frente, me convidou para passear com eles. Estavam indo ao bairro ao lado, para que os garotos pudessem jogar bola. Daquele dia em diante, nos tornamos inseparáveis.

Melissa é o que podemos chamar de gosto adquirido. Ela flerta descaradamente, diz tudo na cara e não tem problema algum em ser vista como a vilã. Se você não é amigo dela, é seu inimigo. Minha mãe a odeia e acha que ela está prestes a se perder no mundo. Na maioria dos dias, a loucura de Melissa não me incomoda, mas nos dias em que ela me trata como se eu fosse uma rival — sendo que, provavelmente, sou a sua única amiga verdadeira —, me pergunto por que ainda a aturo.

Porque, se você não for amiga dela, será sua inimiga.

E a última coisa de que preciso é ter Melissa como inimiga. Vi tudo o que ela já fez com as pessoas de quem não gosta. Uma vez, quando Penny Culver mencionou ter feito o teste para se tornar capitã das líderes de torcida, foi pega no dia seguinte com um gabarito roubado em seu armário da escola. Acabou sendo suspensa por uma semana e expulsa da equipe de torcida. Melissa nunca admitiu ter feito nada, mas eu vi sua expressão — o sorrisinho triunfante. Apostaria tudo que tenho que foi ela quem armou isso.

Temos apenas mais um ano e meio na escola. Depois, darei o fora daqui. Tenho planos de ir estudar na Universidade de Nova York, numa cidade grande. Se eu entrar, provavelmente, nunca mais verei nenhuma dessas pessoas outra vez. Enquanto Melissa continua brincando e não levando os estudos a sério, faço questão de pavimentar a estrada para o meu futuro.

Richie e eu ainda não conversamos sobre o que vai acontecer quando ele se graduar em junho. Sei que ele tem planos fazer Medicina — ele quer se especializar em algum tipo de atendimento. Mas, sendo sincera, não sei se me vejo tendo um futuro com ele.

Quando terminamos de comer, todo mundo limpa a sujeira e seguimos para o Sunrise Estates. Ao contrário do nosso bairro abastado, que tem quadras de tênis, uma piscina em um clube e um campo de golfe, o Sunrise Estates é um estacionamento de trailers com uma quadra de basquete e um campo de beisebol horríveis. É onde todo mundo vai jogar bola, se drogar e ficar bêbado.

— Preciso dar uma passada no banheiro — digo a Richie, enquanto ele joga o nosso lixo fora. Quando não me responde, repito o que disse. Desta vez, ele ergue um pouco o queixo, indicando que me ouviu.

Depois de fazer xixi e lavar as mãos, saio bem na hora de ver um punhado dos nossos amigos – incluindo Melissa, que tomou conta do assento do passageiro – entrar na BMW tunada de Richie. Diversos outros estão no Mustang velho de Landon, enquanto o restante tenta encontrar mais alguém que possa lhes dar carona. É de se esperar que, sendo a namorada de Richie, ele teria se certificado de que fôssemos juntos. Infelizmente, não é assim que funciona com ele.

— Ei, Harper, chega aqui! — grita Landon, quando Richie sai dirigindo. — Vai para trás, cara — fala para o amigo e colega de time, Cohen. Cohen resmunga, mas faz o que o foi ordenado, e eu entro no carro.

— Obrigada. — Tento esconder a irritação na minha voz.

— Sem problema. — Landon sorri para mim, e aquele mesmo friozinho, que pensei ter expulsado com sucesso e trancado bem a porta logo depois, está de volta.

Estacionamos no campo de beisebol, e todo mundo se afasta dos carros, como baratas expostas ao calor do sol. Um grupo de garotos está carregando caixas de cervejas e garrafas de bebida. O irmão de Melissa, Dennis, não perde tempo e acende um baseado, tragando-o. Em seguida, passa-o para ela. Muitas das garotas estendem cobertores para se acomodarem.

Landon segue com o carro até o margem do campo e estaciona, para que todos possamos sair. Então, coloca a música no último volume e abre o porta-malas. Depois de vasculhar o porta-malas por uns bons minutos, ele pega uma luva e o fecha.

— Fique de olho para ninguém encostar no meu carro — diz ele para mim, com um sorriso brincalhão. Antes que eu possa responder, ele sai correndo em direção ao campo.

Richie e Landon fazem parte do time de basquete e de beisebol da escola. Gosto mais de basquete do que de beisebol. Para começo de conversa, é chato demais assistir aos jogos de beisebol. Além disso, nos jogos de basquete, metade dos caras tira a camiseta, e sempre ficam gostosos e suados depois de correr por toda a quadra.

Quando me encosto no carro de Landon, Melissa e nossa outra amiga, Angela, se aproximam.

— Quer? — Melissa me oferece um baseado.

— Melhor não, vou embora daqui a pouco. — Não que eu fosse fumar de qualquer maneira. Parei de fumar há anos, mas Melissa nunca percebeu. Ela tende a não prestar atenção em ninguém, exceto nela e em qualquer cara em que esteja interessada.

Melissa ri.

— O que a sua mãe vai fazer? Te botar de castigo? — Ela revira os olhos. — De novo?

Melissa não entende, porque seus pais não dão a mínima para o que qualquer um dos filhos faz. Não se importam quando eles tiram notas baixas ou quando voltam para casa alterados. Conquanto que ela e o irmão não incomodem os adultos, podem fazer o que bem entenderem. Não sei com o que trabalham, mas quase nunca estão em casa.

Meus pais, por outro lado, se importam além da conta. Na verdade, não. Mentira. Minha mãe se importa. Meu pai costumava se importar, mas, agora, geralmente está bêbado demais para sequer prestar atenção. Cerca de um ano atrás, foi demitido. Não ser mais o provedor da casa o abalou, e papai começou a beber. Agora, passa mais tempo bêbado do que sóbrio, e isso gera uma pressão severa na nossa família.

Minha mãe dá duro no trabalho, gerenciando o atendimento ao cliente de uma grande construtora. Então, depois de trabalhar o dia todo, chega em casa e cuida do meu pai, que costuma estar bêbado demais para cuidar de si mesmo. De alguma maneira, ela ainda tem tempo para se certificar de que estou fazendo tudo o que deveria.

— Confie em mim, ela vai encontrar um jeito de me punir. — Balanço a cabeça, e Melissa dá de ombros, tragando outra vez. Estou olhando para o campo, tentando localizar Richie, quando Melissa agarra as laterais do meu rosto e funde as nossas bocas. A fumaça enche rapidamente os meus pulmões antes que eu consiga me afastar.

— É sério isso? — Engasgo quando ela dá um passo para trás.

— Isso aí! — grita um punhado de caras que viu o nosso beijo.

Melissa gargalha.

— Te peguei!

— Não tem graça. — Encaro-a.

— Ah, Harper, relaxa. — Ela traga outra vez antes de tentar entregar o baseado a Angela, que balança a cabeça.

— Não é você quem está tentando recuperar o próprio carro e a vida — saliento.

— Ela nem vai ficar sabendo, se acalme — diz Melissa, entregando o baseado ao irmão.

Melissa já teve dois carros, que dividia com o irmão. E o pai já havia prometido outro em breve. Ela não entende que, só porque os seus pais não prestam atenção, não significa que todos os pais sejam assim.

Não querendo discutir, subo no porta-malas do Mustang e tiro o celular do bolso. Olhando nas redes sociais, mas ainda assistindo ao jogo, dou de cara com um monte de fotos de Melissa me beijando. Jesus, faz cinco minutos que isso aconteceu. Não se pode fazer mais nada sem que haja uma foto para ser exposta na internet.

Já que tenho a minha mãe nas redes sociais — era isso ou não ter perfil em nenhuma, de acordo com ela —, recuso todas as marcações, para que mamãe não veja nada.

Quando me canso de deslizar a tela vendo a mesma coisa, guardo o celular e foco no jogo. Landon vai arremessar, e Richie está com o taco. Landon provoca Richie antes de jogar a bola. Richie gira e erra.

— Tenho certeza de que a sua namorada rebate melhor do que você — grita Landon, com uma risada que me faz sorrir.

Richie mostra o dedo do meio ao amigo e grita de volta:

— Só arremesse a maldita bola!

Landon o faz, e Richie erra outra vez.

— Como a gente vai ter alguma chance de ganhar a temporada se você não acerta nunca? Quer que eu te mostre como se faz?

— Vai se foder, cara. — Richie larga o bastão, e o time troca de posição.

Observo Richie correr em direção ao campo externo, segurando a luva, quando duas mãos firmes agarram a minha cintura e me tiram de cima do carro.

— *Landon* — grito, surpresa, o que o faz rir.

— Só a garota com quem estou transando pode se sentar na traseira do meu carro — sussurra ele, no meu ouvido, colocando-me no chão. — E, com certeza, não estamos transando. — Ele sorri e dá um passo para trás.

— E nunca vamos. — Lanço a ele um olhar duro, recusando-me a aceitar o fato de como as suas mãos me seguraram forte ou como ele facilmente me ergueu, como se eu não pesasse nada. Também me recuso a aceitar a maneira como minha pele se arrepiou quando Landon sussurrou tão pertinho de mim. Pude sentir o cheiro refrescante de menta no seu hálito.

— Veremos. — Por um segundo, Landon me olha de cima a baixo, antes de abrir o porta-malas e se inclinar para pegar algo. — Esqueci o taco.

— Você já estava usando o de outra pessoa — digo. Eu o tinha visto rebater pelo menos uma vez hoje.

Ele não nega.

— Ei, Harp! — grita Melissa. — Você não tem que ir? Já são quase seis horas. — Ela ri, erguendo o celular para me mostrar as horas. E, é claro, já são 5h50. Ou seja, tenho exatos dez minutos para chegar em casa.

— Merda! — Corro até a lateral do campo. — Richie! — Quando ele olha para mim, grito: — Tenho que ir! — É mesmo uma droga não ter carro. Com certeza, vou pensar duas vezes antes de deixar Melissa me convencer a sair escondida da próxima vez.

Richie se aproxima, correndo.

— O jogo ainda não acabou.

— Bem, se eu não chegar em casa daqui a... — olho para o celular — ... nove minutos, estou ferrada.

Richie resmunga.

— Não pode pedir para alguma das suas amigas te dar carona?

— Você sabe que a Melissa não tem carro, e a Angela não tem nem habilitação.

— Então peça para um dos caras — sugere ele.

— É sério? — grito, alto o bastante para que todos ao redor escutem. — Os outros caras não são o meu namorado! Você, sim. — Que tipo de homem sugere que a namorada pegue carona com outro em vez de levá-la para casa? Um namorado egoísta, é isso o que ele é.

— E é culpa minha você estar de castigo? — argumenta Richie.

— Deixa pra lá. — Jogo as mãos para cima e me afasto. Não tenho tempo para discutir com ele. E, mesmo se tivesse, não ia querer fazer isso. Seria um desperdício de energia. — Nem sei por que ainda estou com você! — grito sobre o ombro.

— O que foi que você disse? — responde ele, gritando.

Viro-me e, antes de repensar as palavras, deixo escapar:

— Que eu cansei!

— Não pode estar falando sério — ridiculariza ele, como se a ideia de que eu pudesse terminar o nosso namoro fosse um ultrage. Sabia, querido, que você *não* é um partido tão bom assim?

— Sim, estou. Acabou! — grito de volta, então me viro e saio marchando. Ele grita alguma coisa, mas não escuto. E não me importo. Estou de saco cheio das merdas dele.

Pegando o celular, ligo para minha mãe.

— Harper — ela atende no primeiro toque. — É bom que você apareça na porta de casa nos próximos oito minutos.

— Vou me atrasar um pouquinho.

— Então vai acabar de castigo — fala mamãe, com naturalidade. — Você conhece as regras.

— Richie foi um babaca, e vou ter que ir andando pra casa — choramingo.

— Sete minutos, Harper — diz ela antes de desligar.

Droga! Não tem como eu chegar em casa em sete minutos. Caminho pela calçada, nem mesmo me preocupando em andar rápido, pois sei que não vou conseguir chegar na hora. Enquanto me movo, penso na discussão com Richie. No passado, quando brigamos e terminamos, me senti mal e quis resolver tudo na mesma hora, mas, por alguma razão, desta vez foi diferente. Tudo o que sinto agora é raiva de mim mesma por ter sido tola o bastante e achado que poderia contar com ele. Richie é um ano mais velho do que eu, mas, às vezes, tem a maturidade de um garotinho de dez anos.

Tento trazer à tona qualquer outra emoção, mas não encontro nada. Meu coração não está despedaçado, e não estou triste – na verdade, sinto-me aliviada por termos terminado, por não ter que lidar com a confusão constante de quente e frio dele. Não sei se foi ele quem mudou, ou se fui eu, mas algo

Volto para o quarto e me jogo na cama. Hoje deve ser o pior dia de todos. O pior ano de todos! Parece que, toda vez que considero dar um passo à frente, me puxam três para trás. Entendo que mamãe me teve muito jovem e que perdeu a chance de ir à faculdade, mas eu não sou ela. Vou conquistar o meu diploma. Ela não precisa ser tão exigente. Se soubesse de todas as merdas que os meus amigos aprontam e como as notas deles são ruins, ficaria grata por ter uma filha tão bem-comportada quanto eu, mas ela não se importa. Nada do que faço é bom o suficiente. Enquanto papai cambaleia por aí como um bêbado tolo, ela prefere focar no fato de eu ter me atrasado um minuto.

De repente, sinto-me claustrofóbica no meu quarto, nesta casa. Pulo para fora da cama e sigo para a janela. Abrindo-a, olho para o cômodo. Quando mamãe descobrir que fugi, vai ficar irritadíssima. Mas, falando sério, pelo que mais poderia me castigar? Ela já me tirou tudo.

Saio pela janela, que me leva ao telhado. Dali, pulo sobre o aparelho de ar-condicionado e, depois, no chão, como já fiz um milhão de vezes.

Quando chego à calçada, começo a andar pelo bairro. Não faço ideia de para onde estou indo. Estou fugindo? Provavelmente, deveria ter trazido algumas roupas, se eu estivesse fazendo isso...

Bem, tarde demais agora. Sinceramente, só preciso me afastar e tirar um momento para mim. Respirar fundo. Estou cansada de tudo.

Caminho até a casa de Melissa. Na verdade, não quero vê-la, mas ali é o lugar perfeito para eu me esconder, já que os pais dela, provavelmente, não estão em casa. Bato algumas vezes e, por fim, Dennis abre a porta.

— E aí?

— A Melissa está?

As sobrancelhas de Dennis se unem, e ele parece confuso.

— Ela tá na casa do Richie.

Humm... interessante. Nunca, durante toda a nossa amizade, ela saiu com Richie sem o irmão ou eu estarmos junto.

— Certo, valeu.

Continuo a caminhar pela rua e, quando chego à casa do Richie, pondero se deveria bater e descobrir se Dennis está certo. Parte de mim diz que não devo me importar. A gente terminou, mas a outra parte quer descobrir se a minha melhor amiga é mesmo tão desleal assim.

Quando bato na porta, é a mãe de Richie, Anita, quem me atende.

— Harper, tudo bem com você? — Ela está com as roupas de sempre. Um vestido caro, com saltos altos combinando. Parece que acabou de chegar do escritório, apesar de não trabalhar. Richie, Melissa e eu podemos todos morar no mesmo bairro e frequentar a mesma escola, mas as semelhanças acabam aí. Os dois vêm de famílias ricas, enquanto os meus pais dependem do salário do mês. A única razão pela qual conseguimos pagar pela casa em que moramos é o trabalho da minha mãe na construtora, que nos ofereceu um bom negócio na casa.

— Tudo bem — respondo, não querendo dizer a verdade. — Richie está aqui?

— Claro, querida. Está no sótão com a Melissa. Pode descer. — Um desconforto enorme surge na minha barriga ao ouvir isso. Ele não está apenas com a Melissa, mas está *no sótão* com ela. Havia apenas uma razão pela qual íamos ao sótão: para nos pegar.

— Quer saber? Acabei de lembrar que preciso ir pra casa.

Anita inclina a cabeça um pouco para o lado, obviamente confusa, mas não me questiona.

— Tudo bem. Tchau, Harper.

Estico a mão para tirar o celular do bolso de trás da calça e enviar uma mensagem para Melissa, mas me lembro de que o aparelho está com a minha mãe. De jeito nenhum Richie e Melissa estariam se pegando uma hora depois de a gente ter terminado, né? Melissa pode ser um tanto piranha, mas é minha amiga. Eles nunca fariam isso comigo. Mas, quanto mais eu penso no assunto, mais acredito que fariam. E, por alguma razão, a ideia de os dois estarem se pegando nem mesmo me incomoda. Se a Melissa quer ficar com ele, tanto faz. Os dois se merecem, e eu não tenho mais energia para me importar.

Não sei por quanto tempo andei. Por fim, quando olho ao redor, percebo que está escuro e sigo para o Sunrise Estates. Ouço um sopro alto e, então, um baque. Quando olho para a esquerda, vejo Landon rebatendo bolas contra uma rede na frente de casa.

— Belo arremesso — digo em voz alta.

Landon se vira e sorri.

— O que está fazendo fora de casa? Já não passou da sua hora de dormir?

— Engraçadinho. — Eu me aproximo e me apoio na lateral do carro, enquanto ele desliga a máquina de arremessos. — Minha mãe me deixou de castigo e pegou o meu celular, então fugi. — Dizer isso em voz alta me faz perceber o quanto fui impulsiva para fugir. Em algum momento, vou ter que voltar para casa, e tudo ficará ainda pior porque eu saí.

— Complicado. — Ele apoia o taco na lateral do trailer e se aproxima. — Por que não foi pra casa do seu namorado?

— A gente terminou. — Dou de ombros. — Sei que você ouviu tudo lá no campo.

— Ouvi, mas vocês sempre acabam voltando.

— Não dessa vez.

Landon assente, sem pressa.

— Quer dar uma volta?

— Claro.

Caminhamos pela rua dele e, em seguida, passamos por um amontoado de árvores. Finalmente, chegamos ao parque do bairro, que não era nada mais do que um parquinho decadente e sujo e uma mesa de piquenique. Landon se senta com um pulo em cima da mesa e dá um tapinha ao seu lado. Quando não me mexo para me juntar a ele, Landon ri.

— Fala sério, Harper. Eu não mordo. — Mas, pela maneira como ele diz isso, fica quase claro que ele queria ter dito o oposto.

— Tanto faz — murmuro, sentando-me ao lado dele.

— Então, o que aconteceu?

— Cheguei em casa, literalmente, um minuto atrasada, e minha mãe me botou de castigo — resmungo, imaginando o quanto ela vai pirar quando perceber que fugi. Eu preciso mesmo aprender a pensar antes de agir.

— Parece que ela só está tentando manter você na linha.

— Parece mais que ela está tentando me manter encarcerada. Ela sentiu o cheiro de maconha em mim e surtou total.

— Pelo menos, ela se importa. — Um tanto cabisbaixo, Landon passa os dedos pelo cabelo.

— Sua mãe não se importa? — pergunto, imaginando se os pais dele são como os da Melissa.

— Minha mãe morreu... — conta ele, com um sorriso triste. — Aneurisma cerebral. Faz alguns anos.

— Por isso vocês se mudaram pra cá?

Ele balança a cabeça.

— Não, fui morar com a minha avó. Mas, ano passado, ela também morreu, e não tive escolha senão vir morar com o meu pai. Meu irmão mais velho está na faculdade, então somos apenas meu pai e eu.

— Desculpa — peço, de repente me sentindo uma merda por ter reclamado da minha mãe cuidar de mim, sendo que a de Landon nem está mais viva. — Então, o seu pai não se importa?

— Não é que ele não se importa... Meu pai está ocupado com o trabalho, tentando pagar as contas. Ele me trata mais como um colega de casa do que como filho, o que faz sentido, já que foi minha mãe quem me criou. Ele nunca foi mais do que um pai de fim de semana. Acho que isso não facilitou para mim. Eu não o levo muito a sério, já que não nos víamos mais do que quatro dias por mês. — Landon esfrega o rosto com as mãos, depois apoia os cotovelos nas coxas. — Estou quase me formando, então ele me vê mais como amigo do que como filho.

— Queria que a minha mãe fosse minha amiga. Parece que, desde que virei adolescente, estamos sempre brigando.

— Ela está tentando ser uma boa mãe. Dê um desconto pra ela, não deve ser muito fácil criar uma filha como você. — Landon cutuca o meu ombro, e a gente ri.

— Acho que você deve estar falando da Melissa. Eu tiro notas boas e tenho planos de ir para Universidade de Nova York. Quero cursar Artes Visuais e, algum dia, dar aulas.

— Então você não é apenas bonita, mas inteligente — diz Landon, assentindo. — Se drogar não vai te ajudar muito.

— Eu não fumo... Não desde o primeiro ano. Todo mundo acha que eu fumo, porque ando com a Melissa.

Uma rajada de vento passa, e eu me envolvo com os braços. Estou de manga longa, mas deveria ter pegado um moletom antes de sair.

Landon percebe, tira o próprio casaco e me entrega.

— Toma.

— Mas aí você vai ficar com frio.

— Não tem problema. Eu estava jogando, o meu corpo ainda está quente.

Visto o moletom. É grande e macio e, quando ponho o capuz, sinto o aroma suave de Landon no tecido — refrescante e limpo. Por alguma razão, isso me faz querer aproximar o nariz do tecido.

— Então, por que deixa todo mundo pensar que você fuma? — pergunta ele, obrigando-me a parar de focar no seu aroma.

— Acho que não me importo com o que todo mundo pensa. Quero dizer, tenho mais um ano e meio aqui. Depois, vou dar o fora. Se quiserem assumir que fumo ou durmo com todo mundo que nem a Melissa, problema deles.

— Ninguém pensa que você dorme com todo mundo. A galera sabe que você é mulher de um homem só.

— A gente nunca transou — revelo, baixinho. — Mas tenho certeza de que ele já. Passei na casa dele hoje, e sua mãe disse que a Melissa estava com ele no sótão.

— Caralho. Provavelmente, não deve ser o que você está pensando.

— Você tem que dizer isso porque ele é seu amigo. — Dou um empurrãozinho na lateral da barriga dele.

— Nada disso. Eu te contaria se soubesse que ele está te traindo. — Os olhos de Landon encontram os meus e, sob a luz da lua, parecem brilhar.

Não sei por que, mas, por alguma razão, é muito fácil conversar com Landon. Ele não parece ter segundas intenções como a Melissa, nem zomba de mim como o Richie sempre faz. E ele não me julga como a minha mãe. Parece que realmente ele quer me conhecer melhor.

— Não importa. A gente terminou. O Richie é egoísta demais, e eu cansei. Se ele dormir com a Melissa hoje, problema deles. Chega.

Passamos as próximas horas conversando sobre tudo e nada. Escola, amigos, nosso futuro. As notas de Landon não são ruins, mas ele está determinado a entrar para a liga principal. Mesmo se for para a faculdade, com certeza, vai conseguir uma bolsa de estudos por conta do beisebol. Ele se parece muito comigo no fato de que o seu objetivo é dar o fora dessa cidadezinha e ir para em um lugar maior e melhor, onde vai ter a chance de recomeçar e construir o seu futuro.

Enquanto me conta sobre os times preferidos pelos quais espera ser recrutado, seu celular apita com o aviso de uma mensagem. Landon a lê, então ergue o celular para que eu possa ver.

Riquinho: Cohen disse que te viu levar a Harper pra casa. A mãe dela ligou, dizendo que a filha fugiu. Você a viu?

— Você salvou o número dele como Riquinho? — Jogo a cabeça para trás, rindo. — Pensei que vocês fossem amigos.

Landon dá uma risadinha.

— Eu só o chamo como o vejo. E não diria que somos amigos. Colegas de time, com certeza, então o aturo, mas não somos amigos. É melhor tê-lo como conhecido do que como inimigo. — Nossa, o ponto de vista dele quanto ao Richie parece muito com o que eu penso sobre a Melissa.

— O que você quer que eu responda? — pergunta, erguendo o celular outra vez.

— Nada. O que eu faço não diz respeito a ele.

Landon assente, então digita algo em resposta.

— Amanhã tem aula, e eu tenho tarefa para fazer. Você pode dormir aqui, se quiser.

— Mesmo? Seu pai não liga? — Então me lembro do que ele me disse há poucos minutos que o pai o tratava como um amigo.

— Tenho um sofá-cama, posso dormir nele. Você fica na cama. — Ele desliza para fora da mesa e segura a minha mão, me ajudando a descer. — Mas vai ter que ligar pra sua mãe e contar onde está. — Ele estende a mão, oferecendo o celular.

— Tudo bem. — Ligo, e ela atende no primeiro toque.

— Alô? — Ela diz apenas uma palavra, mas soa tensa, como se estivesse preocupada.

— Mãe?

— Ah, Harper. Cadê você? — choraminga ela. — Liguei para todos os lugares. Liguei para o Richie, e ele disse que não te viu. Liguei até para a Melissa, mas ela não atendeu. Estava prestes a ligar para a polícia.

Meu estômago se revira ao ouvi-la soluçar no celular. Assumi que mamãe fosse ficar brava por eu ter fugido, mas nunca considerei que pudesse ficar preocupada. Ter saído sem dizer nada foi uma atitude idiota e imatura. Sou melhor do que isso.

— Estou com um amigo. Desculpa. Fiquei superchateada quando você não quis me ouvir. Eu não fumei, mãe. Eu *não fumo.* Parece que estamos perdendo o controle de tudo...

Assim que começo a me irritar e a me preparar mentalmente para outra discussão com ela, Landon segura a minha mão e a aperta, tranquilizando-me. Na mesma hora, meu coração desacelera e me sinto mais calma. Respiro fundo, e Landon me dá um sorriso suave.

Minha mãe fica em silêncio por um bom tempo, então diz:

— Volte para casa e conversaremos.

Meus olhos encontram os de Landon, e ele assente uma vez, soltando a minha mão. Imediatamente, sinto falta dos seus dedos entrelaçados nos meus e quero fazer com que ele me devolva a mão, mas não o faço. Não tenho direito algum sobre a mão dele.

— Tudo bem. Chego em casa daqui a pouco.

Desligamos, e devolvo o celular a Landon.

— Obrigada por hoje. — Jogo os braços ao redor dele, abraçando-o para demonstrar o quanto sou grata por ter estado ali por mim. — Obrigada por me ouvir. — Inclino o rosto e dou um beijo na sua bochecha, mas Landon é muito mais alto do que eu, então tenho que ficar na pontinha dos pés. Por alguns segundos, meus lábios se demoram no maxilar com barba por fazer antes de eu o soltar e me afastar. — É sério, obrigada.

— Sem problema — assegura ele, sua voz cheia de sinceridade. — Vamos, eu te levo pra casa.

Quando chego e entro, encontro mamãe me esperando. Ela atravessa a sala e me envolve em um abraço.

— Nunca mais faça isso comigo — implora.

— Desculpa — peço, enquanto ela me dá um abraço apertado. — Não vou. Prometo. Eu não deveria ter fugido. Foi errado, e eu sei disso.

— Parece que nos afastamos nos últimos meses — diz ela, sentando-se à mesa da cozinha. — Acho que chegou a hora de você falar, e de eu ouvir.

Passamos a hora seguinte conversando sobre tudo, desde como estou me saindo na escola, como Richie e eu terminamos e até sobre minha amizade com a Melissa. Pela primeira vez, em muito tempo, ela me escuta sem me julgar, e me sinto ótima por poder conversar com a minha mãe. Senti falta disso, e digo a ela.

Também conversamos sobre o papai, e ela me conta que ele continua piorando. Mamãe não sabe como ajudá-lo, então pediu a ele que fizessem terapia de casais.

Ela acaba me devolvendo minhas liberdades, meu carro e meu celular, com a promessa de que vai ficar de olho nas minhas notas e que tem o direito de me obrigar a fazer um exame toxicológico sem aviso. Também sugere que eu pare de sair com a Melissa, dizendo estar preocupada com o fato de a minha amiga me arruinar. Peço que confie em mim, e ela muda de assunto.

Com um abraço de boa-noite, vou para a cama me sentindo muito melhor. Mamãe e eu deveríamos ter tido essa conversa há muito tempo, mas estou grata por termos conversado hoje. De muitas maneiras, sinto que conversamos apenas por conta de Landon. A conversa que tive com ele mais cedo me ajudou a me acalmar e, então, ele me fez ligar para mamãe e avisar a ela onde eu estava. Considero enviar uma mensagem de agradecimento a ele, mas me questiono se é uma boa ideia. Antes de hoje, não havíamos trocado mais do que dez palavras.

Deitada na cama, recebo uma mensagem dele via rede social:

Não sei se você já recuperou o celular,
mas queria saber como estão as coisas.

Eu: A gente conversou, e está tudo bem.
Obrigada por me ouvir hoje. Te vejo amanhã na escola.

Minutos depois, Landon responde:

Boa noite.

CAPÍTULO 2
Harper

Estou tirando os livros do armário quando Melissa se aproxima e se apoia na porta do armário ao lado do meu.

— Vi o seu carro no estacionamento... Sua mãe te devolveu depois de você ter fugido?

— Sim, a gente conversou. — Fecho o armário. — Como sabe que fugi?
— Sei que ela não atendeu à ligação da minha mãe, ou seja, só há uma maneira de ela ter descoberto...

Melissa se encolhe, mas logo se endireita.

— Richie e eu saímos ontem à noite. Ele estava chateado por vocês terem terminado. Sua mãe ligou pra ele e parecia preocupada.

— Você dormiu com ele? — pergunto, sem rodeios.

Ela arfa.

— Não! Eu não preciso, nem quero, os seus restos.

— Você sabe que eu não dormi com ele.

— Não importa. Você sabe o que eu quis dizer. — Ela revira os olhos.

O sinal da primeira aula toca, e todo mundo se dispersa, não querendo se atrasar.

— Acho que te vejo no almoço — digo, antes de me afastar.

A caminho da aula, penso por qual razão perguntei se ela havia dormido com o Richie. Em um primeiro momento, achei que talvez fosse porque eu ainda me importo com ele e que, se tivessem feito isso, eu ficaria magoada, mas, ao imaginar os dois se pegando, não me sinto enojada, triste nem irritada. Me sinto aliviada.

E isso me faz me perguntar se, lá no fundo, eu esperava que ela respondesse sim, porque, então, seria mais fácil dispensá-la e acabar com o que percebo ser uma amizade unilateral. Porque, por mais que eu tentasse me importar com a Melissa, começo a duvidar se que ela é capaz de se preocupar com qualquer outra pessoa. Ela deveria ter ido até a minha casa na noite passada quando ficou sabendo que o Richie e eu terminamos. Melissa já tinha se esgueirado pela janela do meu quarto um milhão de vezes, mas não fez isso. Ela foi até ele. E, com isso em mente, acho que tenho uma resposta.

Caminhando, me pego olhando ao redor para ver se Landon está em algum lugar dos corredores. Não sei se me aproximaria se o visse, nem sei o que eu diria. Noite passada, sozinhos no parque, foi muito fácil conversarmos e trocarmos histórias — disse mais a ele naquelas poucas horas do que nos últimos seis anos que passei com a Melissa e nos sete meses com o Richie. Sob a escuridão da noite, senti-me segura, mas, agora que o sol nasceu, não sei se ainda me sinto assim. Sob a luz do dia, nossa conexão ainda pareceria tão forte quanto ontem à noite? Só tenho certeza de uma coisa: eu gostaria de descobrir. Só não sei se Landon também gostaria.

A primeira e a segunda aulas parecem durar uma eternidade. Dou uma olhada no celular a cada minuto para ver se recebi alguma mensagem de Landon. Não que eu esteja esperando uma mensagem dele, mas desejo que entre em contato. Depois da centésima vez que enfio a mão na mochila para verificar a tela, me obrigo a não fazer mais isso.

Na terceira aula, quando o celular vibra na mochila, fico animada e o pego, mas descubro uma mensagem de Richie, perguntando se podemos conversar.

Eu: Não temos nada sobre o que conversar. A gente terminou.

Richie: Simples assim?

Eu: Simples assim.

Sei que soei fria, mas não sei o que mais eu poderia ter dito. Faz apenas umas dezoito horas que a gente terminou, mas já parecia que dez toneladas foi arrancado dos meus ombros.

Richie deve ter entendido o recado, porque não me enviou outra mensagem.

Quando chega a hora do almoço, em vez de me sentar com todo mundo, pego a comida e encontro um lugarzinho afastado, para que eu possa terminar o dever da próxima aula. Estou superfocada quando uma sombra invade a minha luz.

— Se eu não te conhecesse, diria que está se escondendo.

Ergo os olhos e encontro Landon parado ao meu lado. A bolsa de academia está pendurada no ombro, e ele tem um sanduíche de frango na mão. O cabelo castanho está despenteado, em um estilo "eu não dou a mínima", que combina com ele. Os cantinhos da boca se curvam num sorriso preguiçoso e brincalhão, e os olhos castanhos brilham, divertidos, sob os cílios grossos. De repente, meu cérebro parece ter derretido. Ninguém deveria ter o direito de ser tão gostoso assim sem nem se esforçar.

— Eu... — Pigarreio, tentando me recuperar para não soar como uma idiota balbuciante. — Estou terminando um dever pra hoje.

— Então não está se escondendo do Richie?

— Não, ele me mandou uma mensagem mais cedo, e eu disse que a gente tinha terminado.

— E você está de boa com isso? — Ele arqueia uma sobrancelha.

— Estou mais do que de boa — digo, honestamente. — Precisava acontecer. Não fomos feitos um para o outro.

— Tudo bem. — Ele assente. — Que dever?

Mostro a Landon as figuras que fiz e que estou classificando para a aula de Química.

— Sra. Bowen? — pergunta ele.

— É.

— Tive aula com ela ano passado. — Ele se senta ao meu lado e joga a bolsa no chão. — Quer ajuda?

Eu olho ao redor.

— Não deveria estar almoçando com o seu bando?

— Vejamos, passar o almoço com um bando de atletas idiotas... ou com uma garota bonita? — Ele ergue e desce as mãos, imitando uma balança. — Acho que fico com a garota bonita.

— Hum... Tenho certeza de que *você* também faz parte dos atletas idiotas — brinco, ignorando o seu comentário sobre *a garota bonita*, mesmo que, lá no fundo, eu esteja sorrindo por ele me achar bonita.

— Ah, Harper. — Landon leva a mão ao peito num gesto dramático. — Você me magoa.

— Não ligo. — Rio, me divertindo com as nossas provocações.

— Quer ajuda ou não?

— Sinta-se à vontade. — Entrego a ele uma figura que já classifiquei. — Pinte os detalhes.

— Sim, senhora.

Passamos o resto do almoço trabalhando em dupla. Dou nome aos detalhes e, então, Landon os pinta. Não me lembro se, alguma vez, Richie se sentou comigo durante o almoço, enquanto eu terminava um dever. Sempre que eu tocava nesse assunto, ele me dizia que eu deveria ter optado por aulas mais fáceis, já que eu não estava dando conta, então ia almoçar com os amigos. Pensando bem, não sei o que eu tinha na cabeça quando decidi namorar Richie por todos esses meses. Não que ele seja um cara ruim — só não é o cara certo para mim.

O sinal toca, e pulo assustada com o fato de o almoço ter passado tão depressa. Por sorte, quase terminei o dever. Antes que eu perceba o que está acontecendo, lápis e papéis voam para todos os lados. Encolho-me, pronta para que Landon me zoe, como o Richie, mas ele não o faz. Em vez disso, ajoelha-se e me ajuda a recolher tudo.

— Sou meio desajeitada — admito timidamente, encolhendo os ombros.

— Pois é, percebi. Tenho certeza de que você derruba algo durante o almoço todo dia e também sempre tropeça no meio do corredor. — Ele guarda os lápis na caixa e sorri. — Seria fofo, se não me deixasse tão preocupado com a sua segurança.

O riso ressoa em seu peito, mas é diferente da maneira como Richie ri de mim, como se eu fosse burra e imatura. A risada de Landon é brincalhona, sem nenhuma malícia. E faz o meu corpo todo reagir.

— Semana passada, quando você quase caiu do topo daquelas meninas durante o treino das líderes de torcida... — Ele balança a cabeça. — Eu tinha certeza de que você ia acabar no hospital.

Estremeço, me lembrando exatamente do que ele está falando. Logo depois daquilo, Melissa gritou comigo por uma boa meia hora e me proibiu de fazer parte de qualquer outra pirâmide ou formação. Nem sei por que ela sequer me quis no topo, pois sabe como sou atrapalhada.

Já que, aparentemente, Landon tem Educação Física agora e pode se atrasar, ele me acompanha até a sala. Quando paramos na porta, olho para trás dele e vejo Richie passar, conversando com alguma outra garota. Seus olhos encontram os meus por um segundo, e espero que ele me encare, mas não é o que acontece. Ele apenas franze a testa.

Quente e frio. Não sei em qual a testa franzida se encaixa. E me sinto ótima por não ter que me importar.

— Sem problema. — Ele se inclina para a frente e, por um segundo, acho que vai me beijar, mas ele desvia dos meus lábios, e a sua boca para a centímetros do meu ouvido. — Espero te ver mais tarde — sussurra ele, antes de se afastar, deixando-me encostada na porta, sozinha. Observo-o caminhar pelo corredor. Ele veio com um moletom diferente hoje, o que me faz lembrar da noite passada. Em vez de vestir o meu pijama rotineiro, optei por dormir no casaco dele e adormeci com o seu aroma reconfortante. Quando acordei, o cheirinho de Landon tinha desaparecido, então joguei o moletom no cesto de roupa suja, para que eu pudesse devolver a peça. Por um momento, penso em tentar convencê-lo a fazer uma troca comigo, um moletom com o cheiro dele por outro limpo, sem parecer estranha.

Ao contrário das aulas da manhã, minha última aula passa voando. Já que a temporada do basquete acabou, não tenho mais que treinar com a equipe de torcida. Ou seja, posso ir direto para casa. Quero mostrar à minha mãe que a nossa conversa surtiu efeito. Então, quando chego, tiro o frango da geladeira e preparo o jantar, para que ela não tenha que fazer isso quando chegar.

Papai saiu. Provavelmente, foi fingir que está procurando algum emprego quando, na verdade, deve estar bebendo num bar. E, já que sou filha única, a casa está silenciosa. Melissa me manda uma mensagem perguntando o que estou fazendo, mas eu a ignoro, porque não quero vê-la.

Enquanto espero o frango assar, arrumo a casa. Recolho as roupas sujas do meu pai e as jogo na máquina de lavar, depois, pego todos os papéis que encontro e os deixo na gaveta de contas. Quando estou prestes a fechá-la, noto que alguns envelopes têm letras vermelhas e brilhantes, com palavras como "aviso final" e "atrasado" neles. Escolho um e leio. É a prestação da casa, e estamos cinco meses atrasados. Devolvo o envelope e pego outro. É a conta de luz. Atrasada. Pego mais outro. É um extrato do cartão de crédito com uma dívida de quase quinze mil dólares.

Mamãe disse que estamos apertados com o meu pai sem emprego, mas não percebi que as coisas estão tão ruins assim. Enfio toda a papelada de volta na gaveta, mas encontro um envelope com o meu nome. Abrindo-o, descubro que é a minha poupança para a faculdade. Meus pais a abriram quando nasci, para que não precisassem se preocupar com isso mais tarde. Leio o papel diversas vezes, chocada. Meus pais sacaram o dinheiro. Minha poupança para a faculdade se foi. Como puderam fazer isso? Por quê? Eles sabem como a faculdade é importante para mim. Agora, nunca vou conseguir arcar com os estudos na Universidade de Nova York. Por morarmos a quatro horas de distância, eu terei que pagar por um dormitório. Sem aquele dinheiro, isso será impossível.

O cronômetro apita, e eu tiro o frango do forno, repousando-o no balcão. Olho para o relógio e vejo que mamãe ainda vai ficar fora por algumas horas. Cubro o frango com papel-alumínio e deixo um recado: *Aproveite*. Então, pego o carro e dirijo pelo que parecem horas, mas percebo que acabei chegando na casa do Landon. Seu carro está na garagem, então sei que ele está em casa. Ele disse que queria me ver mais tarde, mas acabamos não combinando nada.

Não querendo bater, caso o pai dele esteja em casa, envio uma mensagem, avisando que estou do lado de fora. Um minuto depois, a porta se abre, e Landon aparece, vestindo nada além de um short de basquete. Sua parte superior está toda encharcada, assim como o cabelo. Com tatuagens intrincadas nos ombros, braços e peito, Landon é o *bad boy* em pessoa.

— Está meio frio aqui fora para ficar quase pelado — brinco. Com certeza, está um pouco mais quente do que o normal, mas ainda sinto frio.

Landon sorri.

— Pra mim, está quente... Quer entrar?

— Claro. — Sacudo apenas um ombro. De repente, sinto-me nervosa. Nunca estive no quarto de nenhum outro garoto além do de Richie. E, por alguma razão, mesmo tendo namorado por sete meses, ainda sinto receio de entrar no quarto de Landon.

O lugar é exatamente como imaginei. As paredes estão cheias de pôsteres esportivos e mulheres seminuas. Tem uma mesa em uma parede, e uma cama na outra. O sofá-cama, que ele mencionou no outro dia, está encostado em uma terceira parede, de frente para o armário.

— Tudo bem? — pergunta ele.

— Na verdade, não. Acabei de descobrir que os meus pais estão com mais problemas financeiros do que eu imaginava e, por causa disso, sacaram todo o meu dinheiro da faculdade.

— Caramba. — Landon se joga na cama, e um dos braços se ergue para afofar o travesseiro atrás da cabeça. Percebo como os músculos do seu braço se flexionam. — Bem, existem empréstimos. E bolsas de estudo.

— Sim, é que ainda estou chocada. Minha mãe e eu conversamos um pouco ontem à noite, e ela sequer mencionou isso. Teria sido legal se ela tivesse me contado...

— Talvez ela ainda esteja tentando dar um jeito e quer te proteger até ter certeza de tudo.

— Pode ser... Como foi o seu primeiro dia de treino? — indago, querendo mudar de assunto.

— Foi bom. O treinador disse que estamos nos saindo bem. — Landon sorri. — Ele disse que talvez eu tenha grandes chances de ser chamado em junho e que já conversou com alguns olheiros, que virão me ver jogar.

Faço um cálculo mental. Estamos em janeiro, o que significa que Landon vai embora daqui a cinco meses. Saber disso faz o meu peito doer, o que é estranho, já que conversamos apenas algumas vezes.

— Deita aqui. Vamos ver um filme, talvez isso te distraia.

Quando me deito longe dele, ele ri e me puxa para mais perto.

— Não quero que caia da cama. — Ele passa o braço ao redor da minha cintura e, alguns minutos depois, me pego gravitando em direção ao seu calor. Não sei o que Landon tem, mas estar perto dele me acalma, me faz sentir como se eu pudesse lidar com tudo o que aparecer no meu caminho.

Ele navega pelos filmes, e eu escolho *Crepúsculo*. Landon resmunga, mas coloca para passar mesmo assim. Assistimos ao filme em silêncio. Em algum momento, devo ter dormido, porque, quando percebo, estou acordando com o toque do meu celular. Olho para Landon, que ainda está com o braço ao meu redor, roncando baixinho. A primeira coisa que passa pela minha cabeça é silenciar o celular e me aconchegar outra vez, mas vejo que é a minha mãe quem está ligando, então sei que preciso atender.

— Oi, mãe — sussurro, não querendo acordar Landon.

— Vi a comida que você deixou. Obrigada.

— Imagina.

— Também vi que você mexeu na gaveta de contas...

— Sim, desculpa. Eu estava arrumando as coisas.

Ela solta um suspiro profundo.

— Você pode voltar pra casa para a gente conversar?

— Sim, chego daqui a pouco.

Olho outra vez para Landon, que ainda dorme. Queria poder ficar nessa cama e em seus braços — nessa bolha — mais um pouquinho.

Pena que não vai rolar.

Assim que tento sair da cama, seus braços ficam tensos, e Landon me puxa para o peito.

— Pra onde você vai? — murmura, sua voz rouca por conta do sono.

— Pra casa. Minha mãe me ligou, e quer conversar sobre o que encontrei.

Landon enterra a cabeça no meu pescoço, e o meu coração se descontrola.

— Vou te passar o meu número — avisa ele. — Me liga ou manda uma mensagem quando quiser.

— Certo. — Relutante, deslizo para longe dos seus braços e levanto. — Obrigada.

Quando chego em casa, mamãe está me esperando na cozinha com uma expressão triste. Seus olhos parecem um pouco inchados, e suas bochechas estão rosadas, como se tivesse chorado.

Sento-me de frente para ela, e mamãe estica o braço sobre a mesa, segurando a minha mão.

— Odeio ter que dizer isso, mas o seu pai e eu vamos nos divorciar. Não queria te contar tudo, porque essa responsabilidade não te pertence, mas foi a sua poupança que ele sacou, então sinto que você tem o direito de saber. Ele se perdeu e anda frequentando bares, apostando. Seu pai queimou tudo o que tínhamos guardado e, depois, sacou o dinheiro da sua faculdade, antes mesmo de eu entender o que estava acontecendo. Acho que vou ter que vender a casa. — Lágrimas cheias de dor escorrem pelo seu rosto. — Deveríamos ter nos encontrado para a terapia de casais hoje cedo, mas ele não apareceu. Sinto muito, Harper.

Levantando-me, dou a volta na mesa e a abraço.

— Tudo bem. — Estou devastada por ter perdido o dinheiro dos meus estudos, mas não é culpa dela, e não tem nada que mamãe possa fazer para dar um jeito nisso, então não há razão para fazê-la se sentir mal. Ela está perdendo a casa e o marido; já tem o bastante para lidar.

— Obrigada — diz ela, afastando-se e levantando-se. — Vou tomar um banho. Foi um dia longo. Você tem algum dever para fazer?

— Tenho.

Minha mãe vai para o quarto, e eu subo as escadas em direção ao meu. Passo a hora seguinte fazendo os deveres de Matemática e Inglês. Meu pescoço está com câibra por eu ter estudado deitada de bruços, então decido que um banho quentinho de banheira será bom.

Quando a banheira enche e as bolhas praticamente começam a transbordar, eu entro. A água quente me relaxa na mesma hora. Escolho uma *playlist* no celular e coloco no aleatório. A voz de Alicia Keys preenche o silêncio.

Dou uma olhada nas notificações e encontro a mensagem de Landon com o número do seu celular. Depois de adicioná-lo aos contatos, envio uma mensagem:

Ei, é a Harper. Esse é o meu número.

Ele me responde quase que de imediato:

Como foi com a sua mãe?

Eu: Meu pai gastou todo o nosso dinheiro.
Vamos ter que nos mudar, e eles vão se divorciar.

Landon: Sinto muito. Quer dar uma passada aqui e conversar?

Meu coração acelera com todo o carinho e gentileza. Quando eu contava qualquer coisa ao Richie, ele me mandava superar a situação.

Eu: Adoraria, mas já está tarde e estou na banheira...

Segundos depois, Landon me responde:

Chego em dois minutos. Não se mexa.

Sua mensagem me faz rir.

Eu: Calma, garoto.

Landon: Você não pode dizer pra um cara que está na banheira e não o convidar.

Não sei o que me possui, mas abro a câmera e tiro uma foto das minhas pernas pairando sobre a água cheia de bolhas. Não tem nada inapropriado à mostra, mas enviar a imagem será um sinal claro de que estou flertando. Antes que eu amarele, mando a foto.

Segundos se passam, e nada de ele responder. Pergunto-me se talvez eu tenha passado dos limites. Já vi garotas o paquerando, e ele nunca retribui a atenção.

Mas, então, uma mensagem chega...

Agora você está simplesmente esfregando na minha cara que eu não estou aí <insira aqui uma carinha triste>. Mas, falando sério, que pernas sensuais. Eu *quase* consigo imaginar o que elas...

Mas que raios é isso? Ele não terminou a frase!

Eu: O que elas o quê?

Landon: Não gosta de provocações? Que bom! Nem eu! Haha

Dou uma bufada enquanto rio.

Eu: Tá bom, eu mereci.

Landon: Me deixa dar uma passada aí e tomar um banho com você, daí vamos estar quites.

Eu: Haha! Te vejo amanhã na escola.

Landon: Vou ser pego no flagra encarando as suas pernas.

CAPÍTULO 3

Harper

No dia seguinte na escola, quando me aproximo do armário, fico chocada ao encontrar Landon me esperando.

— Começou bem a manhã, pelo que estou vendo. — Assinto em direção ao McFlurry em suas mãos.

Ele abre um grande sorriso.

— É pra você. — Ele me oferece, e eu aceito. Então, vejo que o sorvete está cheio de Oreos.

— Por que você comprou isso? — pergunto, já comendo. Provavelmente, não é a melhor opção para um café da manhã, mas é bom demais para desperdiçar.

— Pensei que fosse gostar de algo doce depois de tudo o que aconteceu com a sua família ontem. — Ele dá de ombros, enfiando as mãos nos bolsos.

— Obrigada — falo, repentinamente tomada por emoção. — Quer um pouco? — Mexo as sobrancelhas, e ele balança a cabeça. — Ah, fala sério! — Mergulho a colher no copo e pego um punhado de sorvete. — Você não pode ter comprado isso pra mim e não experimentar. — Antes que ele perceba o que estou fazendo, enfio a colher na boca dele, cheia de sorvete e Oreos. Ele se engasga, rindo, enquanto tenta engolir o sorvete.

— Jesus — reage, quando a boca se abre outra vez. — Você vai acabar congelando o meu cérebro, mulher.

— Aqui, toma mais. — Desta vez, ele vê a colher chegando, mas a arranca da minha mão antes que alcance a sua boca.

— Sua vez.

Tento correr, mas a mão de Landon, que não está segurando a colher, envolve a minha cintura, e ele me prende contra o armário.

— Você bem que tentou — murmura ele. — Agora, abra bem a boca.

Estou rindo tanto que, quando a colher se aproxima, metade do sorvete lambuza os meus lábios, e a outra metade pinga no chão.

— Landon! — dou um gritinho, ainda rindo. — Que bagunça você está fazendo.

— Que bagunça *você* está fazendo. — Ele ri, aproximando-se até os nossos rostos estarem apenas a centímetros de distância. — Seu rosto está todo sujo. — Ele esfrega o polegar no meu lábio inferior, então leva o dedo à boca. — Humm... Que gostoso. — Seus olhos brilham, travessos.

Mordo o lábio inferior, tentando parecer que não estou incomodada quando tudo o que quero fazer é pular em cima dele. Os olhos de Landon encaram a minha boca, e o rosnado baixinho que ele solta faz uma faísca de desejo percorrer todo o meu corpo.

Não percebo quanto barulho estamos fazendo nem que diversos alunos pararam para nos observar. Mas, então, escuto a voz de Melissa.

— Seguindo em frente, pelo que estou vendo — diz ela, cheia de sarcasmo, estourando a bolha na qual Landon e eu estávamos.

Landon se afasta e pigarreia.

— É melhor irmos pra aula. Aproveite o sorvete.

Sem nem olhar para Melissa, ele vai embora.

— O que foi isso? — pergunta ela, encarando-me, curiosa.

— Nada.

— Nada? — zomba Melissa. — Ele te trouxe um McFlurry de café da manhã.

— Minha noite não foi muito boa. Ele estava tentando me animar.

— E desde quando Landon Maxwell é o responsável por te animar?

— Não sei. — Dou de ombros, não querendo explicar algo para o qual nem mesmo eu tenho uma resposta. — Preciso ir pra aula. — Vou embora antes que ela possa me fazer outra pergunta.

A manhã passa voando e, quando chega a hora do almoço, em vez de me sentar com Melissa e todo mundo, me sento no mesmo lugar de ontem. Não tenho nenhuma tarefa nem dever para terminar, mas gosto do silêncio. Assim como ontem, alguns minutos depois do início do intervalo, Landon se acomoda ao meu lado com outro sanduíche. Passamos o tempo livre conversando sobre coisas aleatórias. Quando menciono que um filme novo, ao qual eu gostaria de assistir, vai ser lançado no fim de semana, ele se oferece para ir comigo.

Depois da aula, vou para casa, termino os deveres e, quando Landon acaba de treinar, me manda uma mensagem, dizendo que posso ficar na casa dele até o meu toque de recolher.

E essa se torna a nossa nova rotina. Passamos um tempinho juntos antes da escola, no almoço, depois da escola e durante o fim de semana. Rimos, e brincamos, e nos divertimos sempre que estamos juntos. Ele me faz esquecer do apocalipse que está acontecendo na minha casa. Todas as noites, quando volto e encontro os meus pais brigando, Landon conversa comigo pelo telefone até eu dormir, dizendo-me que, logo, tudo vai passar.

CAPÍTULO 4

Harper

— Faz um tempão que a gente não se vê mais — choraminga Melissa, enquanto esperamos o nosso café gelado na cafeteria. Os treinos da equipe de torcida acabaram há algumas semanas. Desde então, tenho passado a maior parte do meu tempo com Landon. Não saio com Melissa já faz um bom tempo. E, verdade seja dita, não estou exatamente triste por conta disso. Sem ela por perto, tem sido calmo e tranquilo.

— Tenho ficado ocupada. — Pego o café com a barista e agradeço. Melissa faz o mesmo, e nos sentamos a uma das mesas.

— Estão dizendo por aí que você e Landon têm passado muito tempo juntos ultimamente — diz ela, despreocupada, mas eu a conheço e sei que está jogando verde.

— Ele se tornou um bom amigo — conto, o que é verdade. Apesar de flertarmos horrores quando saímos juntos, ainda temos que cruzar o limite entre amigos e algo mais.

— Amigo com benefícios? — Ela mexe as sobrancelhas.

— Não, apenas amigos.

Falando nisso... A porta da cafeteria se abre e Landon entra, seguido por Cohen, Richie e outros jogadores de beisebol. Estão uniformizados, mas limpos, o que significa que estão a caminho de um jogo.

Os olhos de Richie são os primeiros a encontrarem os meus, e ele abre um sorriso suave. Sorrio de volta, querendo ser educada. Não há razão alguma para não nos darmos bem depois do término. Ainda temos meio ano juntos na escola.

Quando Landon me vê, seus olhos brilham, e a minha barriga fica tensa em resposta. Seu cabelo castanho está despenteado, como sempre, e ele ostenta o costumeiro sorriso convencido. Um pedacinho das suas tatuagens espreita sob a camisa do uniforme, e a calça funciona como um molde perfeito das suas coxas.

— Amigo o meu rabo — murmura Melissa, logo antes de gritar para que eles se sentem com a gente.

Depois de os garotos pedirem as bebidas, Landon caminha em linha reta na minha direção.

— Chega pra lá, mulher.

Olho para o lado, mas não tem espaço, porque Melissa já se espremeu, abrindo espaço para Cohen.

— Não vai dar. — Dou de ombros, brincando.

— Então vou dar um jeito. — Antes que eu tenha tempo de compreender o que ele quis dizer, Landon me ergue do assento e se senta com tudo.

— Ei! — Faço um beicinho falso. — Esse lugar é meu — digo, ao mesmo tempo que ele me posiciona em seu colo e desliza os braços ao redor da minha cintura. Aconchego-me em seu peito, e inalo seu aroma. É fresco e masculino, com o toque de algo cítrico. Desde que começamos a sair juntos, tendo a encontrar razões diferentes pelas quais roubar os seus moletons. Quando estamos no cinema, e eu fico com frio. Quando estamos na escola, e eu esqueço o meu casaco em casa... Mas sempre os devolvo, afinal de contas, ele tem que usá-los outra vez para que fiquem com o seu perfume.

— Está me cheirando de novo? — sussurra Landon, rindo.

— Quieto. — Me aproximo dele. — Finja que não sabe que eu faço isso.

Na primeira vez que Landon me pegou cheirando a parte de dentro de um moletom, morri de vergonha, mas ele abriu um sorriso capaz de iluminar toda uma cidade e me disse que fazia a mesma coisa comigo o tempo todo. Perguntei qual cheiro eu tinha, imaginando que Landon responderia algo genérico, mas fiquei chocada quando me disse que cheiro a morango e baunilha, que é o aroma do xampu e da loção que uso.

Eu me remexo no colo de Landon, tentando ficar confortável, e ele faz cócegas nas minhas laterais.

— Pare de se esfregar no meu pau — rosna ele, na minha orelha. Rio ainda mais alto, esquecendo-me de que estamos rodeados pelos nossos amigos e pelo meu ex-namorado.

— Então, o que tá rolando? Vocês estão juntos agora? — indaga Richie, com uma expressão azeda desfigurando o rosto.

— Não. — Balanço a cabeça. — Somos apenas amigos.

A mão de Landon fica mais firme ao redor da minha cintura, mas ele não diz nada.

— E se eles estivessem namorando? — pressiona Melissa. — Isso te deixaria incomodado?

Eu a fuzilo com o olhar. Por que ela sempre tem que mexer com fogo?

— A Harper pode fazer o que ela quiser — diz Richie. — A gente terminou. — Ele se levanta. — Temos que ir pro jogo.

— Vai ser um jogo de verdade ou ainda estamos na pré-temporada? — pergunto ao Landon.

— Pré-temporada. A gente se vê mais tarde?

— Sim. Te encontro na sua casa.

Landon me tira do seu colo e me senta outra vez no banco.

— Mal posso esperar. — Ele se inclina para a frente e beija a minha bochecha, antes de pegar a bebida e sair.

— Tenho *certeza* de que vocês dois estão juntos — Melissa quase cantarola.

— Já te disse que somos apenas amigos — rebato, em um tom que deixa claro que é melhor ela mudar de assunto. Felizmente, ela entende.

— Então, eu estava pensando... — começa Landon. Estamos deitados na cama dele, e o filme ao qual assistíamos acabou. Minha cabeça está apoiada em seu ombro, e o braço dele está ao meu redor.

— Cuidado para não forçar demais o seu cérebro. — Rolo sobre a barriga e rio da minha piada.

Landon me olha feio. Então, antes que eu possa impedi-lo, ele me puxa pela cintura e me joga de costas. Ele faz cosquinhas em mim até eu não conseguir mais respirar e ter que implorar por piedade. Meus braços se debatem e, acidentalmente, minha mão acerta a luminária dele, que cai no chão, e o som da lâmpada se quebrando ecoa pelo quarto agora escuro.

— Ah, meu Deus! Desculpa. — Tento me erguer para limpar a bagunça, mas Landon prende as minhas mãos sobre a cabeça, me impedindo de me mover. Porque a luz se apagou, e o filme acabou, é difícil vê-lo, mas posso senti-lo. Suas mãos estão entrelaçadas nas minhas, e suas pernas se aninharam entre as minhas. Sua virilha pressiona a minha barriga.

— Como eu estava dizendo... — continua ele, com humor misturado a algo que eu não consigo identificar em seu tom. — Eu estava pensando. — Seus lábios estão tão perto dos meus que posso sentir o cheiro de menta em seu hálito fresco. Landon chupa balinhas de menta como se fosse viciado nelas. — O Dia dos Namorados está chegando, e queria te levar pra sair.

— Tipo um encontro? — pergunto, apenas para deixar claro. Porque ele não namora. Nunca.

— Sim, mas não *tipo* em um encontro. *Um* encontro.

Quero dizer sim, mas estou com medo. As últimas semanas que passei com Landon, na casa dele, tornaram-se o meu refúgio. *Ele* se tornou o meu refúgio. É claro, vamos ao cinema e ao shopping, mas apenas como amigos. Se formos em um encontro, e as coisas não derem certo, como ficaremos? Todo mundo sabe que casais que terminam não continuam sendo amigos.

— Harper. Diga algo.

— Eu quero aceitar, mas tenho medo de que, se as coisas não funcionarem, não seremos mais amigos. — E preciso muito da nossa amizade.

Landon ri, então levanta de cima de mim. Escuto um farfalhar e, de repente, o quarto é iluminado pela lanterna do seu celular.

— Então, você tá me deixando na *friendzone*? — indaga, com um sorrisinho.

Olho para baixo e encontro a lâmpada no chão. Esticando-me, recolho a luminária e a coloco na mesinha de cabeceira. Landon se ajoelha e varre o vidro quebrado com um pedaço de papel, então joga tudo no lixo.

— Estou dando um jeito de não te perder como amigo — digo, assim que Landon termina a limpeza e volta a olhar para mim. — Você é importante pra mim. Muito importante.

— Você nunca vai me perder, Harper — promete, sem tirar os olhos dos meus.

— Mentira. Daqui a quatro meses, você vai ser recrutado por algum time grande e, provavelmente, nunca mais vou te ver.

Ainda ajoelhado na minha frente, ele segura as minhas bochechas.

— Talvez *tudo* o que temos seja quatro meses, mas ainda acredito que vale a pena tentar. Eu gosto de você e quero que seja a minha namorada. Quero te levar pra sair no Dia dos Namorados e segurar a sua mão no corredor da escola. Quero te beijar, te tocar e passar os próximos quatro meses com você. Mesmo que isso seja tudo o que teremos. Mas, se não for o que você quer, aceito ser seu amigo. Vou aceitar seja lá o que você decida.

As palavras dele... atingem o meu coração como uma flecha, rasgando-o e expondo-o. Tudo o que ele disse, eu também quero. Somos jovens, e podemos não ter toda a eternidade, mas podemos passar juntos o tempo que ainda nos resta.

— Tudo bem — aceito. — Pelos próximos quatro meses, sou sua.

Os lábios de Landon se curvam em um sorriso bobo.

— Gostei do som disso. Você é minha. — Ele se inclina para a frente, e sua boca pressiona a minha em nosso primeiro beijo. Seus lábios são firmes, mas macios, e me pego me apoiando nele, querendo aprofundar o beijo. Meus lábios se abrem, e a língua de Landon desliza para dentro, percorrendo a minha boca. Eu o chupo, e ele geme, afastando-se. — E eu sou seu — sussurra.

CAPÍTULO 5
Harper

Landon: Estou indo!

Eu: Estou pronta!

Hoje é o Dia dos Namorados, que calhou de cair em um sábado, então não temos aula, e Landon, por acaso, não tem treino de beisebol. Ele não quer me dizer aonde vamos nem o que faremos, mas me disse para levar uma muda de roupa para o dia seguinte — pelo visto, ele conseguiu a aprovação da minha mãe mais cedo — e para usar um vestido sensual, mas com sapatos confortáveis. Típico dos homens... Ele não entende como a moda funciona? Eu não fazia ideia do que levar, então acabei enfiando metade do meu armário na mala antes de devolver tudo ao lugar e escolher algumas trocas de roupas. Também peguei um biquíni, caso haja uma piscina interna. Ultimamente, tem feito frio pra caramba, então, se Landon me levar para um lugar com uma piscina interna, ele ganhará alguns pontos.

Antes de descer a escada, dou uma última olhada no espelho de corpo inteiro. Estou com um vestido simples preto de alcinhas, mas sensual, que acaba a alguns centímetros acima dos joelhos. É justo em cima, mas esvoaça na parte de baixo. Deveria ser usado com saltos, mas, em vez disso, calcei sapatilhas. Meu cabelo está solto, em ondas, e passei uma maquiagem leve.

Pegando a malinha, desço e deixo a bagagem perto da porta da frente. A casa está tão silenciosa que daria para ouvir um alfinete caindo. Não estou acostumada com isso. Desde que o meu pai se mudou para a casa de um dos seus companheiros de bebida, as brigas pararam, mas, em seu lugar, tenho mamãe escondida no quarto, chorando noite e dia.

O divórcio está sendo confuso por conta da casa e dos cartões de crédito, e minha mãe contratou um advogado que ela mal consegue pagar para evitar que ela deva um dinheiro que nem gastou. Não vejo o meu pai desde que ele saiu de casa e, infelizmente, acho que é melhor assim. O homem que eu costumava admirar, agora, não é nada mais do que um caco bêbado de quem era. Antes de ele partir, implorei que se internasse em uma clínica de reabilitação, mas nem mesmo ver a filha chorar e implorar foi o bastante para tirá-lo daquele caminho.

Eu me aproximo da porta do quarto e, como esperado, escuto os soluços abafados da mamãe. Eu deveria bater e perguntar se está bem, mas sempre que faço isso, ela tenta esconder a verdade. Minha mãe tem um peso enorme nos ombros, e odeio o fato de que não posso fazer nada para ajudar, pois sou apenas uma aluna do ensino médio. Já comecei a entregar currículos em diversos comércios locais para um emprego de meio período. Infelizmente, vivemos em uma cidade pequena, e a maioria dos jovens empregados não abandonam as suas vagas.

Em vez bater, vou até a cozinha, acho um pedaço de papel na gaveta da bagunça e deixo um recado, dizendo que a amo e que vou enviar uma mensagem quando chegarmos aonde quer que estejamos indo. Considerando que ela nos deixou passar a noite fora, assumo que vamos a um lugar longe.

Escuto uma batida na porta e, quando a abro, Landon está parado do outro lado, com uma camisa azul-clara de botões, as mangas enroladas nos cotovelos. A cor fica ótima em sua pele naturalmente bronzeada e cheia de tatuagens. As pontinhas das tatuagens estão à espreita sob o tecido. Ele está com uma calça preta, que se ajusta às coxas musculosas, além de sapatos pretos e reluzentes. Landon está sensual demais, e o único lugar aonde quero ir é para o quarto do hotel, onde poderei explorar tudo o que sei que existe debaixo daquelas roupas. Estamos namorando oficialmente há apenas algumas semanas, e Landon ainda insiste que avancemos devagar, mas ele não deveria, de jeito nenhum, achar que poderia aparecer desse jeito, me levar para um hotel, e que continuaríamos andando na velocidade de uma lesma. Se eu tiver que seduzir o meu namorado, que seja. Nosso tempo até a graduação dele é limitado, e quero aproveitar ao máximo todos os dias que ainda temos juntos. Não há como descobrir quem vai recrutá-lo e, pelo que sabemos, poderia ser um time do outro lado do país.

— Jesus, Harp. Que pernas. — Landon desliza a língua pelo lábio inferior. — Parece que elas não têm fim. — Ele dá um passo à frente e me beija com delicadeza. — Feliz Dia dos Namorados.

— Feliz Dia dos Namorados — murmuro contra a boca dele. — Você está lindo.

Seus lábios se curvam em um sorriso fofo.

— Pronta? Temos uma longa viagem pela frente.

— Alguma chance de você me contar aonde estamos indo? — pergunto, em um tom cheio de flerte, esperando que ele ceda.

— Nem pensar. — Landon pega a minha mala, e eu fecho a porta ao sairmos, colocando a bolsa no meu ombro. Está cheia de lanchinhos, meu bloco de desenhos e minha coleção de CDs.

Depois de jogar a mala no bagageiro, ele dá a volta e abre a porta para mim. Quando me acomodo, encontro o CD que estive procurando e o coloco no tocador. Em seguida, pego o bloco de desenho e os lápis para que eu possa desenhar.

Landon entra, afivela o cinto e, então, a viagem começa. Conversamos sobre a escola e o fato de eu estar procurando um emprego, tudo enquanto ele dirige pela cidade. Quando chegamos à estrada, presto atenção às placas e, de cara, sei para onde estamos indo.

— Nova York? — grito, e uma gargalhada ressoa por Landon.

— Deveria ter feito você fechar os olhos — brinca dele.

— Pelas quatro horas de viagem? — Eu rio. — Por que estamos indo para lá? — Eram tantas as possibilidades. Eu tinha ido a Nova York apenas algumas vezes. Minha última visita foi há alguns anos, logo antes de o papai perder o emprego. Meus pais me levaram a uma exposição de arte, à qual eu estava morrendo de vontade de ir, e acabamos passando o fim de semana. Nessa viagem, decidi que queria estudar na Universidade de Nova York. A cidade grande é tão agitada comparada ao lugarzinho pacato em que vivemos. Me imaginei pegando o metrô para todos os lugares, dando uma olhada em todos os museus e me perdendo em toda a cultura que domina a cidade. Infelizmente, agora que meu pai havia sacado a minha poupança, eu não conseguiria estudar em nenhuma universidade grande, a não ser que eu ganhasse uma bolsa de estudo. Sei que tenho chances de ser aceita, mas quero mesmo me formar com dívidas? Mamãe acha que, provavelmente, eu consiga alguma ajuda financeira, já que o meu pai não está trabalhando e não tem nenhuma renda, e ela não chega nem perto de ser rica, mas não saberei até o ano que vem. Por ora, vou manter a mente aberta, focar na escola e garantir notas boas.

— É surpresa — diz ele, lançando-me uma piscadela brincalhona antes de voltar a focar na estrada.

— Tudo bem. — Bufo, fingindo irritação.

Nas horas seguintes, enquanto Landon dirige, ficamos em um silêncio confortável, ouvindo os meus CDs. Aproveito o tempo para desenhar. Fazemos muito isso na casa dele ou no parque. Amo como nos sentimos confortáveis um com o outro. Não precisamos conversar a todo momento. Tudo bem se simplesmente estivermos sentados um ao lado do outro.

— O que está desenhando? — pergunta Landon, olhando de soslaio para o meu bloco.

— Você. — Viro o papel e mostro. É uma visão do seu perfil. O maxilar bem definido, com a barba por fazer. O cabelo castanho e bagunçado. O pescoço beijável.

— Algum dia, você vai ser uma professora de artes incrível. É talentosa pra caramba.

— Você facilita o meu trabalho. — Repouso o bloco e o lápis e me mexo no assento para me esticar sobre o painel de controle e beijá-lo. Distribuo beijos pela sua bochecha e mandíbula e vou descendo pelo pescoço, tomando cuidado para não o distrair muito da estrada.

Meus lábios param no pescoço de Landon, na pulsação, e chupo a pele. Meu namorado geme, mas não me afasta. Uma das suas mãos encontra o caminho até o topo da minha coxa, e ele desliza os dedos pela minha pele, conjurando arrepios por todo o meu corpo. Subo beijando o seu pescoço e dou uma mordiscada na parte carnuda da sua orelha.

Enquanto a mão de Landon rasteja para baixo do meu vestido e se acomoda sob o tecido fininho da minha calcinha, fazendo movimentos circulares pelo meu clitóris, que lateja, aproximo a mão da calça dele. Abro o botão e, em seguida, o zíper.

A respiração de Landon fica ofegante.

— Harper...

— Shh... Foque na estrada — sussurro, lambendo ao redor da curvatura da sua orelha. Nos beijamos muito durante as últimas semanas, mas ainda temos que ir mais longe do que isso. Uma apalpada nos seios aqui e ali, mas nada de toques sob as roupas... até agora.

Alcançando a cueca, tiro o pau dele e o massageio de cima a baixo. Ao mesmo tempo, espalho beijos pela sua orelha, bochecha, mandíbula e pescoço. Tive que me esticar, minhas pernas estão coladas, mas isso não impede Landon de acariciar o meu clitóris com os dedos.

O pau dele vai de quase duro a duro sob o meu toque, enquanto afago toda a sua extensão. Nunca senti um pau antes. O de Landon é macio como veludo, e me pergunto qual será o seu gosto. Quando meu polegar passa pela pontinha, sinto algo gosmento. Deve ser o pré-gozo. Uso-o para me ajudar a aumentar a fricção das carícias, tudo enquanto Landon me estimula mais e mais. Nunca tive um orgasmo antes, então não sei como deveria me sentir, mas li sobre isso em revistas, e a Melissa me contou tudo sobre os que ela já teve. Antes que eu possa pensar mais no assunto, meu corpo todo fica tenso sem minha permissão. As pernas começam a tremer, e minhas partes íntimas ficam tensas.

— Ah, meu Deus — gemo, assim que o meu corpo todo é abalado até a alma pelos dedos de Landon.

— Porra, Harper — geme Landon. Seus dedos passam pelo meu clitóris outra vez, mas estou sensível demais. Solto o pau dele para que eu possa afastar sua mão, e ele ri.

— Isso foi... — suspiro — ... bom demais.

Landon sorri, obviamente satisfeito por ter me feito gozar. Isso me faz lembrar de que... Olho para baixo e o vejo pela primeira vez. Ainda está duro. Querendo retribuir, para que Landon se sinta tão bem quanto eu me senti, enrolo a mão ao redor dele e volto a afagá-lo.

— Harper, você precisa parar — suplica, com a voz exausta.

— O quê? Por quê? — Por que ele não iria querer se sentir tão bem quanto eu?

— Vou gozar, querida. Vou sujar toda a minha roupa, e eu não trouxe outra calça chique.

Ah... bem... De jeito nenhum eu o deixaria sem gozar, então só há uma coisa a ser feita...

Depois de desafivelar o cinto, inclino-me para frente, tomando cuidado para não bater no volante, e dou um jeito em Landon, da mesma forma que ele deu em mim, tomando cuidado para que nenhuma gotinha sujasse a sua calça chique.

— Você está falando sério? — grito, quando chegamos ao nosso destino.

Estamos na Gallatian Art Gallery, bem no meio da Universidade de Nova York. A galeria abriu depois da minha última visita, e estava morrendo de vontade de conhecer. Está cheia de obras dos estudantes, do corpo docente e dos funcionários da Universidade de Nova York. Mencionei o local uma vez para Landon, e ele deve ter prestado atenção. — É incrível. — Com lágrimas nos olhos, jogo os braços ao redor dele, abraçando-o. — Obrigada.

Passamos as próximas horas caminhando pela galeria. Sei, pelas nossas conversas, que arte não é a praia de Landon, mas ninguém diria isso ao vê-lo discutir cada uma das peças comigo. Não gosto de compará-lo ao Richie, mas são os dois únicos garotos com quem namorei, e, quando chegamos ali, apesar de estar animada, esperei que Landon fosse se comportar como Richie quando, certo dia, implorei a ele para que fosse comigo a uma exposição de arte. Richie reclamou o tempo todo do quanto achou entediante o passeio, até eu, por fim, não aguentar mais e dizer que poderíamos ir embora. Landon, por outro lado, não reclamou nenhuma vez e me deu atenção o tempo todo.

Depois de vermos tudo duas vezes, ele me diz que é melhor irmos se quisermos chegar a tempo das reservas para o jantar, mas me promete que, se eu quiser voltar, ficará mais do que feliz em me trazer.

Acabamos jantando em uma churrascaria sofisticada, localizada no térreo do hotel onde estamos hospedados. Antes do jantar, fizemos o *check-in* e subimos ao quarto. Era uma suíte deslumbrante, com uma cama *king* enorme, que parecia muito confortável, bem no meio do cômodo.

— Acho que deveríamos pular o jantar e ir direto para sobremesa — digo, encarando a cama.

Landon ri, mas balança a cabeça.

— Não vai rolar. É Dia dos Namorados, e a gente vai jantar. — Ele me puxa para um abraço e, quando olho para cima, ele beija a ponta do meu nariz. — Venha, vamos.

O jantar está delicioso e nos divertimos muito. O chef prepara todas as comidas na frente dos clientes e faz um belo espetáculo. Landon e eu flertamos o tempo todo, dando comida um ao outro. Estamos em uma mesa com alguns outros casais, mas não prestamos atenção em mais ninguém.

Depois que Landon paga a conta, voltamos ao quarto. Ele pede licença para se trocar, então eu faço o mesmo. Já que ele está no banheiro, visto o pijama no quarto. Ele reaparece minutos depois, vestindo uma camiseta que se estica sobre o peito musculoso e uma calça vermelha de moletom, baixa na cintura.

— Precisa usar o banheiro? — pergunta ele, vendo que já me troquei.

— Sim, quero escovar os dentes.

Quando termino, volto ao quarto e encontro Landon deitado na cama, mandando uma mensagem no celular. Quando ele ergue os olhos, sorri e diz:

— Estou avisando à sua mãe que chegamos.

— Merda, esqueci completamente. — Me deixei levar tanto pelo momento, que nem pensei direito.

— Vem cá — chama Landon, dando um tapinha no espaço vazio ao seu lado no colchão. — O segundo filme já vai começar. — Ele aponta para a tela.

— Ah! Não consegui esperar para descobrir o que aconteceria, então peguei emprestado o *Lua Nova* na biblioteca. — Aconchego-me ao lado dele. — Mas ainda não terminei.

Com a cabeça no peito de Landon, o filme começa. Assistimos em silêncio aos vampiros se preparando para celebrar o aniversário da Bella. Quando ela sangra, me engasgo, pois sei o que vai acontecer agora. Li até essa parte. Quando Edward diz a Bella que ele precisa se afastar, deixando-a na floresta para chorar sozinha, eu também choro, pois percebo que, muito em breve, Landon também vai me deixar. A situação não é a mesma, mas não consigo imaginar passar um dia sem poder abraçá-lo, beijá-lo, e vê-lo.

Quando Landon me ouve chorando, ele pausa o filme e me ergue, trazendo-me para mais perto dele e enxugando as minhas lágrimas.

— O que foi? — pergunta, com os lábios um pouco curvados para baixo.

— Estou chorando por causa do filme.

— Tem certeza? — Seu olhar castanho vai e vem entre os meus olhos cheios de lágrimas. — Já te vi chorar durante um filme, mas nunca desse jeito. — Ele desliza o polegar pelo meu lábio inferior.

— Não. — Balanço a cabeça, querendo ser honesta com ele. — Estava pensando em como vai ser quando você for embora e tivermos que terminar. — Um soluço me escapa. — Desculpa, estou sendo infantil.

Landon abre um sorriso triste.

— Você não está sendo infantil, Harp. — Ele se inclina e beija a minha boca. — Talvez eu acabe em um time aqui perto. E, se eu não for recrutado, posso frequentar uma faculdade na região até você se graduar.

— De jeito nenhum. — Balanço a cabeça, com veemência. — Você vai ser recrutado, é bom demais para que isso não aconteça.

Um sorriso jovial se espalha pelo rosto dele.

— Vamos dar um jeito, prometo. Você acha que vou deixar a geografia interferir no nosso relacionamento?

Balanço a cabeça, concordando, apesar de que, lá no fundo, sei que as chances estão contra nós. Somos jovens, e nossos recursos são limitados. Mas isso não importa, porque já estou me apaixonando por Landon e, se isso significa que, daqui a alguns meses, meu coração vai acabar sendo quebrado, que seja. Quem sabe, talvez, ele seja recrutado ali por perto e, então, não teremos que nos preocupar com nada.

Precisando me sentir próxima dele, subo em seu colo e repouso os braços ao redor do seu pescoço. Nossas bocas se fundem, e nossas línguas se unem. Nos beijamos por muitos minutos, até eu sentir o volume da extensão endurecida de Landon. Eu me esfrego no seu colo, e ele geme.

— Harper... — avisa, contra a minha boca.

— Quero fazer amor com você — sussurro.

Landon congela e me afasta.

— Não, querida. Ainda não.

Sinto a minha expressão murchar.

— Por que não?

— Eu te disse que queria ir devagar. Nenhum de nós já fez sexo antes, e não quero me apressar. Quando fizermos amor, quero que estejamos apaixonados, Harper. — Fico chocada com o que ele acaba de admitir. Eu sabia que Landon não havia feito sexo com nenhuma garota da escola, mas não sabia que ele ainda era virgem.

— Tudo bem — concordo. — Mas isso não significa que não podemos nos divertir, certo? — Ergo as sobrancelhas, e Landon ri.

— Com certeza podemos nos divertir — rosna, agarrando o meu quadril e me tirando de cima dele. Landon me deita de costas e paira sobre mim. — Falando nisso, acho que agora estou pronto para a sobremesa.

CAPÍTULO 6
Harper

— Todo mundo ajudou na vaquinha do aluguel daquela casa para a festa depois da formatura — diz Angela, do outro lado da porta do meu banheiro. — Você e o Landon não vão?

Hoje é a noite do baile de formatura, e faz três meses desde que nos tornamos, oficialmente, um casal. Sendo honesta, não sei como teria sobrevivido ao semestre sem ele. Agora, meus pais estão formalmente divorciados. Mamãe perdeu a casa, e tivemos que nos mudar para um apartamento no final da rua, para que eu pudesse continuar na mesma escola. Meu pai continua bêbado, então mamãe conseguiu a minha guarda integral, mas ele ainda não nos pagou a pensão, já que está desempregado. Não o vejo desde que fez as malas e foi embora. Minha mãe finalmente parou de chorar e está na fase de cuidar de si mesma, pronta para seguir em frente. Matriculou-se na academia e está arrumando o cabelo e fazendo as unhas com regularidade. Também vai ao bar com as amigas toda quarta-feira para a noite das garotas. Odeio o fato de que a minha família tenha se despedaçado, mas estou grata por ela estar buscando a felicidade outra vez. Ela merece ser feliz.

Durante todo esse tempo, Landon tem sido a minha âncora. Ele é o riso quando me sinto para baixo; a força quando estou prestes a ser esmagada; o brilho quando o meu mundo escurece. Landon não é apenas o meu namorado, mas meu melhor amigo. E estou apaixonada por ele. Ainda não disse nada, mas planejo contar em breve. Sei que mês que vem, quando ele se formar e estiver disponível para ser recrutado, tudo vai mudar, mas, por ora, ele é tudo que preciso e quero. E se, algum dia, precisarmos nos separar, acredito, de verdade, que ele vai sempre estar lá por mim, como sempre vou estar aqui por ele. Desde a noite que passamos em Nova York, conversamos algumas vezes sobre o futuro, mas, já que não sabemos se ou quando ele será recrutado, não podemos planejar nada concreto. Então, em vez disso, estamos focando no presente.

— Não sei — respondo. — Landon disse que ia cuidar de tudo. — Saio do banheiro de vestido e com a maquiagem e o cabelo prontos.

Angela abre um sorriso largo.

— Menina, que vestido incrível.

Giro uma vez na frente do espelho. É um vestido azul-safira sem alça e de cintura alta. O tecido fica soltinho na parte de baixo e acaba bem no meu joelho. É a mistura perfeita entre divertido e sensual. Combinei-o com saltos pretos. Não tão altos a ponto de me deixarem machucada mais tarde, mas na altura perfeita para estar sexy.

— Obrigada. Você também está maravilhosa.

— Prontas, meninas? — indaga minha mãe, do outro lado da porta. — Os garotos chegaram.

Já que Angela vai ao baile com Cohen, decidimos dividir uma limusine. Melissa não vai – ela tem certeza de que o baile de formatura vai acabar sendo entediante –, mas vai se encontrar com todo mundo na festinha mais tarde. Ela é quem vai sair perdendo. Mal posso esperar para dançar com Landon. O tema é "noite estrelada" e, apesar de ser sem graça, sei que, só por eu estar com ele, vai ser divertido e memorável.

Saímos na calçada, e garotos estão nos esperando bem-vestidos em seus smokings. O vestido de Angela é vermelho, e a gravata de Cohen combina ele. A gravata de Landon é azul listrada e combina com a minha roupa. Eles se arrumaram direitinho.

— Você está linda — elogia Landon, aproximando-se e prendendo um pequeno buquê no meu pulso.

Depois de mamãe tirar um milhão de fotos, vamos ao baile, que acontece no hotel da região. Alugaram um dos salões de festa, e está tudo do jeito que imaginei – espirais azuis e brancas nas paredes, e luzes amarelas espalhadas pelo teto. A música já está rolando, e todos estão se divertindo.

— Me concederia a honra dessa dança? — pergunta Landon, segurando a minha mão.

— É claro.

Entramos na pista de dança. Já que é uma música lenta, ele me abraça, enquanto balançamos no ritmo. Minha cabeça encontra o seu lugarzinho no ombro dele, e eu me deixo levar pelo momento.

— Estava pensando que, em vez de festejarmos, poderíamos ficar

Ele gozou tão rápido quanto temeu que gozaria — mas, da próxima vez, ele aguentou por mais tempo.

Ele me beijou e me abraçou depois e, por fim, dormimos um nos braços do outro.

É uma noite da qual vou me lembrar pelo resto da vida.

CAPÍTULO 7

Harper

— E, no vigésimo quarto recrutamento da MBL, o Boston Reds escolhe Landon Maxwell, um arremessador destro da Frankling High School.

Estamos assistindo ao recrutamento na cervejaria da região. Minha mãe, Landon, a família dele — o pai e o irmão —, o time e os amigos — incluindo o treinador — estão todos aqui para apoiá-lo. Quando o apresentador diz o nome dele, seguido por quem o recrutou, acho que demora alguns segundos para a ficha cair, porque Landon não diz nada em seguida. Mas, quando a ficha cai, ele pula do assento e me ergue no ar, girando-me.

— Caralho, Harper! Eu consegui! — Seu agente tinha dito que ele seria escolhido, mas não disse quando nem por quem.

— Você conseguiu! — Eu lhe dou um abraço apertado, muitíssimo animada por ele. — Parabéns! — Dou um beijo rápido em seus lábios. — Eu te amo — sussurro, para que apenas ele me escute. — E estou muito orgulhosa de você. — Isso é tudo o que ele sempre quis, tudo pelo que trabalhou e, finalmente, está acontecendo.

— Eu também te amo — diz ele, beijando-me com mais força por vários segundos antes de me soltar.

— Isso aí, cara! — Cohen o parabeniza logo antes do pai de Landon, Bill, puxar o filho para um abraço.

— Estou tão orgulhoso de você, filho — fala, com lágrimas nos olhos.

O irmão de Landon, Brian, que veio de Providence, onde faz faculdade, é o próximo a abraçá-lo.

— Como está se sentindo realizando um sonho?

— É inacreditável.

Passamos a noite celebrando e, já que estamos de férias, minha mãe me deixa dormir na casa de Landon, desde que isso não se torne rotina.

— Não acredito que os meus sonhos estão mesmo se tornando realidade

— admite Landon, deitando-se ao meu lado em sua cama. Acabamos de transar e estamos enrolados nos lençóis, com os corpos entrelaçados um no outro.

— Você merece. — Inclino-me e beijo o cantinho da boca dele. — E o estádio de Boston é pertinho, então você nem vai ter que se mudar, né?

O corpo de Landon enrijece, e ele se vira para me encarar.

— É o meu primeiro ano, ou seja, apesar dos Boston terem me recrutado, não vou jogar para eles.

— Pra quem você vai jogar? — pergunto, confusa.

— Para o Salem Reds.

Quando olho para ele com uma expressão que, com certeza, parece perplexa, já que não sei quase nada sobre beisebol, Landon explica:

— Fui recrutado para a Classe A. É um dos times da liga menor dos Reds. Minha esperança é que vejam como sou bom e me levem para a liga principal daqui a alguns anos, mas há jogadores que nunca chegam lá. Até que isso aconteça, vou jogar no campo deles em Salem.

— Salem? Em Massachusetts? Não é tão ruim assim. — Fica a uns quarenta minutos daqui de carro.

— Não. — Ele balança a cabeça. — Salem, Virgínia.

Sento-me e pego o celular na mesinha de cabeceira. Abro um mapa e digito a nossa cidade e, em seguida, Salem, no estado da Virgínia. A distância me faz sentir uma pontada no peito.

— Onze horas.

Landon arranca o celular da minha mão e me abraça.

— Só falta um ano para você se formar, depois disso, ninguém sabe o que pode acontecer. Talvez eu seja chamado para a primeira divisão, talvez você consiga uma bolsa e vá morar em Salem comigo.

Amo o fato de que ele está tentando fazer o nosso relacionamento dar certo, mas sabemos que isso não vai rolar. Somos jovens demais. Eu ainda estou no ensino médio. Seríamos tolos se tentássemos ter um namoro à distância. Isso acabaria quebrando os nossos corações, e prometemos um ao outro que não deixaríamos isso acontecer.

— A gente vai ter que terminar — anuncio, em voz alta.

Landon balança a cabeça.

— Não, vamos esperar. Ver o que acontece. Por favor. — Ele me olha com aqueles olhos castanhos suplicantes, e não tenho coragem de dizer não.

— Tudo bem, mas se percebermos que não está funcionando, vamos terminar para que possamos continuar sendo amigos. — Repouso a cabeça no peito dele e o abraço. — Preciso de você na minha vida, Landon. Mesmo que signifique sermos apenas amigos.

— Vou te ligar todas as noites e te mandar mensagens sempre que der — promete Landon, dando-me um abraço apertado. É o dia da mudança. Landon assinou o contrato e vai partir para Salem daqui a alguns minutos. Já que o time tinha trinta dias para assinar a papelada, pensei que teríamos mais um tempo juntos. Infelizmente, ligaram para ele cinco dias depois, o que nos deu apenas uma semana.

— Eu sei — digo, tentando, mas falhando, não deixar as lágrimas escorrerem pelas minhas bochechas.

— Querida, por favor, não chore — implora Landon, enxugando gentilmente as lágrimas, com os polegares. — Vai ficar tudo bem.

Respiro fundo, não querendo fazê-lo se sentir mal por seguir os seus sonhos, mesmo que isso esteja despedaçando o meu coração.

— Eu sei, você tem razão — falo, com um sorriso falso. — Arrase... ou acabe com eles... seja lá o que vocês dizem no beisebol.

Landon ri, triste.

— Eu te amo, Harper. Não estamos dizendo adeus, mas "te vejo em breve".

— Eu sei. Também te amo.

CAPÍTULO 8
Harper

Quatro meses depois...

Estou sentada na aula, com o celular no colo, ouvindo a professora nos dizer o que vai cair na prova de sexta-feira. Bem, estou ouvindo tudo pela metade. A outra metade da minha atenção está no celular, enquanto desejo estar em qualquer outro lugar, menos ali. Na verdade, qualquer outro lugar não — especificamente em Salem, na Virgínia, com Landon.

Depois de dizermos os nossos "te vejo em breve" no aeroporto, passei as semanas seguintes amuada e sentindo muita falta dele. É claro, trocamos mensagens e conversamos por chamada de vídeo o máximo possível, mas não é a mesma coisa. Queria estar na cama dele, assistindo a filmes, enquanto nos abraçávamos. Estava com saudade do meu namorado, mas, mais importante do que isso, estava com saudade do meu melhor amigo.

Por fim, Melissa e Angela cansaram e me arrastaram para fora da cama. Aproveitamos o resto do verão no shopping, fomos ao lago com os nossos amigos e passamos alguns dias na praia. Até poderia não aguentar mais ver a Melissa, mas, durante as férias, ela foi uma bênção, já que me manteve ocupada e com a mente longe do quanto eu já estava com saudade de Landon.

Quando as aulas voltaram, as coisas ficaram um pouquinho mais fáceis, porque estou cheia de deveres. Até mesmo consegui um emprego de meio período na cafeteria do bairro depois da escola e aos fins de semana. Isso me ajuda a me manter ocupada enquanto espero Landon mandar alguma mensagem ou ligar. E, já que a mamãe ainda está tendo dificuldades, o emprego me permite pagar pelo plano do celular, o seguro do carro e a gasolina.

Faz meses que Landon anda treinando pesado e, com os treinos aumentando, seu tempo livre tem ficado cada vez mais limitado — nossas ligações e mensagens diárias se transformaram em um evento, na melhor das hipóteses, semanal.

Sinto tanta falta dele. Odeio o fato de que estamos nos distanciando, mas ficarei quieta. Landon não está fazendo nada de errado e não tem nada que possa fazer para mudar a nossa situação. Reclamar apenas o deixaria triste.

O sinal toca, e quando olho para baixo, percebo que não fiz nenhuma anotação durante a aula. Vou ter que pegar as de alguém. Não posso me dar mal nesse semestre. Comecei a me candidatar para algumas faculdades. Infelizmente, já que não tenho o necessário para competir por uma bolsa, precisarei entrar com pedidos de auxílio financeiro, ou seja, me candidatei a uma vaga na Universidade de Nova York, mas também me inscrevi na seleção de faculdades da região.

— Ei, Harper! — chama Melissa, da mesa na qual está sentada. — Ficou sabendo da festa de Halloween?

— Não, quem vai dar a festa? — Sento-me e repouso a bandeja de comida na mesa, então deixo o celular ao lado, caso Landon me mande uma mensagem.

— Cohen e Dale.

— Na Universidade de Boston? — A maioria dos nossos amigos se formou no ano passado e acabou na faculdade pública da região ou na Universidade de Boston.

— Sim. O tema é Halloween.

— Tipo... por causa da data? — Eu rio.

— Não. — Ela revira os olhos. — Por causa do filme.

— Ah, tá.

Dou uma olhada no celular pela quinquagésima vez, mas Landon ainda não me respondeu. Não que eu estivesse esperando uma resposta. Seus dias começam bem cedo e, quando os treinos e o condicionamento acabam, já é tarde.

— Não vai parar de olhar para essa porcaria de celular? — diz Melissa, arrancando-o de mim. — Você só faz isso o dia todo. Não deu uma olhada na rede social do Landon? O cara está curtindo a vida, e você deveria fazer o mesmo.

Ela digita a minha senha e abre um aplicativo. Nem mesmo pensei em dar uma olhada nisso, já que Landon quase nunca posta nada.

— Olha. — Ela ergue o celular, e encaro uma foto de Landon com um punhado de caras e garotas.

Reconheço alguns deles, pois são seus colegas de time, mas não sei quem são as garotas. A foto é inocente, e não há qualquer sinal de que esteja me traindo, mas é o suficiente para eu perceber que não consigo mais lidar com isso. Não posso continuar esperando a próxima mensagem de Landon, enquanto ele vive os seus sonhos.

— Tem outra aqui. — Ela me mostra a segunda foto de Landon rindo de algo que alguém disse. Ele está com roupas casuais e parece estar em um tipo de bar ou restaurante. Outra vez, não encontro nada suspeito na foto. Landon não está fazendo nada de errado. Mas, ao mesmo tempo, parece que está tudo errado.

Ela arrasta a tela até a próxima foto. É uma *selfie* de Landon com outra garota.

— Isso está no perfil dele? — pergunto, com o coração cheio de choque e dor.

— Não, mas marcaram ele. Está no perfil dela.

Melissa abre mais uma postagem. É outra foto em grupo. Landon está olhando para a câmera, e a garota, olhando para ele. Nem a conheço, mas consigo ver os seus olhos brilhando. Minha barriga fica tensa, e eu encaro a foto até Melissa arrastar a tela para outra e ainda mais outra.

— Tudo bem, já entendi. — Tiro o celular da mão dela e me levanto, precisando me afastar e clarear a mente. Ainda temos outra aula, mas vou embora mais cedo. Passo o caminho todo para casa com as fotos de Landon na mente. Quando chego, sinto-me tão chateada, que estou quase chorando. Precisando conversar com ele, me jogo na cama e ligo para o seu celular. É claro que ele não atende, então envio uma mensagem, dizendo que precisamos conversar. Em seguida, me enrolo no cobertor e choro até dormir.

Trim. Trim. Trim.

Acordo com o toque do celular, mas, antes que eu possa atender, o som para. Vejo a hora e percebo que fiquei apagada a tarde toda e que já são quase dez da noite. Ótimo, provavelmente, não vou mais conseguir dormir.

O celular recomeça a tocar, e o nome de Landon surge na tela. Minha barriga fica tensa, me lembrando das fotos de hoje cedo. Essa conversa vai ser difícil, mas precisa acontecer, falo para mim mesma antes de atender.

— Oi — digo, já ouvindo o tremor na minha voz.

— Oi, Harp. Recebi a sua mensagem. Tudo bem? — Landon parece preocupado, mas, ao mesmo tempo, apressado, como se tivesse lido a mensagem e parado de fazer seja lá o que estivesse fazendo para me ligar. Quando estou prestes a falar, alguém grita o nome dele, e ele abafa o celular, gritando em resposta que já vai. Isso me faz querer adiar o que tenho a dizer, mas também solidifica a necessidade de ser dito. — Harper, ainda está aí?

— Sim, está ocupado?

— Não, acabei de chegar do treino, e os rapazes querem sair pra comer.

— Certo. Bem, então não vou enrolar... — Engulo o bolo que sinto na garganta e respiro fundo. — Acho que a gente devia terminar.

Landon continua em silêncio do outro lado. Por um momento, fico preocupada com a possibilidade de ele desligar na minha cara, mas, então, indaga:

— Você conheceu outra pessoa? — A emoção crua transmitida em todas as palavras dele força a barragem dentro de mim a se romper, e as lágrimas, que eu vinha tentado segurar, caem.

— Não. — É difícil falar. Estou com um bolo na garganta, e as emoções fazem a minha voz falhar.

— Então o que está acontecendo? — pergunta ele, sua voz baixa e ofegante. Tudo o que quero é abraçá-lo e beijá-lo, mas não posso. Não podemos, porque ele mora a onze horas de distância. E, mesmo quando me formar, as chances de eu frequentar uma escola perto dele são mínimas. A cada dia, prolongamos o inevitável e, em algum momento, um de nós vai se machucar. Não posso falar por ele, mas já estou despedaçada.

— Eu só... não consigo fazer isso, Landon. — Engasgo com os meus soluços. — Pensei que conseguiria, mas não consigo. Desculpa.

Ele suspira no celular.

— Que merda, Harp... Não sei o que dizer nem fazer. Quero desligar o celular e entrar no primeiro voo que puder me levar até você. — Ele funga do outro lado da linha. — Me diga o que posso fazer para melhorar as coisas, pra facilitar tudo, e eu farei. — Sei que ele realmente quis dizer isso. Landon faria qualquer coisa para garantir a minha felicidade. Mas o que preciso agora, ele não pode me dar. Não sem sacrificar o próprio futuro. E eu nunca o deixaria fazer isso.

— Não tem nada que você possa fazer. Desculpa. Eu te amo e não quero te perder, mas tenho que te deixar partir. — Lágrimas pesadas escorrem pelas minhas bochechas, encharcado a parte de cima da minha camiseta. Tento enxugá-las e permanecer forte, mas meu coração está doendo, mesmo sendo eu a responsável por isso. Todas as vezes que Richie e eu terminamos não cheguei a sentir um pingo da dor que estou sentindo agora. É como se o meu coração tivesse sido arrancado do peito e está sendo pisoteado.

— Queria que as coisas fossem diferentes — diz Landon, baixinho, cada palavra repleta de dor. — Mas sei que você tem razão. É o seu último ano. Você deveria estar se divertindo, não esperando as nossas conversas por vídeo.

— Não é por isso que...

— Não precisa explicar, querida. Eu entendo. Estou machucado, mas entendo. Te prometi que nos daríamos uma chance e que, se não funcionasse, eu te deixaria partir, para que pudéssemos continuar sendo amigos. Só me prometa duas coisas.

— O que você quiser. — Seguro outro soluço.

— Primeiro, que continuaremos amigos. Não posso te perder por completo, Harper. Mesmo que isso signifique que eu terei que ouvir sobre todos os caras que vão correr atrás de você quando descobrirem que está solteira.

O soluço, que eu tentava controlar, escapa.

— Ninguém vai correr atrás de mim, mas é claro que eu ainda quero ser sua amiga. Qual é a segunda coisa?

— Se, um dia, eu voltar para Boston e você estiver solteira, me prometa que vai nos dar outra chance. Me recuso a acreditar que esse seja o nosso fim, Harper.

Com as palavras dele, as lágrimas caem com ainda mais força, enquanto os soluços afligem o meu corpo todo.

— Prometo, Landon.

— Eu te amo, Harper, pra caralho.

— Também te amo.

Quando chego à escola no dia seguinte, meus olhos estão inchados e minhas bochechas, vermelhas, por conta das horas que passei chorando. Assim que Angela me vê, ela me envolve em um abraço, e perco o controle de novo. Choro no ombro dela até o sinal tocar e termos que ir para a aula.

Mais tarde, Melissa me envia uma mensagem, avisando que Angela contou a ela que Landon e eu terminamos. Resmungo por dentro, sabendo que isso significa que a Melissa, provavelmente, já espalhou para a cidade inteira. Ela me diz que deveríamos sair, para que eu possa seguir em frente, mas respondo que não estou pronta. Não consigo nem imaginar quando estarei pronta para superar o Landon. No curto tempo que passamos juntos, ele se transformou no meu mundo, meu refúgio. Mesmo tendo aceitado continuarmos amigos, as coisas não parecem as mesmas.

Enquanto estou deitada na cama, lendo *Eclipse,* já que o próximo filme ainda vai demorar um tempo para sair, meu celular toca. É o Landon.

— Oi — digo, ansiosa, imaginando como a nossa primeira conversa pós-término vai ser.

— Oi.

— Com foi o treino?

— Bom.

— Legal.

Depois disso, continuamos na ligação por algum tempo, mas ninguém diz nada. Estava com medo de isso acontecer. Aterrorizada. A gente ainda se ama, mas não estamos juntos. Não sabemos como voltar a sermos amigos. Nossos corações estão partidos, e precisamos de um tempo para nos curar.

— Landon. — Suspiro no instante em que ele diz o meu nome.

— Você primeiro.

— Acho que...

— Não diga isso, Harp, por favor — suplica. — Não me peça para não te ligar nem mandar mensagens.

— Eu não sei o que fazer — choramingo. — Meu coração... está doendo. Estou com saudade. — Cerro a mão sobre o peito. Costumava achar que, quando alguém dizia que estava com o coração partido, não era nada além de uma analogia feita para expressar o nível da dor que alguém era capaz de sentir. Mas, agora que estava vivendo isso, soube, em primeira mão, que não é só uma analogia. Meu coração está doendo de verdade. É difícil recuperar o fôlego, voltar a funcionar. Dói tanto que quero enfiar a mão no peito e arrancar o meu coração, para que eu não tenha mais de sentir isso.

— Vou voltar pra casa. Me peça isso, e eu largo tudo.

— Landon... — Eu o amo pela sugestão, mas, de jeito nenhum lhe pediria isso.

— Largo mesmo — promete ele. — Sinto tanta saudade sua, Harper. Por que raios eu deveria seguir os meus sonhos, se você não está aqui comigo?

— Landon. — Fico engasgada com um soluço. — Não é justo colocar a culpa em mim, e você sabe disso. Não posso ser a razão pela qual você está pensando em desistir. Você deu duro a vida toda por isso. Não pode abrir mão, não vou deixar.

— Porra! — grita ele. — Não sei como consertar isso, querida. Que merda.

— Não tem como — digo, honestamente. — Precisamos dar um passo para trás. Deixar os nossos corações se curarem. Quando isso acontecer, poderemos voltar a ser amigos.

— É isso que você quer?

— Acho que é disso que precisamos.

— Tudo bem. — Suspira, e eu odeio o quanto ele parece derrotado. — Mas, se você precisar de mim...

— Eu sei.

Desligamos, e passo várias horas chorando no travesseiro, até as lágrimas acabarem e o meu corpo desistir, caindo em um sono irrequieto, desejando que tudo pudesse ser diferente, mas sabendo que é assim que tem que ser.

CAPÍTULO 9

Harper

— Só um pouquinho! — Melissa empurra o copo plástico vermelho na minha direção. — É Halloween, e estamos em uma festa da faculdade. Pare de ser uma desmancha-prazeres deprimente!

Já faz duas semanas desde que Landon e eu concordamos em cortar relações, e não parece que o meu coração está mais perto de se curar. Semana passada, em um momento de fraqueza, liguei para ele, e acabei chorando no celular, e Landon se desculpou repetidamente, implorando para que eu não chorasse. Ele até sugeriu que voltássemos, mesmo nós dois sabendo que isso não ajudaria em nada. Nosso problema continua sendo o mesmo. Ele está a onze horas de distância, e não fazemos ideia se, ou quando, estaremos na mesma cidade outra vez.

Fui tola ao achar que poderíamos ir de namorados a amigos de novo. Não importa que o término não tenha sido culpa de ninguém. Mesmo sabendo que só terminamos por conta da distância, não muda o quanto tudo dói. Prometi a mim mesma que, não importa o que aconteça, não vou ligar para ele até que eu consiga fazer isso sem chorar. Landon precisa focar no beisebol, e não vai conseguir se eu continuar distraindo-o com o meu coração partido.

— É, ela tem razão — Richie grita acima da música, que ressoa nas paredes da casa, trazendo-me de volta ao presente. Arrancando a bebida da mão de Melissa, ele toma um golinho e oferece o copo a mim. — Viva um pouco, Harper.

— Posso viver sem beber — argumento, balançando a cabeça.

— Sim, mas a sua vida não vai ser tão divertida quanto a nossa. — Angela dá uma piscadela, pegando o outro copo que Melissa segurava e entornando o líquido. — Seu coração está partido. E entendo você querer ser forte, mas não tem problema se soltar. Afogue as mágoas em um copo de vodca e se permita esquecer por um tempinho.

— É, isso mesmo — reforça Melissa, tirando o copo de Richie e empurrando-o na minha direção.

— Tá. — Aceito o copo e tomo um gole grande. O álcool é forte e queima a minha garganta. Todo mundo festeja quando esvazio o copo e o largo na mesa.

— A esquecer! — grita Angela.

— A esquecer! — todo mundo grita em resposta, virando os copos.

— Agora, vamos dançar! — Angela segura a minha mão e me puxa para o meio da sala de estar, onde passamos não sei quantas horas dançando, bebendo e rindo.

Melissa mantém o meu copo cheio, mas não o bebo tão rápido quanto o primeiro, já que não quero ficar bêbada. É maravilhoso me soltar e esquecer do meu coração machucado por um tempinho, mas isso não significa que preciso tomar um porre como Melissa faz em todas as festas.

— Ei, Harper, vem dançar comigo — pede Richie, afastando-me de Angela e me puxando para os seus braços. — Está se divertindo? — Seu corpo se esfrega no meu, e sinto algo delicioso. Depois de tanto tempo desconectada de alguém, sentindo falta de Landon e de como nos beijávamos, tocávamos e fazíamos amor, estou faminta por essa conexão.

— Estou — digo a ele, permitindo que me puxe mais para perto. Seu joelho afasta as minhas coxas, e Richie roça em mim. Por um breve momento, finjo que é Landon abrindo as minhas pernas, esfregando-se em mim. Meu corpo todo se arrepia ao pensar nisso. Estou tão excitada. Faz meses desde que estive com Landon, e é bom fingir, mesmo que doa me lembrar disso quando eu estiver sóbria. Fechando os olhos, deslizo as mãos de cima a baixo no peito dele. Richie não é tão duro nem musculoso quanto Landon, mas finjo que é. Permitindo-me me perder na música e no toque dele, eu finjo.

— Vamos para algum lugar mais tranquilo — murmura ele, no meu ouvido. Assinto, de repente sentindo-me tonta e com calor.

Quando chegamos a onde eu imagino que seja o quarto de Richie, baseado na decoração, ele imediatamente começa a arrancar as minhas roupas. Sua boca me arrepia toda, mas não tenho certeza se de um jeito bom ou ruim. Mantenho os olhos fechados e continuo fingindo. Seus lábios encontram o meu pescoço, e finjo que são os lábios de outro. Essa boca é áspera e ansiosa demais, mas finjo que é macia e gentil, assim como a do Landon sempre é.

— Eu te desejei por tanto tempo — diz ele, afastando-me até a parte de trás dos meus joelhos encostar na cama. A voz está errada, mas, se eu me esforçar, consigo fingir que é a do Landon, dizendo que me quer, que me ama e sente saudade.

Caímos no colchão. Ele diz alguma outra coisa para mim, mas não escuto direito. Minhas orelhas parecem estar cheias de algodão, e minha cabeça parece estar girando um pouquinho. Com a minha mãe fora da cidade por conta do trabalho, prometi a ela que, se eu bebesse, chamaria um táxi para voltar para casa. Parece que vou ter que ligar para o táxi...

Enquanto Landon espalha beijos por todo o meu corpo e me penetra, tento me lembrar de quantos copos de álcool bebi. Dois, talvez três. Algo parece errado, mas não sei muito bem o quê. Meu coração martela contra o peito. Sinto o meu corpo pegar fogo. Isso não se parece em nada com todas as vezes que fiz amor, mas talvez seja culpa do álcool. Talvez, se eu simplesmente fechar os olhos e relaxar, tudo vai parecer certo outra vez.

Meu corpo está quente. Quente demais. Como se estivéssemos no meio do verão, e eu tivesse adormecido com o meu cobertor de inverno ao redor do corpo. Tento me mover, mas tem algo pesado sobre mim.

Meus olhos se abrem com tudo e estudo os arredores. Estou em um quarto, mas não no meu quarto. No quarto de um cara. Há fotografias de times esportivos e de mulheres seminuas nas paredes.

Por um breve segundo, meu coração fica preenchido.

Estou no quarto do Landon?

Então, me lembro de que ele está na Virgínia. E que terminamos. E que faz mais de uma semana que não conversamos.

De quem é esse quarto, então?

Olho ao redor, e as minhas entranhas se reviram quando reconheço o homem ao meu lado. Richie. Ah, meu Deus, será que a gente...? Olho para baixo e vejo que estou quase completamente nua — só de sutiã. Então, minha ficha cai. Estávamos dançando, e ele me chamou para irmos a algum lugar mais tranquilo, e eu concordei.

Vislumbres da noite passada me vêm à mente. Richie tirando as minhas roupas. Me beijando. A gente fazendo amor... Não, fazendo amor não. *Fodendo.*

Me deixei levar pelo momento e fingi que ele era o Landon, mas o Richie não era o Landon! Ah, meu Deus, o que foi que eu fiz?

De repente, sinto-me enojada. Pulo para fora da cama e corro até onde espero que seja o banheiro. Porque, caso contrário, vou vomitar no chão. Felizmente, encontro o cômodo certo e chego bem a tempo de esvaziar o estômago na privada.

— Ei, tudo bem? — pergunta Richie. Quando olho para cima, vejo que ele está vestindo um short de basquete e uma camiseta.

— Não, estou passando mal. — Vomito outra vez. E de novo. E de novo. Nem mesmo me preocupo com o fato de que estou seminua.

Richie desaparece, mas volta com um copo de água gelada e uma toalha, para que eu cubra a minha parte debaixo.

— Beba devagar — diz ele, demonstrando preocupação.

Tomo um gole, e a frieza do líquido me acalma, mas, de repente, minha barriga revira, e vomito tudo de novo.

— Jesus, Harper. — Richie perde a paciência. — Vou te esperar no quarto.

Quando acho que vou ficar bem, me levanto e volto para o quarto. Ele fica quieto durante o tempo todo em que me visto. Assim que estou quase decente, ele fala:

— Sei que faz só um mês que você e o Landon terminaram, mas ontem à noite foi incrível, e acho que, talvez...

Ah, meu Deus, o que foi que eu fiz? Não posso acreditar que fiz sexo com o Richie, de todas as pessoas. Mal consigo me lembrar de alguma coisa, e ele está dizendo que foi incrível...

— Por favor, pare. — Ergo a mão. — Olha, eu não sei o que aconteceu, mas não me lembro muito bem do que fizemos na noite passada. — Quando os olhos dele se arregalam, digo: — Eu não entendo. Sei que bebi um pouco, mas foi mais do que isso... Pensei que... — Merda, como eu poderia explicar?

— Você pensou o quê? — incita ele, com as sobrancelhas unidas, confuso.

— Pensei que você fosse o Landon.

Richie se levanta e xinga.

— Caralho, Harper. Como assim? Você estava drogada? — Então, seus olhos quase pulam para fora. — Você tomou a mesma merda que a Melissa?

— Não! — Então, lembro que foi ela quem me entregou as bebidas. —

Acho que não... — Merda! Isso, com certeza, soava como algo que ela faria. Para me ajudar a esquecer, ela me deu alguma coisa. — Você pode, por favor, me levar pra casa? — peço, precisando chegar em casa e tomar um banho.

— Sim. — Ele assente e pega as chaves.

Depois que tomo banho e me sinto um pouco mais limpa, ligo para Melissa, já que não faço ideia do que aconteceu com ela, nem de onde está. Minha cabeça está latejando e, juro por Deus, se aquela vadia me deu algo, vou matá-la.

Ela atende no primeiro toque.

— Oi, amiga. Tudo bem?

— Cadê você? — pergunto, indo direto ao ponto.

— Estou tomando café da manhã com o Dale.

— Pode vir aqui? Preciso conversar com você.

— Está tudo bem?

— Não. Richie e eu transamos ontem à noite, mas não me lembro de muita coisa. Do pouco que me lembro, pensei que... Bem, achei que estivesse transando com o Landon. — Pareceu tão real. Como se ele estivesse comigo. Beijando-me, fazendo amor comigo. Mas, pensando melhor, lá no fundo, eu sabia que não era ele. Foi como se a minha mente me tivesse feito acreditar que era. — Melissa, acho que talvez eu tenha sido drogada.

Melissa fica quieta por um momento antes de dizer:

— Já chego aí.

Desligamos e, minutos depois, ela bate na minha porta. Eu a abro com tudo, espremendo os olhos em resposta à luz brilhante do sol.

— Obrigada por ter vindo. — Vamos direto ao meu quarto e, apesar de a minha mãe não estar em casa, fecho a porta. — Melissa, se souber de algo, precisa me contar. Richie disse que você estava drogada ontem. Você me deu alguma coisa?

— Era para te ajudar a relaxar — diz ela, irreverente, e os pelinhos na minha nuca se eriçam.

— Oi? — Richie tinha razão. Ela me drogou!

— Coloquei metade de uma pílula na sua bebida para você se soltar. — Ela dá de ombros, como se não tivesse feito nada de errado.

— Melissa! — guincho. — No que raios você estava pensando? — Levanto-me, mas, quando sinto que estou prestes a vomitar, sento-me outra vez.

— Relaxa. A Angela também tomou.

— E ela sabe disso?

— Não. — Melissa balança a cabeça. — Não pensei que fosse importante dizer. Não sabia que você ia transar com o Richie.

— Pensei que ele fosse o Landon! — Sabia que algo estava errado. Meu corpo ficou quente e desorientado. Culpei a bebida, mas eu sabia, lá no fundo, que não havia bebido tanto assim. Não posso acreditar que ela fez isso comigo. Já vi a Melissa fazer um punhado de merdas questionáveis ao longo dos anos, mas isso tinha sido baixo demais, até para ela.

— Olha, desculpa — pede, revirando os olhos. — Não pensei que você fosse se importar. Metade das pessoas naquela festa estava drogada.

— Você nunca deveria ter feito isso — falo, me levantando outra vez. — Vai embora. Agora.

Ela arqueja.

— Eu já pedi desculpa.

— Desculpa não corrige o que você fez. E a gente sabe que você não está arrependida, só se desculpou para me fazer calar a boca. Eu poderia ter tido uma overdose e morrido.

— Foi metade de uma pílula! — argumenta. — Pare de ser uma dramática do caralho.

— Eu transei com um cara e não me lembro de praticamente nada! — grito. — Saia da minha casa! Nunca mais quero falar com você. — Corro até a porta e abro-a com força. — Saia. Agora!

Melissa me encara.

— Que absurdo, Harper. Você não quer me ter como inimiga.

— Bem, também não quero ter você como *amiga.* Agora, vá embora.

Depois que ela sai, bato a porta e passo o resto do fim de semana chorando no quarto. Quando minha mãe volta, digo a ela que não estou me sentindo muito bem e, felizmente, ela me deixa em paz.

Richie me manda algumas mensagens, então me liga, mas eu o ignoro.

Sei que a culpa não é dele. Ele não sabia o que a Melissa tinha feito, mas isso não muda o que aconteceu. Não muda o fato de que, menos de um mês depois de Landon e eu termos terminado, transei com outro cara. E não com um cara qualquer... mas com o meu ex-namorado.

CAPÍTULO 10
Harper

— O resultado deu positivo, querida — diz mamãe, baixinho, não querendo acreditar no que vê. Faz dois meses desde que Richie e eu dormimos juntos. No primeiro mês, não menstruei e soube que algo estava errado. Então, o mal-estar pela manhã começou, mas vivi mais quatro semanas em negação, não querendo admitir o que eu já sabia: eu estava grávida do Richie.

Landon contrariou o que havíamos concordado e me ligou diversas vezes nas últimas semanas, provavelmente por conta dos feriados, mas não consigo olhar para a cara dele, nem mesmo pelo celular. Sei que, se eu ouvir a voz dele ou ver o seu rosto pela tela, vou desabar. Não importa que tenhamos terminado. Ainda parece errado. Então, toda mensagem de voz e de texto que ele me envia eu apago sem ler.

— Sei que é difícil acreditar, mas a sua vida não acabou — tenta minha mãe. — Você tem opções.

Opções... Sim, fico com o bebê, entrego-o para adoção ou faço um aborto? Infelizmente, nenhuma dessas opções inclui voltar para a noite da festa de Halloween e fazer a escolha certa de não beber. Se eu não tivesse bebido naquela noite, não teria sido drogada pela minha ex-melhor amiga, e não estaria sentada aqui, no banheiro, com a minha mãe, tendo essa conversa.

— Preciso contar ao pai da criança — falo, com a mente anuviada. Ele precisa saber. Então, poderemos discutir sobre isso juntos. Assim como tenho evitado Landon, tenho igualmente evitado Richie, pois não faço ideia do que dizer. Enquanto imaginava que o cara com quem eu estava transando era Landon, Richie esperava que a gente voltasse. O que me parece um tanto ridículo, já que não nos demos bem quando ficamos juntos antes.

— Landon está pensando em vir pra cá? — pergunta mamãe. É claro que ela pensaria que Landon é o pai. Ele é o único cara com quem eu havia transado... até agora.

— Landon não é o pai. É o Richie. — Nem preciso olhar para ela para saber que está chocada. — Landon e eu terminamos, então Richie e eu ficamos em uma festa. — Não me incomodo em entrar em detalhes. Não tem motivo. O que aconteceu, aconteceu. E agora terei que lidar com as consequências. Melissa e eu não nos falamos desde o dia em que a expulsei de casa. Eu a vejo na escola, mas fingimos que não nos conhecemos. Quando contei a Angela o que havia acontecido, ela ficou do meu lado e parou de falar com a Melissa. Estou um pouco chocada pela Melissa ainda não ter feito nenhuma merda, mas tenho certeza de que é uma questão de tempo.

Depois de ligar para Richie e dizer a ele que precisamos conversar e que acredito ser melhor que as nossas famílias estejam presentes – isso foi ideia da minha mãe, porque ainda sou menor de idade e Richie está prestes a começar o segundo semestre da faculdade –, ele liga para os pais, que nos convidam para ir à casa deles.

Quando todos estão reunidos na sala de estar, menos a irmã mais velha do Richie, que está na faculdade, conto o motivo da reunião.

— Estou grávida, e Richie é o pai.

Anita, a mãe de Richie, arqueja, e o pai, Alan, resmunga. Richie parece prestes a vomitar.

— E você tem certeza de que o meu filho é o pai?

Encaro o Richie, que diz:

— Tenho — declara ele, apoiando a cabeça nas mãos. — Porra.

As famílias passam a hora seguinte discutindo o nosso futuro. Ideias diferentes são dadas, mas, antes que algum plano seja feito, preciso confirmar a gravidez e, então, decidir se vou ficar com a criança.

Minha mãe liga para a ginecologista e, já que ela pode me atender ainda hoje, vamos direto para lá. Depois de tirar o meu sangue e uma amostra de urina, que confirmam a gravidez, a médica pede que eu tire as roupas para que possamos fazer um ultrassom interno. Esse exame pode determinar há quanto tempo estou grávida e se, até agora, tudo correu bem.

— Todo mundo vai participar? — pergunta ela, olhando para minha mãe, Anita e, então, para Richie. Felizmente, o pai de Richie decidiu não vir junto.

— Sim — confirmam todos, em uníssono.

A dra. Fox insere a sonda em mim e, em segundos, o som alto de um sopro surge no monitor.

— É a batida do coração do bebê — diz a dra. Fox. Ela aproxima a imagem, e todos podemos ver o coração de uma manchinha batendo acelerado. Não parece ser mais forte do que uma vibração. Uma linda vibração. E percebo, encarando o coração do meu bebê batendo, que de jeito nenhum abrirei mão dele. Ele faz parte de mim, do meu coração.

Não percebo que estou chorando até Richie se inclinar sobre mim e enxugar as minhas lágrimas.

— Vai ficar tudo bem, Harper — promete ele, gentilmente. — Vamos passar por isso juntos. — Não fico chocada com as palavras doces. Já vi esse lado do Richie. É o lado que me convenceu a sair com ele. E também o lado que me fez voltar para o nosso relacionamento diversas vezes ao longo de sete meses.

— Parece que você está grávida há umas dez semanas. Isso pode mudar, quanto mais a gravidez avançar.

Ela aperta alguns botões antes de se agachar e reaparecer com uma foto em preto e branco do nosso bebê.

Nosso bebê. Criamos um bebê. Um bebê que não foi concebido com amor, mas em uma noitada. No entanto, isso não importa, porque já amo essa criança.

A doutora pede licença e diz que, assim que eu estiver vestida, posso passar na recepção e pegar algumas amostras de vitaminas pré-natais e marcar a próxima consulta.

— Eu quero ter o bebê — decido, quando ela se vai.

Minha mãe assente, mas as lágrimas em seus olhos me dizem que está decepcionada. Ela tinha tantos outros planos para mim, mas aqui estou eu, seguindo os seus passos. Prestes a ter um bebê logo depois do ensino médio. Minha vida toda, ouvi da minha mãe que ela queria que eu fosse para a faculdade e seguisse os meus sonhos.

— Você acha que estou cometendo um erro? — pergunto a ela, ignorando o fato de que Richie e a mãe ainda estão no quarto.

— Não, querida. Apenas acho que você ainda é um bebê. — Ela olha para o Richie. — Os dois são. E isso vai mudar a vida toda de vocês. Mas, se quiser ter o bebê, vou te apoiar da melhor maneira possível. O dinheiro vai continuar apertado, mas você pode morar em casa. Vai ter que trabalhar mais horas, porque filhos são caros, mas talvez você possa fazer algumas aulas on-line.

— Morar na sua casa? — reage Richie. — Se vamos ter um filho, vamos morar juntos. — Ele olha para a mãe, que assente.

— Concordo. Se terão essa criança, deveriam se casar e dar ao bebê um lar de verdade. É claro que vamos ajudá-los — assegura Anita para a minha mãe. — Vamos comprar uma casa perto da faculdade e ajudaremos a pagar as contas, enquanto o Richie estiver estudando. Ele tem planos de ser médico, e não vou deixar que isso arruíne o futuro dele.

Tudo o que ela diz faz a minha mente girar. Acabei de descobrir que estou grávida e decidi que quero ter o bebê, mas ela já está falando de planos para uma casa e um casamento. Meu primeiro instinto é ligar para o Landon. Ele esteve ao meu lado quando o maior desafio da minha vida, até agora, aconteceu — o divórcio dos meus pais. Mas, então, percebo que não posso contar a ele sobre isso. Teria que admitir que transei com o Richie e que, agora, estou grávida.

Um choro incontrolável sacode o meu corpo quando me lembro do que prometi a ele: "Se, um dia, eu voltar para Boston e você estiver solteira, me prometa que vai nos dar outra chance. Me recuso a acreditar que esse seja o nosso fim, Harper". Isso vai ser o nosso fim. Não tenho como voltar atrás. Ferrei tudo e, agora, destruí qualquer futuro possível para nós.

— Eles nem estão juntos — comenta a minha mãe. — São jovens demais para morarem sozinhos. Ela pode morar em casa, e terão a guarda compartilhada da criança.

— Isso seria um absurdo — argumenta Anita. — Está condenando o bebê antes de ele nascer.

Minha cabeça continua girando com tudo o que elas dizem, e sinto que estou prestes a perder o controle.

— Vocês duas, parem — exige Richie. — Harper, posso conversar com você um minuto?

— Tudo bem, só me deixe vestir algo antes — concordo, escondendo o rosto para que ninguém veja que estou chorando descontroladamente.

Todo mundo vai embora, e aproveito o momento para tentar me acalmar, mas, quanto mais penso em tudo, mais desesperada fico. Estou grávida de Richie. Ainda estou no último ano do ensino médio. Ganho um salário mínimo, e a minha mãe mal consegue pagar pelo teto sobre a nossa cabeça. Fui tola ao dizer que queria ter esse filho? Estou dando um passo maior do que a perna? Meus olhos se voltam para a imagem em preto e branco. Sei que sou jovem e que isso não é o ideal, mas não consigo me imaginar abrindo mão da criança.

Pego o celular e, sem pensar duas vezes, ligo para o Landon. Talvez seja egoísta da minha parte, mas preciso ouvir a voz dele. Ele me prometeu que continuaríamos sendo amigos e, agora, preciso muito de um amigo.

O celular toca diversas vezes antes de cair na caixa postal, e desligo sem deixar recado.

— Ei, já terminou? — pergunta Richie, assim que guardo o celular no bolso traseiro. Sinto a aparelho vibrar e quero atender, mas não com Richie na minha frente.

— Sim, pode entrar.

Ele dá uma olhada na foto nas minhas mãos e abre um sorriso suave.

— Sinto muito pela culpa que tenho nisso. — Ele aponta para o bebê. — Eu podia jurar que nos protegemos.

— O que faremos agora? — pergunto, escolhendo focar no futuro, em vez de remoer o passado. Não posso confirmar nem negar se nos protegemos ou não, e não faz sentido apontarmos dedos nem culpar ninguém.

— Sei que a sua mãe quer que você more em casa, mas acho que deveríamos tentar ser uma família. Não quero ser um pai de fim de semana. Quando você se formar, podemos morar juntos e nos casar. Você ouviu a minha mãe. Meus pais nos ajudarão enquanto estivermos na faculdade e vamos poder ter o bebê em uma casa com dois pais.

Um pai de fim de semana... A conversa com Landon sobre o próprio pai ressurge na minha mente. Ele disse que era difícil para o pai ser um pai de verdade, depois de passar a vida vendo o filho apenas quatro dias por mês. Seria essa a realidade para o nosso filho? Richie apenas o veria algumas vezes por mês, e tudo porque me recusei a tentarmos ser uma família. Meus pais se divorciaram, e nunca mais vi o meu pai. É claro, grande parte disso é porque ele está bêbado o tempo todo, mas isso não muda o fato de que sinto saudade dele. Seria justo com Richie se eu fizesse isso com ele? Com o nosso filho?

— Mas não nos amamos — saliento. Não era para o meu futuro ser assim. Uma noite, e tudo saiu do controle. Deveríamos ser eu e Landon. Era dele de quem eu deveria estar grávida. Tento imaginar como o meu melhor amigo reagiria, mas logo empurro esses pensamentos para longe. Fingir foi o que me colocou nessa confusão. Estou grávida de Richie, não de Landon, e quanto mais rápido eu aceitar isso, melhor será para mim. Não adianta desejar coisas que nunca acontecerão. Landon e eu acabamos para sempre. Minha gravidez garantiu isso.

— Não — concorda Richie —, mas, talvez com o tempo, possamos nos apaixonar. Acho que devemos ao menos tentar pelo nosso bebê. A última coisa que qualquer um de nós quer é se tornar uma estatística. Dois pais adolescentes, arrastando o filho de uma casa para a outra? Nosso filho não merece coisa melhor do que isso?

Considero as suas palavras. E, apesar de o meu coração não querer concordar com o que Richie diz, sei que, lá no fundo, ele tem razão. A família dele tem os fundos necessários para nos ajudar. Não importa que eu não o ame, ou que ele não seja a pessoa com quem quero passar o resto da minha vida. Vejo quanta dificuldade minha mãe enfrenta sozinha, e não vou colocar mais um peso em seus ombros. Não seria justo com ela, nem com o bebê. Já não tenho que me preocupar apenas comigo, mas com o nosso filho. E deixá-los ajudar é a melhor escolha.

— Tudo bem. Quando eu me formar, vamos morar juntos e nos casaremos.

Richie sorri e segura a minha mão, apertando-a de leve.

— Vai ficar tudo bem, Harper.

Sorrio em resposta e rezo para que ele esteja certo. Porque, agora, parece que nada nunca vai ficar bem.

Uma decisão.

Uma escolha.

É o necessário para mudar a sua vida.

CAPÍTULO 11

Harper

Doze anos e meio depois

— Ella, vamos, querida. Calce o chinelo. Precisamos buscar o seu irmão na colônia de férias. — Largo os chinelos cor-de-rosa da minha filha de nove anos no chão, e ela rapidamente os calça.

— Viu o mortal que dei para trás na trave? — pergunta ela, pegando a garrafa d'água aberta da minha mão e tomando alguns goles antes de parar e respirar.

— Vi. Foi perfeito. — Verificando a hora no celular, vejo que só tenho dez minutos para atravessar a cidade e estacionar onde Hunter teve o seu primeiro dia na colônia de beisebol. Não sei no que eu estava pensando quando matriculei as duas crianças em colônias ao mesmo tempo. Ah, na verdade, sei, sim. Pensei que, quando Richard me disse que estaria disponível para ajudar no transporte, realmente tinha dito a verdade. Foi tolice minha ter acreditado.

Ella senta no banco traseiro do Audi, e acelero para fora do estacionamento da ginástica para que, com sorte, eu consiga chegar ao Hunter a tempo. Mas, só para garantir...

— Siri, ligue para a Bridget — digo ao Bluetooth. Bridget Hogue é uma das minhas melhores amigas. Nos conhecemos há alguns anos quando o filho dela, Brendan, estudou na mesma classe de Hunter. Viraram amigos porque amam beisebol, e Bridget e eu viramos amigas porque amamos vinho.

— Oi, Harp — ela atende no terceiro toque.

— Estou alguns minutos atrasada. Poderia buscar o Hunter pra mim, e nos encontramos no estacionamento? — Nossos filhos estão no mesmo time de beisebol há dois anos e na mesma colônia de férias. A colônia dura quatro semanas e, é claro, cai na mesma hora da colônia de ginástica de Ella. Não seria um grande problema, se não ficassem a vinte minutos de distância uma da outra e acabassem no mesmo horário.

Quando disse ao Richard, ele prometeu que me ajudaria, para que os dois pudessem fazer algo durante as férias. Era o primeiro dia, e ele já tinha furado comigo. Depois de todo esse tempo, já deveria saber como ele funciona, mas continuo tendo esperanças de que, algum dia, ele vai melhorar. Richard nunca falha em dar dinheiro. São os horários que ele não sabe seguir. E, por mais que eu não dê a mínima se está me cedendo ou não um pouco do seu tempo, me importo por ele ter lutado para ter a guarda compartilhada, conseguido e, agora, só vê os filhos quatro dias por mês. Da última vez que fiz as contas, quatro dias de trinta não são metade de um mês, mas quem sou eu para dizer alguma coisa?

— Por que não te encontro lá em casa? — sugere Bridget. — Os meninos podem brincar, e peço para o Simon trazer algo para jantarmos. Podemos beber um pouco de vinho. Não te vejo há, tipo, uma semana.

— Ella, quer passar na casa da Bridget? — pergunto para a minha filha, que está com o fone sem fio enquanto assiste a algum filme na televisão portátil. Quando vê que estou olhando pelo retrovisor, tira os fones.

— O que foi, mamãe? Disse alguma coisa?

— Quer passar na casa da Bridget?

— Sim! — grita. — A Eleanor e a Elizabeth vão estar lá? — Eleanor e Elizabeth são as gêmeas de dois anos de Bridget e Simon. Ella ama vesti-las e cuidar das meninas como se fossem bonequinhas.

— Sim, Ella, estarão — responde Bridget, pelo Bluetooth.

— Eba!

— Bem, aí está a sua resposta — digo, rindo. — Te vejo daqui a pouco.

Desligo e, literalmente, dois segundos depois, meu celular toca.

— Vinho tinto, não branco — falo no Bluetooth, pensando que era Bridget.

— Então o dia deve ter sido bem ruim — responde uma voz masculina pelos autofalantes.

Richard.

— Começou com a máquina de lavar roupas vazando e alagando toda a lavanderia e terminou com o pai dos meus filhos furando e não indo buscar o Hunter. — Tento não dizer nada negativo sobre o Richard na frente das crianças. Apesar de eu não o suportar na maioria dos dias, é o pai delas, e não quero nunca influenciar a opinião que as crianças têm de Richard. Mas, como Ella está vendo um filme, deixo escapar.

— Ficou ruim a lavanderia? — pergunta ele, ignorando a parte sobre não ter aparecido. — Posso transferir um pouco de dinheiro…

Dinheiro… Essa é a resposta dele para tudo. Quando éramos casados e ele fazia besteira, jogava dinheiro para mim como se isso fosse resolver tudo. E não estou falando de presentes caros. Não, quando eu ficava chateada por ele não ter aparecido para jantar ou quando chegava em casa com o perfume de outra mulher, ele me dava notas. Não sou uma pessoa materialista, mas, se um homem não consegue arrumar a porcaria de dois minutos para escolher algumas flores quando erra, esse deveria ser o primeiro sinal de que ele não vai nem tentar se esforçar com o trabalho duro que é um casamento. Não que isso importasse. Nosso casamento estava destinado a ser um fracasso desde antes de dizermos "eu aceito".

— Não preciso do seu dinheiro — rebato, exasperada. Depois de todos esses anos, Richard deveria saber que não quero nem aceitarei dinheiro. Mas, como ele não presta atenção, nunca entende. — Vai buscar as crianças hoje à noite? — De acordo com a papelada, ele ficaria com os filhos toda segunda e quarta-feira e um ou outro fim de semana. Porém, como o trabalho exige muito dele, quase nunca fica com as crianças durante a semana.

— Não posso. Por isso estou te ligando. Fui convidado para palestrar em um congresso de medicina, no fim de semana. Foi em cima da hora, e preciso me preparar.

— Então você também não vai buscá-los no fim de semana. A Samantha vai com você? — Samantha é a noiva do Richard. A quarta desde que nos divorciamos. O casamento com a segunda esposa, Janine, durou longos cinco meses. Então, houve Rosie, a terceira esposa. Divorciaram-se antes mesmo de a tinta secar na certidão de casamento. Eloise veio depois, mas nunca se casaram. Samantha é a quinta, se eu me incluir na conta.

— Vai…

— Então não pode transformar isso em um fim de semana em família? Tenho certeza de que o hotel deve ter uma bela de uma piscina.

Richard suspira.

— Não vou conseguir dar atenção suficiente a eles. Tenho que me preparar para a palestra.

— É por isso que não vai buscá-los durante a semana?

— Harper, por favor, podemos não entrar nesse assunto? — Richard suspira outra vez, irritado. — Se eu pudesse buscá-los, faria isso.

Mentiroso de uma figa. Acho que ele já mentiu tantas vezes para as crianças e para mim que, agora, deve acreditar nas próprias mentiras.

Estaciono na casa de Bridget, e Ella tira os fones.

— Chegamos! — berra ela.

— Ella? — chama Richard.

— Ela estava de fone — explico, antes que Richard faça algum comentário.

— Oi, papai! — grita, apesar de não haver qualquer necessidade disso.

— Oi, Ella. Você se divertiu na colônia? — pergunta ele.

— Sim! Vai vir nos buscar?

Richard passa alguns segundos em silêncio. Era mais fácil para ele não aparecer logo que nos divorciamos. As crianças eram mais novas e não compreendiam a realidade, mas agora estão crescendo e fazendo perguntas.

— Papai precisa trabalhar — diz Richard.

Olho pelo retrovisor, e vejo Ella franzir a testa, decepcionada. Meu coração fica apertado. Como mãe, tudo o que quero fazer é proteger os meus bebês, impedir que se machuquem, mas como posso protegê-los quando a pessoa que os machuca é o próprio pai?

— Você sabe que eu tenho um emprego importante.

Pois é, até porque ser cirurgião é mais importante do que ser pai...

— Dê tchau para o papai, Ella — intervenho. — Estamos na casa da Bridget — falo para Richard.

— Tchau, papai — ela obedece, sua voz agora baixinha e não mais feliz.

— Tchau, Ella. Eu te amo.

— Também te amo — diz, antes de eu desligar a chamada.

— Vinho, como prometido — anuncia Bridget da cozinha, dando um sorriso com covinhas e segurando uma garrafa do meu tinto preferido.

— Você me deixa tão feliz! — Suspiro, pegando uma taça e segurando-a para que Bridget a encha. — Cadê os meninos? — indago, quando percebo que a casa está quieta.

— Lá fora, praticando o que aprenderam hoje. Ao que parece, um jogador de beisebol aposentado dos Boston Reds apareceu para ajudar, e os meninos o idolatram. — Bridget ri, enquanto sinto um aperto no peito. De jeito nenhum... Não pode ser... Já faz doze anos, mas, mesmo depois de todo esse tempo, meu coração bate mais forte sempre que ele passa pela minha mente.

— Ei, o que está acontecendo? — pergunta ela, quando nos sentamos no sofá da sala de estar. — Parou de se deliciar com o vinho e agora parece que viu alguém atropelando seu filhotinho.

Olho para a Ella, que já mergulhou no trabalho, prendendo o cabelo de uma das gêmeas em marias-chiquinhas fofíssimas.

— Uma vez, eu namorei um garoto que jogava beisebol.

— Quem? Richard?

Em algum momento, contei a Bridget que, antes de Richard ir para a faculdade e estudar Medicina, ele costumava jogar beisebol e basquete no ensino médio.

— Não, outro garoto. Meu coração era todo dele. Mas, então, ele foi embora para jogar na liga menor em Salem, na Virgínia. Éramos jovens demais para lidar com um relacionamento à distância. Vi fotos dele com outras garotas em uma rede social, e terminei tudo antes que ele pudesse partir o meu coração. Depois que terminamos, o Richie, quero dizer, o *Richard...* — Mesmo depois de todos esses anos de ele querendo ser chamado de Richard, ainda erro. De acordo com ele, médicos precisam de nomes sérios, e Richie não é um nome sério. — Richard e eu tivemos um caso de uma noite — sussurro, para que Ella não escute. — Dois meses depois, descobri que estava grávida. Quando contei, ele pediu para nos tornarmos uma família, e o resto você já sabe.

— Então, você nunca mais o viu? O garoto que era dono do seu coração?

— Não, eu vi. No quarto mês da gravidez, ele apareceu na minha casa. — Tomo um gole do vinho, tentando não me emocionar com a memória da última vez que o vi...

— Landon, o que está fazendo aqui? — pergunto, confusa e chocada quanto ao motivo de ele estar ali, parado na minha porta. Faz meses que não nos falamos.

— Você me bloqueou na rede social e me mandou a porcaria de uma mensagem sobre não podermos mais conversar. Pensou que eu abriria mão de você tão facilmente?

Depois que descobri a gravidez e decidi ter o bebê, Richie me pegou bisbilhotando a rede social de Landon e me disse que nunca daríamos certo se eu ainda estivesse interessada em outro cara. Sabendo que ele tinha razão, mandei uma mensagem para o Landon, dizendo que não poderíamos mais conversar, então o bloqueei em todos os lugares possíveis. Cortar os laços era o que precisava ser feito para que seguíssemos em frente.

— Landon... — Não sei o que dizer. E não percebo que estou acariciando a barriga até ele olhar para baixo e seus olhos se arregalarem, chocados.

— Você está grávida? — indaga, com uma voz aguda. Posso ver as engrenagens girando em sua mente, perguntando-se, por um breve momento, se, de alguma maneira... se existe a possibilidade... de talvez ele ser o pai, mas é impossível. Faz mais de oito meses que não nos vemos.

— O pai é o Richie — admito, baixinho. O rosto dele se contorce em uma expressão de dor e mágoa, e o meu coração se quebra outra vez.

— Que porra você quer dizer com "o pai é o Richie"? Você transou com ele? Quando? — Ele cerra os punhos ao lado do corpo.

— Foi um acidente —tento explicar. — Não foi de propósito.

— Não foi de propósito que você arreganhou as pernas para o seu ex-namorado? Para o mesmo cara que te tratava como lixo quando vocês namoravam? — Aproximando-se, ele ergue a minha mão esquerda e estuda o anel de noivado no meu dedo. — E você está noiva.

— Estamos. Desculpa.

Ele me encara, mas balança a cabeça.

— Cheguei tarde demais.

Meu choro fica mais alto, e meu corpo todo estremece com os soluços.

— Eles me promoveram — diz ele, inexpressivo. — Sou o novo arremessador titular dos Boston Reds.

Eles o promoveram... O que quer dizer que...

— Você voltou para cá?

— Sim. — Ele assente. — Não para cá, exatamente, mas estou morando em um apartamento alugado perto do estádio na cidade.

Ele voltou, mas chegou tarde demais, porque estou grávida de outro homem.

Uma noite.

Um erro.

Foi o necessário.

— Desculpa. — Soluço pelo que deve ser a décima vez. — Eu... Eu... — Não consigo nem terminar a frase. É tudo culpa minha. Pensei que estivesse protegendo o meu coração ao terminar com Landon. Vi as fotos e não quis esperar que ele me traísse. E, no fim, fui eu quem destruí o nosso futuro, não ele. Não acreditei em Landon, na gente, então o afastei. Agora, ele estava ali, parado na minha porta, enquanto eu partia os nossos corações.

Sem pensar duas vezes, me jogo nos braços dele, porque preciso sentir o seu calor mais uma vez.

Ele me abraça, enquanto choro em seu peito.

— Shh... Tudo bem, Harper — murmura ele. — Não precisa se desculpar por seguir em frente.

Quero corrigi-lo, dizer que não segui em frente, mas isso vai apenas dificultar as coisas. Landon merece algo melhor do que isso. Alguém melhor do que eu. Ele merece viver os seus sonhos e criar um futuro para si. Conhecer uma mulher que acredite nele e que o ame do jeito que ele merece.

Por fim, nos separamos, e Landon me dá um sorrisinho triste.

— Você vai ser uma ótima mãe, Harp.

Assinto, incapaz de falar, pois eu perderia o controle outra vez.

— É melhor eu ir. Preciso arrumar as minhas coisas, vim direto para cá.

Assinto outra vez. O bolo na minha garganta está tão grande que é difícil respirar.

Landon se inclina um pouco e beija a minha testa.

— Tchau, linda.

— Ah, Harper. Você está chorando — comenta Bridget, pegando um lencinho na mesa de centro e oferecendo-o a mim.

— Desculpa, não sei o que foi isso. O dia foi complicado. — Respiro fundo, tentando me recompor.

— Já tentou entrar em contato com ele desde que você e Richie se separaram?

— De jeito nenhum. — Bufo. — Dei uma olhada nas redes sociais dele algumas vezes. É o rei dos mulherengos. — Reviro os olhos, me lembrando de todas as fotos dele farreando com diversas mulheres. Depois de como agiu comigo durante o nosso namoro, tive a certeza de que ele seguiria em frente e formaria uma família, mas fez exatamente o oposto. Namorou com um punhado de mulheres ao longo dos anos, mas nunca por tempo suficiente para sossegar.

— Bem, Simon era mulherengo — diz Bridget, rindo.

— Porque eu tinha que me livrar do fogo antes de te conhecer — complementa Simon, com o seu sotaque britânico sensual pra caramba, assim que entra na sala de estar, cheio de sacolas de comida para viagem.

— Eu ia dizer isso. — Bridget sorri para o marido, e posso ver o amor em seus olhos. — Talvez esse cara... Como ele se chama mesmo? Landon?

— Sim. — Assinto. — Landon Maxwell.

— O jogador de beisebol? — interrompe Simon.

— Sim. — Não existem muitas pessoas que não saibam quem é Landon Maxwell, principalmente desde que os Reds ganharam a Liga Mundial ano passado. Todo mundo achou que Landon fosse renovar o contrato, mas, quando houve especulação de que ele seria trocado, ele se expôs, dizendo que o braço não estava muito bem e que havia decidido se aposentar.

— Como eu estava dizendo... — continua Bridget, lançando um olhar ao marido que não consigo decifrar. — Talvez ele esteja esperando você...

— Faz mais de doze anos — falo, inexpressiva. — Já me casei e me divorciei, tenho dois filhos e o corpo de uma mãe. — Reviro os olhos. — Vá em frente e pesquise o nome dele na internet. Ele gosta de mulheres mais novas, peitudas, não de mães com estrias e que levam os filhos pra escola.

— Humm... Bem, eu te acho gostosa — diz Bridget, levantando-se e indo até a mesa da cozinha. — Você não acha, Simon?

Simon ri.

— Só tenho olhos para a minha esposa. — Ele a puxa para um abraço e a beija. Querendo dar um momento a eles, peço licença e vou buscar pratos e talheres, depois, saio para chamar os meninos. Os dois estão suados e sujos, então faço com que se lavem antes de se sentarem para o jantar.

Quando todos se acomodam, atacamos a comida. Os garotos conversam sobre um novo videogame que Brendan acabou de ganhar. Ella conta a todos sobre a sua competição de ginástica que está chegando, e as gêmeas conversam e riem, cheias de alegria, entre si.

— Falei com a Calliope hoje — conta Bridget, dando uma garfada no arroz chaufa.

— Ela está na cidade? — Calliope é uma grande amiga de Simon e Bridget. Ela tem um estúdio de ioga no centro da cidade, e Bridget me arrasta para lá durante a semana. Mas ela e o marido amam viajar, e ela não dá mais aulas, então só a vi algumas poucas vezes.

— Não — responde Bridget. — Pelo celular.

Tentando ser multitarefa – algo no que não sou muito boa –, continuo olhando para Bridget enquanto tento pegar a taça de vinho. Como esperado, meus dedos erram, e a taça tomba. Simon joga uma toalha para mim, e todo mundo ergue os pratos. Sim, ele tem uma toalha de reserva, porque não passamos por muitas refeições em que eu não derrame ou derrube algo.

— Que porcaria! Desculpa! — Enxugo o líquido derramado. Quando a mesa está seca, todo mundo repousa os pratos em uníssono.

Depois que jogo a toalha na máquina de lavar, sento-me outra vez. Agora, com um copo d'água.

— Então, o que você estava dizendo? — Suspiro, exausta com o dia de hoje.

Bridget ri, e me sinto grata por ter amigos que amam o quanto sou desastrada.

— Estava dizendo que a Calliope vai passar o fim de semana em um spa. — Ela se anima. — Você consegue imaginar dois dias e duas noites sem...

— Mamãe, posso comer mais frango? — interrompe Brendan.

Bridget serve mais comida no prato dele, então continua:

— Dois dias e duas noites sem as crianças. Massagens o dia todo. Manicures, pedicures...

— Mamãe — interrompe Ella, e Simon ri. — Quero mais molho vermelho, por favor.

Estendo a mão, mas Simon me impede.

— Pode deixar. — Ele me dá uma piscadela brincalhona, e Bridget irrompe em riso.

— Dois dias para comer sem sermos interrompidas — diz Bridget rapidamente, lançando um olhar brincalhão para as crianças. — Precisamos disso.

— Vocês deveriam ir — incentiva Simon, entregando a cada uma das gêmeas outro pedaço de frango.

— Antes de planejar qualquer viagem, preciso arrumar um emprego. — Eu me licenciei em Artes Visuais há alguns meses e estou tentando encontrar uma vaga em alguma escola da região.

— Bem, já que o seu aniversário foi há alguns dias, estava pensando em te dar isso de presente. — Ela dá de ombros.

— Bridget, amigos dão garrafas de vinho de presente, não pagam por uma escapada de fim de semana. — Balanço a cabeça. — Não posso te deixar fazer isso.

— Mas se eu já tiver comprado e não for reembolsável, você vai ter que aceitar — desafia ela, enfiando um pedaço de tempurá de brócolis na boca. Nem tento discutir. Sei que, quando coloca algo na cabeça, não tem como fazê-la mudar de ideia.

— Preciso falar com o Richard e ver se ele pode ficar com as crianças.

— Se não puder, elas podem ficar aqui — oferece Simon.

As crianças terminam de comer e, depois de levarem as louças para a pia, se dispersam. As meninas voltam a brincar na sala de estar, e os meninos vão ao quarto de Brendan jogar videogame. Bridget e eu conversamos por mais um tempinho até eu perceber que está ficando tarde. Mando as crianças organizarem a bagunça para voltarmos para casa. Os dois terão que estar outra vez na colônia às oito da manhã.

— Ioga amanhã? — pergunta Bridget, acompanhando-nos até o carro.

— Aff... — Lanço um olhar de "não estou a fim" para ela. O mesmo olhar que lanço toda vez que Bridget me convida.

— Isso foi um sim. — Ela abre um sorriso doce, e as covinhas profundas ressurgem nas bochechas. — Te vejo lá às onze em ponto.

— Sim, senhora.

CAPÍTULO 12

Harper

— Feche os olhos... Respire fundo... Deixe as pernas caírem para a esquerda... Expire... Traga as pernas ao centro... Inspire... Agora, para a direita... E expire... Abra os olhos e sente-se.

Todas fazemos o que a instrutora de ioga diz e voltamos a nos sentar na posição inicial. Quando me ergo, olho ao redor e vejo que Simon está sentado no fundo, bebendo uma vitamina e sorrindo de orelha a orelha.

— Parece que você tem um admirador — falo para Bridget, que olha sobre o ombro para o marido e ri. O amor faz seus olhos verdes brilharem.

Tiro alguns segundos para vê-los sorrindo um para o outro e desejo, não pela primeira vez, que eu possa encontrar um amor desses – doce, puro e genuíno. Eu o tive uma vez, mas era jovem demais para compreender e apreciar o sentimento. Então, eu o perdi. Agora, pergunto-me se, algum dia, o encontrarei novamente. De uma coisa tenho certeza: se eu encontrá-lo, darei tudo de mim para protegê-lo e mantê-lo.

— Três anos depois, e ele ainda aparece para admirar a minha bunda. — Bridget pisca e dá uma reboladinha. — Deve ser amor de verdade.

Rimos e nos levantamos. Depois que enrolamos os tapetes, caminhamos até Simon, e ele entrega uma vitamina para cada uma.

— Obrigada. Um homem que só tem olhos para a bunda da esposa e que mima as amigas dela... Que pena que você não tem um irmão — brinco.

Simon ri, mas Bridget bufa.

— E como você espera encontrar um homem desses, se nem mesmo namora?

Droga, eu pedi por isso.

— Estive um pouco ocupada — comento. — Indo pra faculdade, sendo mãe... Você deu uma passada por lá nos últimos anos? — resmungo. — Todos os caras têm uns vinte e poucos anos e só querem se divertir. — Como eu deveria ter feito... Mas engravidei no último ano do ensino médio e, em vez de ir para a faculdade, como planejado, deixei Richard me convencer a ficar em casa com o nosso filho, enquanto meu marido estudava. Então, quando eu estava prestes a voltar a estudar, cometi o erro de deixá-lo me convencer a termos outro filho. Não que eu me arrependa de Ella. Eu a amo do fundo do coração, mas me arrependo de ter acreditado em Richard quando ele disse que outro bebê salvaria o nosso casamento. No entanto, eu era jovem, inocente e queria dar uma família aos meus filhos. Apesar de ter cometido muitos erros ao longo do caminho, me recuso a remoê-los, porque tenho duas crianças lindas e saudáveis e, finalmente, conquistei o meu diploma.

— Bem, agora que você se formou... O que acha daqueles sites de namoro? — sugere Bridget.

— São terríveis — diz Simon. — Só esquisitões usam sites de namoro.

— Concordo.

— Certo... E que tal se você me deixar dar uma de cupido? — Bridget sonda.

— E quem você conhece? — Rio. Bridget é enfermeira, mas ficou em casa com as crianças nos últimos anos.

— Eu conheço... pessoas — argumenta ela, enquanto Simon joga a cabeça para trás, rindo.

— Não deixe ela te arrumar um encontro — avisa ele, apontando o dedo para a esposa. — Não lembra daquela vez que você me fez sair com aquela garota sem bunda que amava gatos?

Bridget arfa.

— Ei! E você me fez sair com aquele médico que passou o encontro tossindo em todo mundo.

— O cara que escolhi pra você foi muito melhor do que a garota que você escolheu pra mim — argumenta Simon.

— Esperem aí, vocês dois foram cupidos um do outro? — Balanço a cabeça, não acreditando na loucura deles.

— Uma vez, antes de Simon tirar a cabeça da areia e perceber que eu tinha sido feita pra ele. — Bridget se inclina e beija a bochecha do marido.

— Que fofo — digo e tomo um gole da vitamina, desejando ter alguém com quem eu pudesse formar um casal fofo.

— Por favor, me deixe ser seu cupido — implora Bridget, entrelaçando as mãos.

— Se alguém vai arrumar um encontro para a Harper, sou eu — fala Simon. — Tenho acesso a um punhado de médicos. A quem você tem acesso? Donas de casa? — Ele ri, e Bridget o encara.

— Acho que vou esperar. E, para começo de conversa, não tenho mais paciência com médicos. Sem ofensas. — Ao contrário de Richard, que trabalha vinte e quatro horas nos sete dias da semana, Simon trabalha em uma clínica e está em casa todos os dias às cinco da tarde. Ele também tira folgas regulares e sai para almoçar, para que possa ver Bridget durante o dia. Quando, uma vez, mencionei isso a Richard, depois de termos nos divorciado, para que ele pudesse ver mais as crianças, ele me olhou como se eu fosse louca e me perguntou se eu queria continuar com o Audi, porque uma clínica o deixaria falido e ele teria que diminuir a pensão dos filhos. Nem me importei em discutir. É inútil. Sim, ele nos paga uma boa pensão, mas só porque fiquei em casa com as crianças, enquanto ele pavimentava o caminho para se tornar chefe de cirurgia. O problema é que Richard não entende que existem outras coisas na vida além de dinheiro. Os filhos queriam a sua presença mais do que os mimos materiais.

— Aposto que consigo arrumar um homem muito melhor do que o seu para a Harper — aposta Bridget.

— Isso foi um desafio? — pergunta Simon, erguendo a sobrancelha.

— Humm... Eu não sou o ratinho de laboratório de vocês — comento, mas eles me ignoram.

— Com certeza, é um desafio — rebate Bridget. — E, quando eu ganhar, você vai ter que me dar algo.

Simon ri.

— O quê?

— Vai pagar pelo meu fim de semana com a Harper no spa... O pacote VIP.

— Feito. E o que eu vou ganhar? — provoca Simon.

— *Se* você ganhar... — Bridget tamborila os dedos no queixo, então sorri. — Eu te deixo fazer aquela coisa de que você gosta...

— É sério? — Simon se alegra, e eu resmungo. Eles são tão nojentos. —

Tem certeza? — pergunta Simon a Bridget, com os olhos azuis arregalados e brilhando de animação.

— Sim.

Ele assente devagar.

— Você acabou de cometer um grande erro, amor, porque agora estou motivado. Não vou ter outra escolha, senão achar alguém melhor.

— Humm… Oi? — Sacudo as mãos no ar. — Eu não concordei com isso.

Finalmente, os dois olham para mim.

— Vou achar alguém perfeito para você — diz Simon. — Nada de médicos, prometo. Nem aqueles loucos por gatos.

— Bem, quero dizer… Ele pode ser louco por *xaninhas* que eu não ligo. — Dou de ombros. Simon se engasga com a vitamina, e Bridget irrompe em risos.

— Um encontro arranjado por cada um de nós — decreta Bridget. — Quem te apresentar à pessoa com quem você mais se der bem, vence.

— Aff… Tudo bem. — Encaro Simon. — Mas, se você ganhar, ainda quero passar um fim de semana no spa por ter que aguentar essa palhaçada de vocês.

Simon sorri.

— Se eu ganhar, eu te pago uma semana toda no spa!

— Ei! — Bridget dá um tapinha brincalhão no peito dele. — Nada de roubar.

Olho para o celular e vejo que são meio-dia e quinze.

— Preciso voltar para casa e me arrumar para outra entrevista. Se você quiser, posso buscar os meninos na colônia — ofereço, já que ela os buscou ontem. — Ella vai pra casa da prima dela.

— Não — diz Bridget, apressada. — Eu busco. Você, humm… Vá para casa e relaxe depois da entrevista, eu levo o Brendan pra casa.

— Tem certeza?

— Sim, pode deixar comigo. Agora, vá… — Ela empurra o meu ombro, agindo de maneira estranha. — Me liga mais tarde para contar sobre a entrevista.

CAPÍTULO 13
Landon

— Certo, garotos. Venham aqui! — grito. As dezenas de mini jogadores de beisebol vêm correndo, suados, fedidos e sorridentes. — Primeiro, quero que saibam que vocês foram incríveis ontem. É apenas o segundo dia da colônia, mas já estão arrasando. — O sorriso deles cresce. — Continuem praticando em casa, e vejo vocês amanhã.

— Obrigado, treinador! — berra um punhado deles, indo embora para encontrar os pais, que os esperam.

— Como foi hoje? — pergunta Brian, meu irmão mais velho e o responsável pela colônia de beisebol.

— Bom. Tinha me esquecido de como era jogar por diversão. — Nos últimos anos, minha vida girou em torno de jogar beisebol para os Boston Reds. Vivi e respirei beisebol, mas, em algum lugar no meio do caminho, me esqueci de como era apenas jogar bola e me divertir. Senti falta da simplicidade do esporte. Quando se joga na liga principal, há muito mais coisas envolvidas do que simplesmente jogar e pegar os arremessos. Você viaja seis meses durante o ano, dorme mais noites em hotéis do que em casa. Tem que comparecer a festas e eventos de caridade. Há contratos e patrocínios. O dinheiro é ótimo, mas as contrapartidas se tornam um fardo.

— Como está o seu braço?

Estico o braço e sinto uma pinçada dolorosa no ombro.

— Tudo certo, mas, com certeza, tomei a decisão certa quando me aposentei. — Há dois anos, meu ombro tem ficado progressivamente pior. Não foi culpa de mais nada, senão dos arremessos a cento e quarenta quilômetros por hora, em todos os mais de noventa jogos por temporada, durante dez anos, mas isso não muda o fato de que, a cada arremesso, machuco ainda mais.

Com a deterioração, depois de termos ganhado a Liga Mundial, tomei a decisão de me aposentar. Meu contrato estava prestes a ser renovado, mas decidi me afastar ainda no ápice da carreira, com um braço funcional.

— Fico muito grato por você ter vindo ajudar na colônia — diz Brian, dando-me um tapinha no ombro. — É muito importante para as crianças. — Brian leciona História na escola pública da cidade, onde também treina o time de beisebol.

— Eu era uma dessas crianças. Você vai pra...

— Com licença — fala uma voz feminina. — Você é o Landon Maxwell?

Internamente, resmungo, enquanto Brian sorri. Esse é um dos pontos negativos de ser um atleta profissional ajudando em uma colônia esportiva: as mulheres sabem quem eu sou. Ainda estamos no segundo dia, mas já me perguntaram isso uma dezena de vezes.

— Sou — confirmo, virando-me e colando um sorriso falso no rosto. A mulher sorri de um jeito doce, e duas covinhas surgem em suas bochechas. Ela é loira, e seus olhos são verdes. É pequena, mas tem um corpo decente. Quando a olho de cima a baixo, percebo que há um anel gigante em sua mão esquerda, ou seja, ela é casada. — Como posso te ajudar?

— Meu filho está na colônia. Brendan Hogue.

Reconheço o nome, mas, com a enorme quantidade de crianças que acabei de conhecer, não relaciono um rosto ao tal Brendan. Não digo a ela.

— É um prazer te conhecer. — Estendo a mão, e ela a aperta.

— Igualmente. — Seu sorriso cresce. — Queria te agradecer por estar ajudando a colônia.

— Sem problemas. Essas crianças são maravilhosas.

Há um momento de silêncio, então ela deixar escapar:

— Você está solteiro?

Brian tosse para esconder o riso, e eu solto um suspiro. Me relacionei com um bom número de mulheres ao longo dos anos, mas não sou um destruidor de lares. Se há qualquer sinal de que são casadas, não rola. Era de se esperar que, pelo menos, ela tivesse tirado o anel antes de perguntar. Algumas mulheres não têm vergonha na cara.

— Desculpa, senhora, mas não estou interessado em um relacionamento, ainda mais com uma mulher casada. — Sinalizo em direção ao anel.

Ela começa a ficar vermelha do pescoço até as bochechas.

— Ah, não! Não estou perguntando por mim — tagarela. — Estou muito feliz casada. É para uma amiga, acho que você seria perfeito para ela.

— Desculpa, mas realmente não estou interessado — insisto, tentando expressar, pelo meu tom de voz, que isso, com certeza, não vai rolar.

Ela franze a testa e parece estar prestes a argumentar, mas, em vez disso, apenas assente.

— Certo... Bem, foi um prazer te conhecer. — Ela se afasta com pressa, sem nem olhar para trás.

Quando ela não pode mais nos ouvir, Brian ri.

— Tantas mulheres, tão poucos de você.

— Cale a boca. — Eu o soco no braço.

— Heather vai fazer carne assada para o jantar. Quer passar lá em casa? — Heather é a esposa dele e a melhor cozinheira que conheço. E, mesmo se ela não fosse, eu ainda iria. Depois de gastar todos os meus anos da vida adulta viajando e jogando beisebol, tomei a decisão de passar algum tempo com o meu irmão e sua família. Desde que o nosso pai morreu, há alguns anos, Brian é toda a família que tenho. Minha sobrinha já está com sete anos, e parece que mal a conheço. Brian vive em uma cidadezinha bem ao lado de Providence, então vendi o meu apartamento e estou alugando outro mais perto, enquanto pondero se quero me estabilizar aqui de vez. Faz quase um mês que estou aqui e, até agora, tem sido uma experiência tranquila e relaxante. Exatamente o que eu estava procurando.

— Com certeza, você sabe que sim — digo a ele, com a boca salivando ao pensar na carne assada de Heather. Aposto que ela também preparou alguma sobremesa.

Passamos muitas noites juntos assistindo a esportes, enquanto Heather cozinha. A refeição é maravilhosa como sempre, e a sobremesa, ainda melhor.

— Eu poderia me acostumar com isso — falo para Heather, dando um tapinha na barriga. — Se você continuar cozinhando desse jeito, vou ter que me mudar para cá de vez.

Ela sorri com o meu elogio.

— Ou você poderia considerar sossegar e encontrar uma mulher que saiba cozinhar.

— Ou posso continuar vindo aqui. — Levanto-me e me espreguiço. — Acho que já vou, muito obrigado pelo jantar. — Inclino-me e troco um soquinho com o meu irmão. — Te vejo amanhã. — Ao sair, bagunço o cabelo da minha sobrinha, Kaelyn. — Te vejo depois, mocinha.

— Tchau, tio Landon.

Estou caminhando pela colônia, verificando se todas as crianças foram embora, quando percebo que Hunter, um dos meninos que estou ensinando, está sentado em um banquinho ainda esperando os pais virem buscá-lo.

— Ei, Hunter. Sua mãe ou o seu pai está vindo?

Hunter tira o celular do bolso.

— Sim, meu pai deveria ter vindo me buscar, mas ele esqueceu. — O garoto franze a testa. — Acabei de ligar pra minha mãe. Ela disse que o Simon vai voltar e me buscar.

Sento-me ao lado dele no banco.

— Quem é Simon? — Quero me certificar de que a pessoa certa está vindo buscá-lo, pois levo muito a sério a responsabilidade que tenho sobre essas crianças. Hoje, as coisas não são mais como quando eu era menino, e corríamos pelas ruas sem nos preocuparmos com nada.

— O pai do Brendan. Mamãe foi buscar a minha irmã na colônia de ginástica, então ia se atrasar.

Um Lexus estaciona, e Hunter se levanta, mas, antes que o menino entre no carro, o homem sai, seguido por Brendan.

— Ei, cara. — O homem, que deve ser Simon, aproxima-se e estende a mão. — Obrigado por esperar com ele. Houve uma confusão. — Ele dá um sorrisinho para Hunter. — Sou o Simon.

— Não foi nada, estamos aqui para isso. — Geralmente, é o meu irmão quem espera com as crianças, mas ele precisou ir buscar a Kaelyn em alguma outra colônia, já que Heather vai trabalhar até tarde. — Sou o Landon.

— Não houve nenhuma confusão — rebate Hunter. — Meu pai me esqueceu.

Simon estremece, mas não o corrige.

— O que você acha de praticarmos alguns arremessos, já que eu, você e Brendan estamos aqui? Colocar em prática o que vocês aprenderam hoje?

— Pode ser — concorda Brendan.

Os olhares de todos se voltam para Hunter, que apenas dá de ombros, obviamente ainda chateado pelo fato de o pai tê-lo esquecido. Não cresci com o pai mais responsável do mundo, mas, quando ele dizia que estaria em algum lugar, sempre aparecia. Não consigo imaginar como é ser uma criança esperando alguém de quem você depende e descobrir que foi esquecido.

— Eu topo — aceito. — O que acha, Hunter? Quer descobrir se você consegue rebater um dos meus arremessos com efeito? — Isso parece animá-lo um pouquinho, já que sorri e assente. — Certo, então. Vamos.

Passo a hora seguinte jogando bolas para os garotos, que se revezam, tentando rebater os arremessos. Simon está no campo externo, recolhendo as bolas que os meninos acertam. Quando os dois ficam exaustos e começam a fazer corpo mole, Simon os manda buscar todas as bolas que ele deixou passar, porque está na hora de ir embora.

— Muito obrigado por isso — ele diz. — Nem sempre dá pra contar com o pai do Hunter.

— Sem problema.

— Então, humm... Eu estava pensando... Você está solteiro? — Levo um segundo para compreender o que ele acabou de perguntar e, quando consigo, preciso abafar o riso. Já fui paquerado por muitas pessoas na vida, mas essa é a primeira vez que um homem flerta comigo, ainda mais um homem casado com a mulher que me fez a mesma pergunta ontem.

— Você é um cara bonitão — respondo, esforçando-me ao máximo para não rir —, mas não jogo nesse time.

Simon ri.

— Merda, não foi isso o que eu quis dizer. Não perguntei por mim. Tenho uma amiga e estou tentando arranjar um encontro para ela.

Desta vez, eu rio.

— A mesma amiga com quem a sua esposa tentou arranjar um encontro pra mim ontem?

Os olhos de Simon se arregalam.

— Você disse sim?

— Não.

Ele sorri.

— Que bom. Então, você está solteiro?

— Estou, mas, como disse para a sua esposa, não tenho interesse. Além disso, se duas pessoas estão tentando arranjar um encontro para essa mulher, deve ter algo de errado com ela.

Simon ri.

— Não tem nada de errado com ela.

Ergo uma sobrancelha, pois não acredito nele.

— Ela é uma mãe solo, divorciada.

— Ah... — Isso explica tudo. Ela tem um passado, e eu não lido com bagagens do passado.

— Já faz um tempinho que ela se separou, mas não sai para curtir a vida — explica Simon. — Estamos tentando ajudá-la a se arriscar. Ela é muito legal.

— Legal é um jeito de dizer que ela é feia — brinco.

— Não. — Ele balança a cabeça, rindo. — Ela é bonita.

— E irritante?

— Não. — Ele ri. — É um pouco estranha... um pouco desastrada, mas irritante, não.

Minha mente foca em uma certa garota desastrada do meu passado, mas rapidamente me livro do pensamento. Com certeza, não quero entrar nesse buraco.

— Ela parece ser legal, mas acho que vou deixar a oportunidade passar...

— Olha, cara, vou ser sincero. Minha esposa apostou comigo que ela conseguiria encontrar alguém melhor. Se eu ganhar, meu prêmio vai ser algo bom. — Ele suspira. — Muito bom.

Rio, não querendo saber do que se trata o prêmio.

— Não posso entrar em detalhes, porque seria roubar, mas há uma grande chance de que, se sair com ela, vocês se darão bem. E, se for eu quem unir vocês, e você acabar sendo o cara mais interessante, eu ganho. Então, de homem para homem, estou implorando para que você me faça esse favor. — Em seguida, ele complementa: — Se o encontro for um saco, eu pago a cerveja.

Penso na oferta por alguns segundos. Faz muito tempo desde que tive um encontro. Me mudei para cá para sossegar e diminuir o ritmo, então talvez sair com uma mulher que não tenha interesse em transar seja bom para mim. Se o encontro for um desastre, não é como se eu tivesse que vê-la de novo.

— Tudo bem, que seja. Vamos nessa.

CAPÍTULO 14

Harper

Estou sentada de frente para Dexter Helms, esperando a garçonete nos trazer a conta, para que cada um de nós pague a metade. Ele é um enfermeiro no Providence Hospital, onde o meu ex-marido trabalha. Como sei disso? Dexter fez questão de me falar um punhado de vezes. A primeira foi quando nos sentamos, e ele quis saber se ainda éramos amigos, pois tinha esperanças de que eu pudesse falar bem dele e fazer com que entrasse na equipe de cirurgias do Richard. A segunda foi quando eu, acidentalmente, derrubei a taça de vinho, e ele me disse o quanto ficou chocado, já que o meu ex-marido tem o par de mãos mais firmes que ele já viu. A terceira foi quando a conta chegou, e Dexter me disse que eu deveria pagar metade, já que o meu ex-marido ganha um salário de seis dígitos por ano como cirurgião.

Nunca fui a um encontro arranjado, e não vejo problema algum em pagar metade da conta, mas é péssimo fazer isso quando a minha metade deveria ser uns vinte dólares, incluindo a gorjeta, porque só pedi frango e uma taça de vinho, mas estou pagando quase sessenta, já que Dexter pediu filé mignon, lagosta, três cervejas e sobremesa. Acho que basta dizer que não teremos um segundo encontro.

A garçonete nos traz o recibo, e eu tiro o cartão de crédito do porta-conta. Nem me importo em esperar Dexter se levantar antes de desejá-lo uma boa-noite e ir embora. Durante todo o caminho até a casa de Bridget, xingo-a mentalmente pelo encontro. Duas horas presa naquele restaurante com um babaca. Eu poderia ter passado o tempo em uma pedicure. Tomado um banho. Poderia ter lido mais um pouco dos meus livros de romance. São duas horas que nunca vou recuperar.

Quando entro pela porta da frente dos Hogue, Bridget e Simon estão aconchegados no sofá, assistindo a um filme. Sinto um bolo na garganta ao presenciar a cena. Isso é tudo o que eu queria, mas aqui estou eu — trinta anos e sozinha. A culpa é toda minha. Eu sabia, desde o começo, que o relacionamento com o Richard não funcionaria, mas queria tanto dar um lar adequado ao meu filho, com uma mãe e um pai... Quis me certificar de que seria bem-cuidado e não quis dividir essa responsabilidade com a minha mãe. O erro tinha sido meu e do Richard, e eu queria que lidássemos com isso juntos.

Mas, na época, não pensei em mim, nem em como me sentiria depois de passar anos sem uma conexão emocional profunda com alguém. Depois de anos de sexo sem amor e sem sentido. Não pensei em como seria acordar sozinha todos os dias. Eu me divorciei do Richard porque, finalmente, cansei. Estava pronta para começar a viver. Para encontrar um homem com quem eu pudesse compartilhar a vida, mas fazia anos desde que havia me separado, e eu ainda não tinha tentado encontrar a minha felicidade.

— Você voltou cedo — diz Bridget, sentando-se. — Os meninos estão jogando videogame no quarto do Brendan. Ella acabou dormindo com as meninas no outro quarto. Eles podem passar a noite aqui.

Eu me jogo no sofá ao lado do deles.

— Foi o pior encontro de todos os tempos.

Bridget morde o lábio, e Simon parece estar tentando esconder um sorriso.

— Bem, em minha defesa... — ela começa. — Eu tinha outra opção em mente, mas ele se fez de difícil. Estava pensando em conversar com o cara quando o visse de novo. Se você me der outra chance...

— Ah, não. — Balanço a cabeça. — Essa foi a sua única chance. — Olho para Simon. — Nem preciso ir ao seu encontro. Você ganhou. Não tem como algum cara conseguir ser pior do que o de hoje.

Bridget arfa, e Simon ri.

— O quê? De jeito nenhum! — argumenta Bridget. — Você tem que ir ao encontro para ter certeza.

— Sim, concordo — diz Simon.

— Você concorda? — questiona Bridget. — Tem tanta certeza assim de que quem você escolheu vai se sair melhor?

— Sim. — Ele sorri. — Sábado, às sete da noite, no Selma's.

— No Selma's? — pergunto. Esse é um dos restaurantes mais difíceis de se conseguir uma reserva, além de ser caro.

— Foi ele quem escolheu. — Simon dá de ombros.

— Se eu tiver que pagar metade da conta, vou te cobrar — ameaço.

— Dexter te fez pagar metade da conta? — Bridget franze o nariz, desgostosa.

— Ah, e como fez. Não apenas a minha metade. Ele exagerou, e eu não paguei apenas o que comi, mas parte dos gastos dele.

— Credo — reage Bridget. — Desculpa. Ele era muito legal quando trabalhávamos juntos.

— Então, no próximo sábado — confirma Simon.

— É o dia da apresentação de ginástica da Ella, mas vai ser mais cedo. Vou perguntar ao Richard se ele ficará com as crianças. Deveríamos trocar, já que ele não as buscou nesse fim de semana, mas... nunca se sabe. — Deixo a cabeça afundar no encosto do sofá. — Ainda não acredito que ele se esqueceu de buscar o Hunter.

— Ele é um idiota — diz Simon. — Já vi muito disso nos anos que passei trabalhando no hospital e na clínica. Os médicos querem ser promovidos, então fazem dos hospitais as suas casas e se casam com o trabalho. Se não fosse pela Bridget, eu provavelmente teria feito a mesma coisa. — Ele puxa Bridget para mais perto e beija a lateral na têmpora.

Emoções fazem as minhas narinas arderem quando penso que, não importa o quanto eu tenha tentado fazer com que as coisas funcionassem com o Richard, nunca fui o bastante. Nossos filhos não foram o bastante. Nenhuma de suas outras esposas ou noivas foram o bastante. A Samantha vai ser o bastante? Continuo esperando que ele encontre uma mulher que o faça mudar, que o faça desejar participar da vida dos filhos, mas a verdade é que Richard tem que querer isso por si mesmo. Ninguém pode fazê-lo querer ser parte de uma família, senão ele próprio.

— Eu te aviso se o Richard vai poder ficar com as crianças no próximo fim de semana — falo, levantando-me.

— Se ele não puder, elas podem ficar aqui — oferece Simon. — A gente não se importa.

— Obrigada. Eu aviso vocês.

Eu: Cadê você?

Eu: Richard? A apresentação de ginástica da Ella vai começar! É bom que esteja procurando uma vaga pra estacionar.

Eu: Porra, Richard! Já começou.

Enquanto observo minha garotinha demonstrar suas habilidades de ginástica nas traves, continuo lançando olhares para o celular, esperando que Richard responda ou apareça. Diversas vezes, Ella olha ao redor, procurando o pai, que prometeu que estaria ali.

— Ele não vem — diz Hunter, apontando para o celular. — Ele nunca aparece quando precisamos. Pode parar de mandar mensagens, não vai adiantar.

Meu peito se aperta ao ouvir as palavras do meu filho. Por um longo momento, encaro o meu garotinho, que já não é mais uma criança. No fim do verão, vai fazer treze anos. Será um adolescente. Está vendo tudo o que o pai anda fazendo. Ele compreende o que está acontecendo, e não tenho mais como arrumar desculpas ou esconder a verdade. Ele sabe.

— Desculpa — peço, incerta quanto ao que falar. Apesar de não ter sido eu quem furou com os meus filhos, sou a mãe deles. Eu os trouxe a este mundo, e o meu trabalho é garantir que sejam amados e bem cuidados, e protegê-los de qualquer um que possa machucá-los.

— Não é culpa sua. E, de qualquer maneira, a gente prefere ficar com você. — Ele dá de ombros e volta a digitar no celular. Meu coração congela antes de acelerar. Eles são os meus filhos, e preciso fazer algo. Não podemos continuar assim por mais sabe-se lá quanto tempo. Ella tem apenas nove anos. Não posso deixar que Richard continue enganando-a, partindo o seu coração por mais outros nove.

Eu: Você falhou com as crianças DE NOVO. Não vou deixar que continue fazendo isso com elas. Se eu tiver que te colocar na justiça para conseguir a custódia, eu vou. A partir de segunda, se não as buscar nos dias combinados, vou começar a anotar tudo e, depois, contratar um advogado para irmos a julgamento. E, já que você me paga uma pensão tão alta, tenho dinheiro para fazer isso!

Em seguida, envio uma mensagem para Simon, avisando que preciso cancelar o encontro arranjado. Hoje à noite, as crianças precisarão de mim. Vamos jantar e celebrar como Ella foi incrível, depois, veremos um filme. Mando uma mensagem para a minha mãe, perguntando se ela quer jantar com a gente. Providence fica a apenas uma hora de Boston, mas, desde que conheceu o novo marido, David, que a trata como se fosse uma rainha, está sempre viajando.

Ela me responde, dizendo que foram a Washington D.C. em uma viagem de última hora e promete que vem nos visitar em breve. Estou feliz demais pela felicidade dela para ficar decepcionada. Depois que o meu pai a deixou falida e morreu de câncer no fígado há alguns anos, pensei que nunca mais a veria feliz outra vez. Mas, então, mamãe conheceu o David, que fez de sua missão amá-la como ela merece.

Escuto uma batida na porta e grito para as crianças que o pai delas chegou. É quarta-feira à noite, e ele, surpreendentemente, chegou na hora para buscá-los, assim como na segunda. Acho que a minha mensagem fez efeito. Espero que dure. Enquanto giro a maçaneta para abrir a porta, meu polegar fica preso sob o tapete, e eu voo para frente. A porta abre com tudo, e dou de cara com Richard. Por sorte, ele age rápido e me segura, mas nós dois caímos no chão.

— Ah, caramba, desculpa. — Saio de cima dele. — Eu tropecei.

— Jesus, Harper. — Ele se levanta e passa as mãos pela frente da camiseta para se livrar do amassado. — Você poderia ter fodido as minhas mãos. Parece um trem desgovernado.

Reviro os olhos, acostumada com o esculacho. A única preocupação de Richard era ter arruinado as suas mãos preciosas. Não interessa o fato de que eu poderia ter caído e arrebentado o rosto.

— Oi, pai! — exclama Ella, correndo para os braços de Richard.

Hunter vem logo atrás, muito menos entusiasmado do que a irmã.

— Ella e eu precisamos chegar na colônia às oito — ele diz. — Vai ter que dar um jeito pra gente chegar na hora.

Richard franze a testa.

— Já pedi desculpa por ontem.

— Bem, talvez em vez de pedir para a noiva do mês nos levar, você mesmo poderia fazer isso.

— Hunter — aviso. Compreendo as frustrações dele, mas ainda é uma criança que precisa respeitar o pai.

— O quê? É verdade. Papai nos deixou com ela pra ir trabalhar cedo, e ela demorou horas pra ficar pronta, ou seja, nós dois nos atrasamos.

— Eu entendo, mas você não pode falar assim com o seu pai. — De vez em quando, fingir que somos uma frente unida é um saco.

— Quem vai nos levar? Você ou ela? — pergunta Hunter.

— Vou me certificar de que ela os leve na hora certa — promete Richard.

— Acho que vou ficar com a mamãe — desafia Hunter.

— De jeito nenhum... — começa Richard, mas eu o interrompo rapidamente, pois a situação precisa ser acalmada.

— Você vai com o seu pai — determino. Então, para as duas crianças, peço: — Por favor, esperem no carro do papai. Preciso conversar com ele um pouquinho.

Ella se despede, abraçando-me, então sai pulando, enquanto Hunter resmunga algo baixinho, beija a minha bochecha e se arrasta até o carro. Pois é, ele não é mais um bebezinho.

— Então, o que foi isso? Está manipulando os meus filhos a irem contra mim? — acusa Richard. Não querendo que isso vire uma competição de gritos, respiro fundo antes de responder.

— Não, eu nunca falaria mal de você para os nossos filhos. Ele vai fazer treze anos e vê tudo o que pai faz. Você sabe que o beisebol é importante para o Hunter, e ele chegou atrasado. Está chateado. Poderia, por favor, se certificar de que vão chegar na hora?

— É claro — diz Richard, com sarcasmo escorrendo de cada letra. — Me deixe cancelar todas as minhas cirurgias, que pagam a colônia, para que eu possa me certificar de que o nosso filho mimado chegue na hora.

Rio secamente.

— Em primeiro lugar, a colônia é gratuita. Foi fundada com doações feitas por jogadores da liga principal. Segundo, uma criança que deseja um pouco do tempo e da atenção do pai não é mimada. O que faria dele mimado é o celular novinho que você comprou para ele depois de ter perdido a colação do sétimo ano dele, ou o PlayStation que você arranjou depois que prometeu estar no jogo das eliminatórias, mas não apareceu.

— Tudo bem, Harper. Preciso ir. Falando nisso, não vou poder ficar com as crianças no fim de semana. A Samantha está reclamando que trabalho demais e disse que precisamos de uma viagem romântica.

Abafo o riso. Boa sorte, querida. O trabalho dele vem em primeiro lugar, e uma viagem romântica no fim de semana não vai mudar isso.

— É o seu fim de semana com as crianças — comento. — E você não acabou de viajar com ela para aquele congresso?

— Eu sei, mas não posso fazer tudo ao mesmo tempo — rebate ele, erguendo a voz. — Ela reservou o hotel e não percebeu que era o meu fim de semana. E aquela viagem foi a negócios.

— Eu te avisei o que aconteceria se não viesse buscá-los. — Cruzo os braços sobre o peito, na defensiva.

— Ah, faça-me o favor — sibila Richard. — Fico com eles no próximo fim de semana.

— Não, eu tenho um compromisso este fim de semana.

Richard bufa.

— Vai fazer o quê? Pintar?

— Não, tenho um encontro — deixo escapar. Simon me respondeu, dizendo que meu encontro arranjado poderia ser na sexta-feira à noite. Por mais que eu quisesse cancelar o compromisso, não o farei por causa do meu ex-marido.

Richard arregala os olhos, e eu me congratulo mentalmente.

— Com quem?

— Não te interessa — digo, percebendo que não sei o nome do homem. — Mas é o seu fim de semana, e você vai ficar com os seus filhos.

Richard abre a boca para argumentar, mas, antes que possa dizer algo, entro em casa e fecho a porta na cara dele. Caramba, como foi bom fazer isso.

CAPÍTULO 15
Landon

Estou sentado a uma mesinha no fundo do Selma's. Quando contei a Brian que havia concordado em vir nesse encontro arranjado, pedi a ele que me recomendasse um restaurante, já que não conheço a região. Ele disse que o Selma's seria a escolha perfeita, e acreditei nele. Deveria ter percebido quando fiz a reserva que o lugar é caro. Não que eu fosse mão de vaca, mas levar uma mulher a um lugar desses em um primeiro encontro poderia me fazer ser visto como um babaca, como se eu estivesse tentando exibir o meu dinheiro; ou, se ela estiver atrás da grana, trazê-la aqui poderia fazê-la acreditar que sempre seria assim. E a última coisa que quero é que a... *Qual era o nome dela mesmo?* Merda! Nunca nem perguntei como ela se chama. Ou, se perguntei, esqueci.

Tirando o celular do bolso, digito uma mensagem rápida para Simon, perguntando qual é o nome dela. Por sorte, depois de a mulher ter cancelado semana passada, salvamos os números um do outro. Estou prestes a clicar em enviar quando escuto alguém chamando o meu nome.

— Landon? — Essa voz, apesar de não a ouvir há anos... eu reconheceria em qualquer lugar. Largando o celular na mesa, olho para cima e encontro a garota que roubou o meu coração e nunca o devolveu, parada bem na minha frente. Harper não é mais uma garota, mas uma mulher. Seu cabelo castanho está cheio de luzes cor de mel, e os olhos verdes, arregalados em choque. Seu corpo, não mais magricela e juvenil, tem todas as curvas nos lugares certos. Um vestidinho preto e simples se agarra ao quadril e expõe os seios empinados e as pernas tonificadas e bronzeadas. — O que você está fazendo aqui?

Eu deveria dizer que estou esperando alguém para um encontro arranjado, mas fico perplexo demais ao vê-la para pensar direito. Olho ao redor, esperando seu marido aparecer, quando ela pergunta:

— Eu vim me encontrar... com você?

Se encontrar comigo? Seria loucura, mas não impossível.

— Talvez... Foi Simon quem arranjou o seu encontro? — pergunto, torcendo mentalmente. Quais são as chances de eu estar em um encontro arranjado com ela, dentre todas as pessoas?

— Foi. — Seus lábios se curvam em um sorriso deslumbrante, e o meu coração acelera, como se estivesse correndo uma maratona. Harper é a única garota que tem a habilidade de me afetar assim.

— O que aconteceu com você e o Richie? — indago, confuso pra caramba. Não me entenda mal, estou mais do que feliz pela Harper estar nesse encontro arranjado, mas, da última vez que a vi, ela estava noiva e prestes a se casar com o Richie. Depois de ela ter destruído o meu coração, e de eu ter quase destruído o meu futuro, cortei todos os laços com ela. Harper já tinha me bloqueado nas redes sociais e no celular, então foi fácil me afastar e seguir em frente. Bem, fácil não, mas não tive escolha...

— Boa noite, meu nome é Bree e serei a sua garçonete hoje à noite. — A atendente olha de mim para Harper, que ainda está em pé, enquanto serve dois copos d'água na nossa mesa.

— Por favor, sente-se. — Levanto-me e contorno a mesa para puxar a cadeira de Harper. Ela agradece e se posiciona na frente do assento. Enquanto empurro a cadeira, sinto o leve aroma do seu perfume. Não consigo evitar e respiro fundo, inspirando tudo. Tantos anos se passaram, mas ela ainda tem o mesmo cheiro. Tanto o meu coração quanto o meu pau aprovam.

— Landon? — pergunta ela, olhando para trás.

Pigarreio antes de conseguir falar:

— Desculpa, é que... o seu cheiro ainda é o mesmo.

Suas bochechas ganham um fraco tom de rosa.

— E que cheiro é esse?

Perfeição.

— Morangos e baunilha.

— Ainda uso o mesmo xampu e loção hidratante — admite, com um sorriso envergonhado. — São os meus preferidos.

— Os meus também — concordo, sentando-me de frente para ela.

A garçonete sorri para mim, informando-me que ouviu a nossa conversa, mas não dou a mínima. Harper está aqui. No mesmo restaurante que eu. E não faço ideia do que raios pensar nem de como me sentir agora.

— Querem beber algo? — pergunta Bree, entregando a cada um de nós o cardápio de drinques. — O martini de melancia é o nosso drinque da temporada.

— Estou satisfeito com a água — digo.

— Uma taça de vinho branco seria perfeita. A marca que você tiver disponível — pede Harper. Ela tira o guardanapo de cima da mesa, sacode o tecido e repousa-o no colo. Mas, enquanto se situa, acidentalmente puxa um pedaço da toalha. O pano vai em direção a ela e tudo na mesa tomba, incluindo as nossas águas. A dela se espalha pela lateral da mesa, mas a minha cai direto no meu colo. Dou um pulo assim que o líquido congelante ensopa a parte da frente da minha calça.

— Nossa, que gelo. — Tentando me livrar do excesso de água, rio, lembrando de como Harper era desastrada no ensino médio. Aparentemente, isso também não mudou.

Harper se levanta em um pulo e, com o guardanapo do colo, começa a dar batidinhas onde a água caiu... bem na minha virilha, que deve ter encolhido pra caramba por conta da água gelada, mas, rapidamente, um volume surge nas minhas calças em resposta ao toque dela.

— Desculpa mesmo — fala Harper, enxugando-me às pressas.

Precisando que ela pare de me tocar antes que o volume se transforme em uma ereção, agarro o seu pulso.

— Pode deixar comigo. — Rio.

Ela resmunga e balança a cabeça.

— Sou tão desastrada — diz, o que chama a minha atenção, porque o seu tom não está repleto de riso como deveria. Na verdade, ela está se colocando para baixo.

— Ei. — Seguro o seu queixo entre os dedos e estudo os seus olhos, que estão cheios de lágrimas não derramadas. Por que raios ela parece estar prestes a chorar por um pouco de água derramada? — Está tudo bem. Não combina com a estação, mas os dias têm sido bem quentes. Foi bom pra refrescar. — Dou uma piscadela brincalhona, o que me faz ganhar um meio sorriso.

A garçonete, nem mesmo se importando em lidar com as bebidas derramadas, oferece-nos uma nova mesa. Já que Harper está chateada demais para dizer qualquer coisa, agradeço a Bree. A outra mesa fica em um cantinho, então nos sentamos na diagonal um do outro. Estamos perto o bastante para que eu estique a mão e consiga tocá-la, mas não o faço. Encaro-a por um longo momento, ainda chocado pelo fato de que, depois de todos esses anos, estou em um encontro com ela.

— Com licença — pede uma voz envergonhada, forçando-me a tirar os olhos de Harper. Quando desvio o olhar, encontro duas mulheres, em vestidos minúsculos, paradas ao lado da nossa mesa. — Ah, meu Deus! É você mesmo. Você é o Landon Maxwell. Meu ex-namorado me obrigava a assistir aos jogos de beisebol com ele, e você era a única razão pela qual eu aguentava ver alguma coisa. Eu te sigo no Instagram. Se importaria de tirar uma foto? — Ela tira o celular de dentro do sutiã. — Ele ia morrer se visse que eu te conheci.

Geralmente, quando um fã me aborda, não importa o quanto seja inapropriado, dou o meu melhor para ser educado, mas quando olho para Harper e vejo a sua testa franzida, estragando o seu lindo rosto, meu coração para, e não mais tento ser educado.

— Na verdade, eu me importo — recuso, meu olhar se voltando para Harper, cujos olhos se arregalam um pouco. — Estou em um encontro com uma linda mulher e toda a minha atenção precisa estar nela.

A fã me olha, perplexa, mas, antes que possa dizer qualquer coisa, a garçonete se aproxima.

— Senhora, esse tipo de pedido não é permitido no nosso estabelecimento. Tenho que pedir que a senhora se retire.

Harper bufa alto, e eu rio baixinho. As duas mulheres arquejam e se afastam, pisando duro.

— Obrigado — digo a Bree. Foi bom eu ter ligado, pedido uma mesa em um lugarzinho escondido e dito quem eu era. Em geral, não saio usando o meu nome, mas, de vez em quando, é a única maneira de conseguir um pouco de privacidade nos restaurantes.

— Sem problemas. — Ela serve dois novos copos d'água, junto com a taça de vinho de Harper.

— Isso sempre acontece? — pergunta Harper.

Poderia mentir para ela, tentar minimizar o problema, especialmente depois de ter visto como a sua testa ficou franzida, mas nunca menti para Harper e não planejo começar agora.

— Sim, ainda mais nos últimos anos. Participamos da Liga Mundial duas vezes e ganhamos ano passado.

— É, eu vi — revela, com um sorrisinho que me choca por completo.

Seus olhos estão nos meus, enquanto ela tateia em busca da taça de vinho. Com o canto dos olhos, vejo o nó dos dedos dela roçar a lateral da vela. Antes que Harper perceba o que está acontecendo, a vela tomba.

— Ah, meu Deus. — Ela arqueja, enquanto ergo a vela antes que algo pegue fogo. — Primeiro, eu te molho todo. Agora, quase o incendeio.

— Por mais que eu aprecie o fato de você ter tentado me aquecer, acho que vou deixar a minha calça secar à temperatura ambiente. — Dou um sorrisinho brincalhão.

— Esse deve ser o pior encontro arranjado da sua vida — diz ela, deixando a cabeça cair nas mãos.

Não posso evitar e rio do quanto Harper parece chateada. Ela poderia ter envelhecido e se tornado uma mulher, mas ainda é a mesma garota pela qual eu me apaixonei tantos anos atrás, o que me faz lembrar de que...

— Ei, Harp.

Ela ergue a cabeça.

— O que aconteceu? — Já sei que ela se divorciou e que é mãe solo, graças ao Simon, que me contou, mas preciso de mais informações.

Harper respira fundo, depois pega a taça de vinho e entorna metade em um único gole. Por um segundo, pergunto-me se vai me responder ou apenas se embebedar. Mas, então, ela repousa a taça com cuidado e começa:

— Richard e eu nos casamos logo depois que descobri a gravidez. Tentamos fazer as coisas funcionarem, mas nunca deu certo. *Nós* nunca demos certo. Por fim, o relacionamento ficou tão ruim que não aguentei mais, então pedi o divórcio. Richard tentou me impedir, mas acabou cedendo. Temos a guarda compartilhada dos nossos dois filhos: Hunter e Ella.

Assinto lentamente, tentando absorver tudo.

— Richard? — Ergo a sobrancelha com o uso formal do nome dele.

— Sim. — Ela revira os olhos. — Ele é cirurgião no Providence... É o chefe de cirurgia. Richie era infantil demais, então agora ele prefere Richard.

Não posso evitar a bufada que me escapa. O cara sempre foi um babaca. É bom saber que nada mudou.

— Não acredito que você mora aqui. — Por todos esses anos, pensei nela, procurei-a nas redes sociais, mas nunca imaginei que a veria de novo. Tínhamos concordado em continuar amigos se, um dia, terminássemos, então, quando Harper me disse que estava grávida e que teria que cortar todos os laços comigo, fiquei machucado pra caralho. Não apenas perdi a minha namorada, a garota que eu amava mais do que tudo no mundo, inclusive o beisebol, mas também a minha melhor amiga.

— Viemos pra cá três anos depois que Hunter nasceu. Richard foi aceito na residência em Providence, então tivemos que nos mudar. Quando ele conseguiu um trabalho no Providence General, seus pais compraram uma casa para a gente na cidade.

— Eu também moro aqui. Meu irmão e a família dele têm uma casa. Ele leciona na escola pública cidade e é o treinador do time de beisebol deles.

— Seu irmão é o Brian... Eu sabia que era ele! — Ela ri. Harper apenas o viu uma vez, mas sempre me ouvia falar dele. — Ele é o responsável pela colônia de férias do Hunter. Não o vi, mas ouvi o nome dele. Lá no fundo, eu sabia que era ele.

Hunter... Então, a minha ficha cai. O garoto que o pai se esqueceu de buscar. Filho da puta. É claro que era o Richie – não, eu não vou chamá-lo de Richard. Isso é uma idiotice, e ele é um babaca por tentar mudar de nome.

— Eu conheço o Hunter. Estou ajudando na colônia durante o verão.

Os olhos dela se arregalam.

— Tive a sensação de que você estaria. Vi que tinha se aposentado, e quando Bridget mencionou que um jogador aposentado dos Reds estava ajudando, pensei em você. Eu deveria ter ligado os pontos.

— Foi só dessa vez que você pensou em mim?

Ela não responde de primeira, mas o calor que sobe pelo seu pescoço me dá a resposta. *Não.*

Ainda assim, preciso que ela me diga.

— Harper — incentivo. — Você pensou em mim? Porque eu penso em você quase todo santo dia — abro o jogo, porque foda-se. Ela está solteira. Eu estou solteiro. E só pode ser a merda do destino que nos colocou, um em frente ao outro, em um encontro arranjado.

— Todos os dias — admite Harper, baixinho. Ela pega a taça de vinho e toma um gole. Quando vai repousá-la, não presta atenção, e a parte de baixo da taça acerta um pedaço do grafo. A taça quase tomba, mas eu a pego antes do acidente e apenas um pouco do líquido escorre.

— Sou um desastre — diz ela, completamente exasperada. Harper olha para mim, e seus lindos lábios se curvam para baixo no mais triste semblante. Os olhos estão encobertos, e ela parece prestes a chorar.

Aproximando-me, estico a mão e seguro o seu rosto, enxugando a lágrima que escapou.

— Sempre amei o seu jeitinho desastrado. Quando estávamos juntos, isso fazia com que eu me sentisse um cavalheiro em um cavalo branco, pois era sempre eu quem a segurava antes de você cair.

— Landon... — Suspira, e seus olhos verdes deslumbrantes encontram os meus.

Deslizando o polegar sobre aquele lábio volumoso, imagino como seria beijá-la. Como seria sentir o gosto do vinho em sua língua e me embebedar apenas com o seu cheiro.

— Mal posso acreditar que você está aqui... — murmuro. — Você está aqui comigo, jantando.

Ela coloca a língua para fora e lambe a ponta do meu polegar. A barreira que continha o meu bom senso desmorona. Com as mãos ainda pressionando suas bochechas, gentilmente roço os lábios na boca dela. Quando ela suspira e seus lábios se abrem, aprofundo o beijo. Ela tem o gosto exato que imaginei. Doce como o vinho. Considero trazê-la para o meu colo, mas, então, me lembro de que estamos em público e me afasto.

— Já decidiram o que vão pedir? — pergunta a garçonete, nos trazendo de volta à realidade. Nenhum de nós sequer olhou o cardápio e, agora, a última coisa que quero fazer é ficar sentado aqui e comer. Quero Harper toda para mim.

— Poderia nos dar um minuto, por favor? — peço à garçonete.

Ela assente e se afasta.

— Nunca cheguei a sonhar que eu teria outra chance como essa — digo a Harper, assim que a garçonete vai embora. — E eu não quero passar o tempo que teremos juntos em um restaurante lotado. O que acha de darmos o fora daqui?

Harper me olha através dos cílios volumosos e assente uma vez.

Levantando-me, enfio a mão no bolso e tiro algumas notas da carteira. A garçonete, vendo que me levantei, aproxima-se.

— Decidimos não ficar. — Entrego o dinheiro a ela. É mais do que a nossa refeição, incluindo a gorjeta, teria custado se tivéssemos comido algo. — Pelo inconveniente.

— Obrigada.

Segurando Harper pela mão, nos levo para fora do restaurante.

— Vim de táxi — informo a ela. Toda vez que há a possibilidade de beber, opto por transportes públicos.

— Eu estou de carro — diz ela, entregando uma senha ao motorista, que se apressa para buscar o veículo.

Enquanto o esperamos trazer o carro, ficamos em silêncio. Não faço ideia do que está se passando na cabeça dela. Quero perguntar, mas tenho medo de assustá-la. Já faz mais de doze anos, porra. Enquanto eu jogava beisebol, ela criava uma família. Era mãe. Esposa. Não tem como Harper ainda ser a mulher que, um dia, conheci — apesar de ela ainda ter o mesmo sorriso deslumbrante, o mesmo cheiro de morangos e baunilha e de continuar desajeitada.

Seu carro caríssimo chega, e rio mentalmente ao perceber quanto tempo se passou. Da última vez que a vi, ela dirigia um velho Corolla cor-de-merda. Agora, ela tem um Audi. Faz sentido, já que foi casada com a porra de um cirurgião.

Olho para ela, parada ali, enrolando o cabelo no dedo, como sempre fazia quando ficava nervosa, e noto o quanto parece refinada. Fiquei com algumas modelos e celebridades ao longo dos anos, então reconheço o nome das marcas. Sua bolsa tem o logo com as iniciais SL, indicando ser da Saint Laurent. Os saltos, que têm uns bons dez centímetros e ajudam a expor suas lindas panturrilhas, têm a característica sola vermelha. Não é mais a adolescente de All Star pela qual me apaixonei, mas uma mulher formada.

— Sua casa ou a minha? — pergunta ela. Por um segundo, pondero se não estou cometendo um erro. Não somos mais as mesmas pessoas do passado. O tempo e a vida nos fizeram seguir por caminhos diferentes. Mas, então, ela diz o meu nome na mesma voz que usava quando desejava o meu toque, minha atenção, minha afeição, e toda dúvida que tenho desaparece. Podemos estar mais velhos, mas ainda somos Harper e Landon.

— Minha casa está uma bagunça — admito. — Faz quase um mês que cheguei, mas ainda nem desfiz as malas.

— Então, vamos para a minha — diz ela, jogando as chaves para mim. — Seja um cavalheiro e dirija.

CAPÍTULO 16

Harper

A curta viagem de quinze minutos é tempo suficiente para que a minha mente e o meu coração analisem todas as emoções possíveis que estou sentindo com o fato de Landon ser o homem do meu encontro arranjado. Mas continuo revisitando a noção do quanto senti saudade dele. O jeito como ele ri das minhas trapalhadas e acha isso fofo, em vez de irritante. Como ele pode me tocar e fazer o meu corpo todo pegar fogo. Passei esses anos sem ele, mas, com um beijo, estou me segurando para não arrancar as roupas e reexplorar cada centímetro do seu corpo.

Landon disse que queria ir embora do restaurante, mas não disse o porquê. Talvez quisesse apenas conversar e colocar o papo em dia. Isso faria sentindo... Mas ele também me beijou, então talvez quisesse algo a mais. Se tivessem me perguntando, em algum momento, se havia passado pela minha cabeça que o meu encontro de hoje terminaria em sexo, eu teria rido. Mas meu encontro não foi com qualquer pessoa. Foi com Landon Maxwell. O único homem que realmente amei na vida. O homem para quem entreguei o meu coração e nunca o recuperei, mesmo quando parti os nossos corações no dia em que disse a Landon que nunca mais poderíamos ficar juntos.

Se eu acredito que transar vai nos levar a ter algum relacionamento? Não. Sou uma mulher de trinta anos. Sei como essas coisas funcionam. Sei como homens tipo o Landon funcionam. Posso não ter muita experiência, mas não sou burra. Ele não é mais o doce garoto de dezoito anos que conheci. Ele teve uma vida parecida com a dos ricaços e famosos. Vi modelos da Victoria's Secret em seus braços, atrizes deslumbrantes que ele acompanhou em premiações. Vi a linda mulher que nos abordou hoje no restaurante, querendo tirar uma foto com ele. Landon não apenas jogava beisebol. Ele foi eleito o melhor jogador do ano diversas vezes seguidas e estava listado como um dos atletas mais bem pagos da atualidade. Ele venceu a porcaria da Liga Mundial.

Mas, para mim, ele é apenas o Landon. O garoto que amei e perdi. É aí que o dilema está. Posso ficar com Landon da mesma maneira que ele ficou com todas aquelas outras mulheres — sem nenhum compromisso? Não. Porque nunca deixei de amá-lo, mas até parece que vou perder a oportunidade de tê-lo na minha cama porque estou com medo de o meu coração ser irreparavelmente partido. Sou a razão pela qual terminamos. Eu pisei na bola, não ele. Por anos, sonhei como seria estarmos juntos outra vez. Fazer amor com ele. Ser segurada pelos seus braços fortes e reconfortantes de novo.

Todos os dias, coloco as minhas crianças em primeiro lugar. Do que elas precisam? O que querem? O que as faz se sentirem felizes, amadas e seguras? Mas, pela primeira vez na minha vida adulta, não penso em mais ninguém, senão em mim. O que eu quero? Do que preciso? O que vai me fazer feliz? E, para todas as perguntas, a resposta é a mesma: Landon, Landon e Landon.

E isso me diz tudo que preciso saber. Eu o quero, e se ele também quiser, aproveitarei esta noite pelo que ela é: a última chance de ficar com o homem que nunca saiu da minha mente. Talvez isso dê em algo, talvez não. Não importa. Vou aproveitar até onde a noite nos levar.

Estacionamos na frente da minha garagem, e Landon desliga o carro. Saímos e caminhamos, em silêncio, até a porta da frente. Tomando as chaves dele, destranco a porta e a abro. A maçaneta mal termina de ser fechada quando Landon avança. Suas mãos agarram a minha bunda, e ele me ergue contra a madeira dura da porta.

— Pensei nisso quase todos os dias desde a última vez que tive você na minha cama. Me diga que também quer. — Seus olhos me encaram. — Me diga que você me quer.

— Eu quero. Eu te quero — digo a ele, em uma voz estável, para que saiba que estou falando sério. Seus olhos analisam os meus, buscando algo, ponderando, contemplando. Deve ter encontrado seja lá o que estivesse procurando, porque, sem dizer mais nada, sua boca habilidosa me devora, deixando-me sem fôlego. Sua língua encontra a minha, e o nosso beijo se aprofunda. Saboreando, acariciando, seduzindo. Não lembro quando foi a última vez que fui beijada com tanta paixão.

Então, estamos nos movendo. Ele me deita no sofá, e arrancamos as roupas. Landon fica apenas de cueca, e eu, de sutiã e calcinha — felizmente, eu havia lavado as roupas e estou com um conjunto que combina. Apesar de ser todo preto, pelo menos, tem renda nas bordas.

Enquanto Landon ergue a minha bunda e prende os dedos nas laterais da calcinha, tiro um momento para admirá-lo. Mais tatuagens complexas adornam o seu peito, que parece ter sido esculpido em pedra. Seu abdômen é definido — todos os seis gominhos. E, ao mesmo tempo em que desliza a calcinha pelas minhas pernas, os músculos demarcados no braço se flexionam. Ele tem um bronzeado dourado maravilhoso por conta de todos os anos que passou jogando beisebol ao ar livre. De uma coisa eu tenho certeza... o tempo fez muito bem a ele.

— Senti saudade dessa boceta perfeita — murmura Landon, arrancando-me dos meus pensamentos cheios de desejo. Afasta as minhas pernas e beija o topo perfeitamente aparado.

Considero fazer uma piada, já que, depois de ter parido duas crianças do tamanho de melões, minha boceta pode não ser mais tão perfeita quanto ele se lembra, mas as palavras se perdem na garganta quando ele mergulha entre as minhas coxas, afasta os lábios da boceta e desliza a língua quente e úmida bem no meu centro. Meu corpo, não sendo tocado assim há anos, ilumina-se como uma árvore de Natal. Ele me lambe mais algumas vezes, então dá atenção ao meu clitóris. Alternando entre lambidas e mordidinhas, ele me estimula até um orgasmo devastador atingir todo o meu corpo, deixando-me mais satisfeita do que me senti a vida toda.

— Caralho — murmura, encarando-me. Seus lábios estão brilhando com o meu suco, e quero trazê-lo para perto e sentir o meu gosto nele. — Acho que você gozou em uns trinta segundos. — Ele me dá um sorriso pervertido que, se eu já não estivesse sem calcinha, teria me convencido a arrancar toda a roupa.

— Faz um tempinho. — Sento-me e, prendendo os dedos ao redor do pescoço de Landon, puxo-o até que ele esteja sobre mim. Nossas bocas se conectam, e solto um gemido baixinho quando sinto o meu gosto nele. Não é doce, mas fico cheia de tesão por saber que sou *eu* nos lábios dele.

Sem quebrar o beijo, Landon abre meu sutiã, que cai entre nós. Sua boca se afasta, e seus lábios distribuem beijos pela minha mandíbula e clavícula, descendo em direção aos seios. Depois de tirar o sutiã do caminho com o nariz, sua língua lambe o meu mamilo tenso. Ele o chupa, e arqueio as costas em resposta ao toque dele. Quando mais novos, Landon conhecia muito bem o meu corpo, mas éramos jovens e inexperientes. Agora, ele envelheceu, e está claro o fato de que sabe lidar com o corpo de uma mulher. Não faço questão de saber com quantas mulheres ele já ficou, pois estou mais do que feliz de poder me beneficiar da sua experiência.

— Me segura — ordena. Enrolo as mãos ao redor do seu pescoço, e ele me pega no colo. Minhas pernas se entrelaçam em sua cintura assim que Landon se levanta. — Para onde?

— Humm... Para o meu quarto?

— Lá tem uma cama onde posso te esparramar e meter em você até as bolas? — Seus lábios se curvam, divertidos.

— Sim, uma cama gigante e macia — digo, sorrindo. — Fica no final do corredor à direita. — Os quartos das crianças, o banheiro e o quarto de bagunça delas ficam no andar de cima, mas o quarto e o banheiro principais ficam no térreo, junto com mais um quarto de hóspedes e um banheiro para quando minha mãe nos visita.

Enquanto Landon me carrega, espalho beijos por todo o seu rosto — suas bochechas com a barba por fazer, sua mandíbula esculpida e os cantinhos da sua boca perfeita. Mal posso acreditar que ele está aqui, na minha casa, comigo. Seu pau duro roça a abertura da minha bunda, e eu gemo, querendo que ele se apresse para que possa entrar em mim.

Quando adentramos o quarto, está escuro, então acendo uma das luzes. Talvez eu tenha somente a noite de hoje com Landon, por isso quero ter certeza de que verei todos os momentos que vamos passar juntos.

Ele me joga no meio da cama. Em seguida, congela. Seu olhar estuda os arredores, então meus olhos encontram os dele. Os dentes alinhados e brancos mordem seu lábio inferior, e me pergunto se talvez Landon esteja mudando de ideia. Sinto uma pontada no peito ao considerar isso.

— Landon, o que foi? — pergunto, erguendo-me um pouco e envolvendo o rosto dele com as mãos. — Fala comigo.

— Queria que a gente estivesse na minha casa — ele diz, baixinho. — Sei que não faz nenhum sentido, mas odeio saber que você esteve aqui, neste quarto, nesta maldita cama, com outro homem. — Seus olhos se fecham, e ele aconchega o rosto na curva do meu pescoço. — Deveria ter sido a gente, Harp — continua, lentamente, quebrando o meu coração em pedacinhos.

— Nunca estive nesta cama nem neste quarto com mais ninguém — admito. A cabeça dele se ergue, com uma expressão surpresa nos olhos. — Por causa do divórcio, fiquei com a casa, mas a vendi. Era grande demais, e eu não tinha como mantê-la. Quando nos mudamos para cá, comprei móveis novos, incluindo a cama. Um novo começo.

Os olhos de Landon se enchem de tesão.

— Preciso meter em você agora — rosna ele. — Você toma anticoncepcional?

Nem termino de assentir quando ele desliza e entra em seu lar, dentro de mim, preenchendo-me por completo. Nossos corpos estão conectados da maneira mais íntima de todas e, se dependesse de mim, ficaríamos assim pelo resto das nossas vidas.

Enquanto Landon entra e sai de mim, seguro-o bem perto. Meus dedos escorregam pelo cabelo bagunçado dele. Seus braços estão apoiados ao lado da minha cabeça, e parece que somos um — um corpo, um coração, uma alma. Interligados.

Enquanto as ondas de prazer me atingem, grito o nome de Landon, pensando em como me sinto diferente agora. A maneira como os nossos corpos estão se reconectando, como os nossos corações batem em sincronia. Vivemos e experienciamos vidas diferentes, mas aqui estamos, anos depois, de volta aos braços um do outro, como se o tempo sequer tivesse passado.

Landon para de se mover e me encara por um breve momento, antes de se inclinar para a frente e lamber a minha bochecha. Fico confusa com o gesto até sentir a emoção líquida escorrendo das minhas pálpebras.

— Não chore, querida — murmura. Saindo de dentro de mim, ele se deita de lado e me traz para perto. — O que foi?

— Não são lágrimas de tristeza — revelo, sentindo-me um pouco envergonhada. — Eu... estou muito feliz. — Engasgo com uma risada que se mistura a um soluço, e Landon ri. Amo como o cantinho dos olhos dele se enruga sempre que ri.

— Que bom — diz, e a minha barriga ronca. Seus lábios se curvam um tanto para baixo. — Preciso te alimentar.

— Estou bem — falo, apesar de, na verdade, estar morrendo de fome.

— Você se esqueceu de que eu te conheço? — questiona Landon, tirando-me de cima dele para que possa se levantar. — Você come mais do que a maioria dos homens adultos.

— Diz isso como se eu fizesse parte de um rebanho que precisa ser alimentado. — Bufo, meio irritada e meio brincando.

Landon ri.

— Ainda bem que prefiro que a minha mulher tenha um apetite saudável e carne no corpo. — Ele caminha em direção ao banheiro. Sigo-o para que possa me limpar.

— É mesmo? Por isso sempre saía com aquelas modelos e atrizes magérrimas? — Arrependo-me da acusação assim que ela sai da minha boca, mas é tarde demais para retirar o que disse.

Landon para no meio do banheiro e envolve as minhas bochechas.

— Nenhuma daquelas mulheres eram a minha mulher. Eram encontros. Acompanhantes, por assim dizer — explica ele, em um tom sério. — Nenhuma delas significou nada para mim.

Engulo o bolo que estava na minha garganta.

— Só você significou — diz ele, baixinho. — Só você significa.

CAPÍTULO 17
Landon

Ficar com Harper superou qualquer expectativa, sonho ou fantasia que tive ao longo dos anos. Assim que os nossos olhares se encontraram no restaurante, foi como se existisse apenas a gente lá. E, quando chegamos à casa dela e nossos corpos se entrelaçaram, foi como se o tempo tivesse feito uma pausa para nós. Mas, assim que tudo acabou, soube que aquele mundo apenas nosso tinha sido uma fantasia. E, para ajudar a reiterar o fato de que era tudo uma ilusão, vi sobre a cômoda uma foto dela com a família.

A moldura era rosa brilhante, com as palavras "Feliz Dia das Mães!" escritas na parte de cima. Vejo um punhado de adesivos de coração por toda a borda e, no meio, há quatro rostos sorridentes. Richie continua o mesmo, apenas um pouco mais arrumado. O cabelo está curto, e ele veste um terno. O braço está ao redor de Harper, que apoia cada uma das mãos nos ombros dos filhos. Dos filhos *deles*... Porra, ela tem filhos. *Eles* têm filhos. O garoto reconheço como sendo um Hunter mais novo. Está com um boné de beisebol dos Boston Reds e uma camisa do time. A garotinha é alguns anos mais nova e parece uma versão mini de Harper. Imagino se mãe e filha seriam parecidas se eu visse as fotos de Harper quando criança.

— Ella me deu no Dia das Mães — explica Harper, saindo de trás de mim e me envolvendo. Seu rosto surge sob o meu ombro e, erguendo a mão, abraço-a pelas costas. — Ela fez no jardim de infância, alguns meses antes de Richard e eu nos divorciarmos. Não tive coragem de me livrar do presente quando estava arrancando os rastros dele da casa. As crianças têm uma foto dele no quarto, mas todas as outras, que estão na sala, são apenas de nós três. — Ela acha que me incomoda o fato de haver uma foto do ex-marido no quarto.

— Ei — digo, virando para encará-la. — Não precisa se explicar pra mim. Sei muito bem que vocês foram casados e que têm dois filhos.

— Eu sei, mas...

— Nada de "mas". — Ergo o seu queixo e pressiono os lábios nos dela. —

As pessoas nessa foto são parte da sua vida. E, se eu te conheço como acho que conheço, essas crianças, provavelmente, são o seu mundo todo.

Com lágrimas brilhando nos olhos, ela assente.

— São mesmo.

O que não digo, mas penso, é que eu daria qualquer coisa para ter sido o homem naquela foto. Para ser o pai dos filhos dela. Para que Harper usasse o meu anel, mas cheguei tarde demais. Me mata o fato de que ela seguiu em frente, ainda mais com Richie. Isso nunca fez sentido para mim. Ela foi de mal ser capaz de suportar o cara a engravidar dele. Quero perguntar como isso aconteceu, mas não quero voltar ao passado. O que foi feito, está feito. Não dá para mudar o passado. Agora, tudo o que quero fazer é aproveitar o hoje... esta noite... com a Harper, e conhecer o seu eu de agora, começando pelas duas pessoas mais importantes da sua vida.

— O que acha de pedirmos comida e, enquanto comemos, você me conta sobre o seu mundo?

— Você não vai embora? — pergunta ela, confusa, franzindo as sobrancelhas. Mas que merda... Ela pensou que a gente transaria e eu fugiria? Ou talvez tudo pelo que ela estivesse procurando fosse... Ah, caralho, talvez as crianças vão chegar daqui a pouco. Apesar de que já está um pouco tarde...

— Eu não quero ir, mas não sei como funcionaria com as crianças e tudo mais...

— Elas estão passando o fim de semana com o Richard. — Harper prende o cabelo atrás da orelha e mordisca o lábio inferior por um momento antes de dizer: — Você... hum... quer dormir aqui? — Seu dedo do meio encontra uma mecha de cabelo, que ela gira, ansiosa.

Jesus, essa mulher... Algumas horas juntos, e já estou encantado por ela. Sei que uma noite com a Harper não vai ser o bastante. Vou querer e precisar de mais.

— Tem certeza? — Não quero que ela se sinta desconfortável nem que se arrependa de nada pela manhã.

— Sim — diz ela, vindo na minha direção e soltando a mecha de cabelo. Harper desliza os dedos pela parte da frente do meu corpo, e seus lábios se curvam em um sorriso envergonhado. — Adoraria acordar com você ao meu lado amanhã cedo.

Não lembro qual foi a última vez que acordei na mesma cama que uma mulher, muito menos com uma mulher colada em mim. Quando passava um tempo com alguma delas, eu geralmente estava na estrada e inventava alguma desculpa esfarrapada quanto a não poder passar a noite com outras pessoas. Nunca quis me arriscar com a possibilidade de que alguma emoção surgisse ao dar o próximo passo. Dormir juntos e dividir a cama era muito mais íntimo do que transar com alguém.

Mas, quando Harper me pediu para dormir ali, nem pensei duas vezes. De jeito nenhum perderia a chance de passar mais tempo com ela, mesmo que fosse enquanto dormíamos. Não tinha certeza de como me sentiria pela manhã, quando o sol nascesse e não estivéssemos mais sob o efeito dos orgasmos. Mas, observando Harper roncar baixinho, com o corpo enrolado no meu, seu braço sobre o meu tronco e o rosto aconchegado no meu peito, rapidamente chego à conclusão de que acordar com ela é, sem dúvida, o melhor jeito. E, se dependesse de mim, faria questão de acordar assim todos os dias.

Subo a mão pelas suas costas, descendo pelo braço. Sinto que preciso continuar tocando em Harper, lembrando-me de que ela está mesmo aqui comigo. Novamente nos meus braços, na minha vida.

Olho para o relógio na mesinha de cabeceira e vejo que ainda está cedo demais. Harper, provavelmente, deve estar exausta. Depois que decidimos que eu dormiria ali, pedimos comida chinesa e passamos horas conversando, nos conhecendo outra vez e nos atualizando sobre nossas famílias e vidas. Ela me contou um pouco sobre o casamento e muito sobre os filhos. Eu sabia que Harper seria uma mãe incrível, mas, enquanto falava dos filhos, senti que era mais do que isso. Eles eram tudo para ela. A lua, as estrelas e toda a atmosfera. Seu mundo, literalmente, girava ao redor deles, e ela não mudaria nada quanto a isso. Essa era a razão pela qual teve medo de se separar. A razão pela qual não havia namorado mais ninguém. Ela tem vivido focada demais em ser mãe, enquanto Richie continuava se casando e se divorciando como se fosse algum tipo de esporte.

Quando parece que estamos quase completamente em dia sobre a vida um do outro, passamos algumas horas explorando mais os nossos corpos. Não sei dizer quantas vezes, ontem à noite e hoje cedo, senti o prazer de estar dentro de Harper, ou quando foi que adormecemos, mas não deve fazer muito tempo. Por sorte, as crianças estarão fora hoje e amanhã, e não tenho nenhum compromisso, então podemos ficar o dia todo na cama, se quisermos.

Preciso mijar, então gentilmente tiro Harper de cima de mim. Ela se mexe um pouco, mas não acorda. Depois de fazer o que preciso, considero acordá-la para transarmos pela manhã, porque, caralho, não me canso dela. Mas, antes de acordá-la, me lembro de que ela mencionou não ter tempo o bastante para fazer qualquer coisa por ela, e que Richie raramente busca as crianças quando deve. Então, imagino que já faz um bom tempo — se não for a primeira vez em sua vida adulta — que ela dorme até mais tarde e ganha um café na cama.

Sigo para a cozinha e dou uma olhada na geladeira e despensa. Na maior parte, são comidas infantis, como cereais coloridos e aveia com marshmallow. Ser um jogador profissional de beisebol nos últimos doze anos me obrigou a aprender a cozinhar e a comer de maneira saudável. Não tem como viver comendo porcarias e conseguir dar o seu melhor. Nosso corpo precisa do combustível adequado para funcionar com excelência.

Encontro os ingredientes de que preciso e começo a preparar um café da manhã para nós dois — omelete de queijo e presunto e panquecas com calda e chantili. Coloco tudo em pratos. Em seguida, encontro uma bandeja na despensa. Sirvo um copo de leite e outro de suco de laranja, então levo para o quarto.

Quando entro, fico chocado ao encontrar Harper acordada e sentada na cama.

— Bom dia — diz ela, com um sorriso de tirar o fôlego. — Eu te ouvi na cozinha, mas não tinha certeza do que você estava fazendo.

— Preparando um café da manhã pra gente — respondo, repousando a bandeja no colo dela.

Ela assimila tudo e sorri.

— Parece delicioso. Continue fazendo isso, e talvez eu nunca mais te deixe ir embora. — As palavras dela foram ditas em um tom jocoso, mas não rio, porque a ideia de Harper me manter aqui para sempre parece excelente.

— Nunca tomei um café na cama assim — revela. Coloca as bebidas na mesinha de cabeceira, corta um pedaço da omelete e leva-o à minha boca. Sua atitude de me dar o primeiro pedaço demonstra que tipo de pessoa ela é. — Uma vez, quando Hunter tinha uns sete ou oito anos, ele me trouxe café na cama. — Ela sorri ao se lembrar. — Era apenas cereal e, é claro, ele era pequeno demais, então sujou o chão todo durante a preparação — Harper ri —, mas ficou tão orgulhoso de si mesmo... — Ela corta outro pedaço e, desta vez, leva-o à própria boca.

Depois de comermos a omelete, ela ataca as panquecas. Termina de cortá-las, se inclina e me dá um pedaço. Está doce pra caralho, mas deliciosa. Quando ela experimenta, anima-se.

— Está uma delícia.

— Tive sorte de você ter todos os ingredientes de que eu precisava.

— Então, o que você quer fazer hoje? — pergunta, comendo mais um pouco das panquecas.

— Não sei quanto ao dia, mas, hoje à noite, quero te levar em um encontro de verdade.

Ela ri.

— É mesmo?

— Por que ficou chocada? — indago, confuso.

— Hum... Talvez porque você seja um atleta profissional supergostoso que não namora. Ainda nem acredito que Simon conseguiu te convencer a ir naquele encontro arranjado.

— Primeiro, estou aposentado.

Ela revira os olhos.

— Segundo, o que você quer dizer com "eu não namoro"? — É verdade, mas como raios ela sabe disso?

— Ah, fala sério — diz ela, repousando o garfo. — Você foi eleito o solteiro mais desejado por vários anos. Os paparazzi te seguiam por todo canto, e sempre falavam sobre você nunca namorar. Você vai a eventos e, de vez em quando, é visto com alguma mulher, mas nunca te viram em um encontro e quase nunca com a mesma mulher mais de uma ou duas vezes.

Eu me pego sorrindo ao ouvir as palavras dela.

— Você está obcecada por mim. — Rio.

Harper resmunga.

— Não!

— Sim, você está. — Assinto devagar.

— Se você diz... — caçoa ela.

— Aposto que você faz parte do fã-clube do Landon Maxwell.

— Ah, meu Deus! Não, não mesmo — guincha Harper.

— Aposto que você é a presidente.

Ela bufa.

— Que ego enorme.

— Mas você tem razão — admito. — Eu não namoro. Pelo menos, não namorava... Mas quero te levar em um encontro.

— Por quê?

— Por que quero te levar em um encontro? Bem, pra começo de conversa, penso em você quase todos os dias desde quando me disse que estava grávida... — Por muitas razões, não digo que esse foi o pior dia da porra da minha vida toda.

— Não. — Ela balança a cabeça. — Por que não namora? Por que você tem trinta e um anos e ainda está solteiro, sem filhos, sem nunca ter se casado?

Congelo ao ouvir a pergunta. A resposta mais simples é que fui casado com a minha carreira, mas a resposta verdadeira é muito mais complicada. Considero contar a verdade — toda a verdade —, mas ainda é muito cedo. Acabamos de nos reconectar, e não quero assustá-la antes mesmo de termos recomeçado um relacionamento.

— A hora certa nunca chegou. O beisebol dificultou que eu conhecesse qualquer pessoa de verdade.

Ela me estuda, cheia de curiosidade, mas, felizmente, não me pressiona por mais informações.

— Então, como vai ser? Você e eu em um encontro de verdade hoje à noite...

— Veremos — diz ela, em um gracejo, pegando o garfo outra vez e espetando mais um pedaço da panqueca.

— Veremos? — questiono.

— Veremos. — Ela dá de ombros, mas vejo o sorriso que ameaça escapar, dizendo-me que ela aceita sair comigo.

Revezamos, cada um comendo um pouco da panqueca, até sobrar apenas um pedaço. Tirando-o do prato, mergulho-o no copinho da calda e, então, ergo-o até os lábios dela. Com a boca, Harper tira a pedaço dos meus dedos, gemendo quando um fio de calda escorre pelo queixo.

Inclinando-me para frente, lambo a calda pegajosa em seu queixo.

— As panquecas estavam deliciosas, mas o seu gosto é muito melhor.

Ela ri.

— Gosto de quando você me saboreia. — Ela ergue as sobrancelhas, sugestiva.

— Posso te saborear de novo — ofereço. Desta vez, quando ela ri, deve ter esquecido que está com uma bandeja no colo, porque o joelho sobe, derrubando tudo. A bandeja cai no chão, mas não antes do copinho de calda sair voando e cair na cama... e sobre todo o corpo de Harper.

— Ah, meu Deus — grita. Ela está prestes a sair da cama quando a impeço.

— Não se mova — peço, rindo. — Você está toda suja de calda. — Aponto para a frente do seu corpo. A calda se espalhou por toda a minha camisa de ontem à noite. Depois da segunda, ou talvez tenha sido a terceira, rodada de sexo, Harper recolheu as nossas roupas jogadas na sala de estar e as trouxe para o quarto, e vestiu a camisa. Com alguns botões abertos, seu decote estava exposto, e eu disse que, a partir de agora, ela estava autorizada a usar apenas as minhas camisas. Harper riu, e me disse que não ligava, já que as roupas tinham o meu cheiro.

— Ah, não. — Ela fica amuada. — Vai manchar a sua camisa. — Harper ergue o tecido, com cuidado, sobre a cabeça, mas, ao fazê-lo, a calda escorre para baixo e se espalha sobre a porra dos seus seios fartos. Parece que estou assistindo a um pornô, mas é muito melhor, porque ela nem percebe o que está fazendo.

Arrancando a camisa da mão dela, jogo-a no chão. Então, tiro o lençol, que vai precisar ser lavado, do caminho.

— Landon! O que você...

Antes que ela termine a pergunta, minha língua lambe toda a calda em sua pele. Harper geme, satisfeita, então projeta o peito, querendo mais. Uma coisa eu sei sobre a Harper: ela sempre quer mais. E eu sempre quero dar muito mais.

Assim que termino de lamber a pele, faço movimentos circulares com a língua ao redor do mamilo rosado e perfeito. Suas mãos agarram o meu cabelo, e ela puxa algumas mechas.

Estou descendo pelo seu corpo melecado, lambendo-o e chupando-o, quando ouço algo que soa muito como uma porta batendo e alguém dizendo alguma coisa.

Olho para Harper.

— Ouviu isso?

— O quê? — choraminga ela, querendo que eu continue.

Porra, nunca vi uma mulher com tanto tesão.

Ouço por mais alguns segundos, mas não escuto nada.

— Esquece. — Balanço a cabeça e abro as suas coxas, sentindo-me grato por ela ter adormecido sem calcinha. Assim que começo a afastar os lábios e me banquetear com a sua boceta, escuto alguém gritar.

— Mãe!

Desta vez, Harper também escuta, porque ela sussurra, quase gritando:

— Ah, merda! Meus filhos chegaram. — Ela pula para fora da cama mais depressa do que já vi alguém se mover.

CAPÍTULO 18

Harper

Quando escuto minha querida garotinha gritando meu nome, entro em pânico. Apesar de Richard ter apresentado outras mulheres aos nossos filhos apenas meses depois da nossa separação, nunca apresentei a eles outro homem. Não que eu não fosse fazer isso, só não havia encontrado uma pessoa que valesse a pena apresentar a Hunter e Ella.

Mas Landon vale a pena. No entanto, meus filhos o conhecendo enquanto ele está entre as minhas coxas não é como eu tinha imaginado esse momento. Se meus filhos estão aqui, significa que o pai deles também está... E a última coisa de que preciso é desse cara hipócrita e julgador falando merda.

Depois que visto uma camiseta comprida de pijama e uma calça legging às pressas e arranco o roupão da parte de trás da porta do banheiro, sibilo para que Landon fique ali. Então, fechando-o dentro do quarto, sigo para a sala de estar, onde encontro um Richard irritado, uma Ella triste e um Hunter lançando um olhar cortante para o pai.

— Tudo bem? — sondo, colando um sorriso no rosto.

— Não — diz Richard. — Aparentemente, Hunter está nervoso comigo, mas não quer me dizer o porquê. Perguntei diversas vezes, mas ele continuou respondendo que queria voltar para casa. Tenho uma cirurgia marcada para hoje, então não tenho tempo para lidar com isso.

Lidar com isso? Ele estava falando do próprio filho... É claro, Hunter poderia ser um pé no saco de vez em quando, mas já é quase um adolescente.

— Crianças, por que não vão lá pra cima por alguns minutinhos, enquanto seu pai e eu conversamos?

Os dois assentem e sobem as escadas correndo, sem uma palavra mais.

— É o seu fim de semana — inicio, assim que as crianças chegam ao andar de cima e não conseguem mais nos ouvir.

— Acabei de te dizer que tenho uma cirurgia marcada.

— Você não deveria ter ido viajar? — Me lembro muito bem de ele ter dito que a noiva havia planejado uma fuga romântica no fim de semana. — Então era para você não ter nada marcado.

— Ela teve que cancelar, e pedi que me colocassem na agenda de novo. — É claro que ele fez isso. Deus o livre de tirar uma semana para passar um tempo com os filhos.

— Que seja. — Reviro os olhos. — Ainda assim, você não pode simplesmente aparecer aqui sem avisar.

— Eu liguei e mandei uma mensagem. Você não me respondeu.

Merda! Onde raios está o meu celular?

— Mesmo assim...

— Isso daí é calda? — Richard me interrompe. — Por que tem calda no seu pescoço? — Seu rosto se contorce em uma expressão confusa. — E o seu cabelo parece um ninho de rato... — Antes que eu consiga pensar em uma desculpa, ele se aproxima e me cheira. — E você está com cheiro de... — Seus olhos se arregalam, então disparam para o fim do corredor. — Tem alguém aqui com você? — acusa ele.

— O quê? — gaguejo.

— Você está com cheiro de calda e sexo — sibila Richard.

Ah, meu Deus! Como diabos ele sabe disso?

— Humm... Não sei do que você está falando — minto. — Mas, mesmo se tivesse alguém aqui, não seria da sua conta — chio, enrolando e apertando o roupão ao meu redor.

— É da minha conta se o cara com quem você está transando vai conhecer os meus filhos.

Solto uma risada esganiçada.

— *Seus* filhos? — Bufo. — Bem... É o *seu* fim de semana, ou seja, em vez de trazer os *seus* filhos pra casa, porque não quis lidar com o *seu* filho, deveria ter tentado lidar, na *sua* casa, com qualquer tipo de problema que surgisse.

— Hunter insistiu em voltar pra cá.

— Ele tem doze anos. Não decide esse tipo de coisa.

— Samantha não estava confortável em ter que cuidar das crianças com o Hunter agindo assim, então concordei em trazê-lo de volta. — Richard encara o fim do corredor outra vez. — Não é como se você estivesse fazendo algo importante, né? — Ele ergue uma sobrancelha, desafiando-me a discordar.

Desgraçado.

— Da próxima vez, vai resolver isso na *sua* casa — repito, enquanto ele sai pela porta.

Quando Richard vai embora, arrasto-me de volta para o quarto e descubro que Landon foi embora. Os lençóis estão no cesto, a bandeja e os pratos foram recolhidos e deixados sobre a cômoda, e meu celular foi parar no meio da cama descoberta. Pegando o aparelho, ligo a tela – não tenho senha, pois Ella sempre o usa para ver desenhos – e encontro diversas mensagens.

Algumas são de Richard, avisando que está vindo trazer as crianças para casa. Outras são de Bridget, perguntando como foi o encontro e me dizendo que, se eu não respondesse em vinte minutos, ligaria para a polícia. Verifico quando essas mensagens foram enviadas. Faz quinze minutos. Respondo com um texto breve, avisando que estou viva e que temos muito sobre o que conversar, mas as crianças voltaram mais cedo para casa. Ela me diz que deveríamos passar o dia na piscina. Já que sou eu quem tenho a piscina, digo que podem vir quando quiserem.

A última mensagem é de Landon. Olho duas vezes. Ele deve ter se adicionado nos contatos antes de me mandar a mensagem.

Landon: Esse é o meu número.

Olho ao redor e vejo que mexeram na cortina. Ele deve ter saído pela janela. Leio a mensagem de novo e de novo. Cinco palavras simples – que não revelam nada. Ele ouviu Richard e eu conversando? Isso o fez fugir, assustou-o? Quero dizer, ele saiu pela merda da janela. Talvez tenha me enviado o número antes de ouvir o que foi dito e, agora, está arrependido. Eu não o culparia. Landon é um cara solteiro sem nenhuma bagagem de vida, enquanto eu tinha tantas que, se levasse tudo ao aeroporto, iriam me cobrar taxas extras.

A noite passada foi incrível. Mais do que incrível, mas essa não era a minha realidade. Eu não vou a encontros e passo noites e manhãs despreocupadas na cama, entrelaçada com o homem dos meus sonhos. De jeito nenhum Landon ia querer viver escalando janelas. Ele é um homem adulto.

Encaro a mensagem, tentando decidir como responder. O que eu deveria escrever? *Obrigada pelo sexo maravilhoso! Desculpa termos sido interrompidos pelo meu ex-marido e pelos meus filhos!*

Fechando os olhos, me lembro do olhar devastado de Landon há tantos anos quando eu disse a ele que estava grávida e noiva. Eu nos destruí. Tentar trazê-lo para a minha vida confusa seria egoísta e rude. Seria cruel. Não, apesar de a noite passada ter sido perfeita — uma noite que eu sonhava passar com Landon há anos —, não poderia ser mais do que isso. Uma noite. Deixamo-nos levar pelo momento, pelo nosso passado, e nos perdemos um no outro em uma noite mágica.

Tomo uma chuveirada rápida e visto a roupa de banho. A caminho das escadas, jogo os lençóis na máquina de lavar. Primeiro, enfio a cabeça no quarto de Ella e aviso que Bridget, Simon e as crianças estão vindo nadar. Quando chego ao quarto de Hunter, a porta está trancada, então bato.

— Pode entrar — grita ele. Entro no cômodo, e ele tira os olhos do celular. — A gente vai nadar? — pergunta Hunter, sentando-se.

— Sim, os Hogue estão vindo.

— Legal. — Ele se levanta e vai até a cômoda pegar o calção de banho.

— Precisamos conversar.

Ele se vira e se apoia nas gavetas, cruzando os braços sobre o peito.

Quando diabos foi que ele cresceu tanto?

— Sobre o quê? Samantha disse ao meu pai que quer uma casa maior quando se mudarem, para que possam ter um bebê. Ele disse que não quer mais filhos.

Ai, essa doeu. Aposto que ela não gostou nem um pouco dessa resposta, mas isso não explica por que Hunter ficou aborrecido com Richard.

— Certo, mas o que aconteceu para você ficar bravo desse jeito com o seu pai?

— Ele recebeu uma proposta pra trabalhar em Hartford e disse que vai aceitar. Vão se mudar assim que encontrarem uma casa.

Hartford? O que raios estava acontecendo? Essa cidade fica em Connecticut, a mais de uma hora de distância dos filhos e na direção oposta de onde os pais de Richard moram. De jeito nenhum meu ex-marido se mudaria para ainda mais longe, exceto por dinheiro. Pensando bem, ele se mudaria, sim. Dinheiro e cargos importantes são o que fazem Richard prosperar. O trabalho, provavelmente, deve ser numa posição mais alta, o que significa que o salário também será mais alto.

— E o fato de ele ter contado que vão se mudar te deixou chateado? — pergunto, hesitante.

— Humm… Bem… Ele não nos contou — revela Hunter, lentamente. — Ouvi os dois conversando no quarto deles.

— Hunter — repreendo. — Bisbilhotar é feio. — Isso explica por que não respondeu ao pai quando foi perguntado o que estava acontecendo. Hunter teria que admitir que escutou escondido uma conversa de adultos.

— Não ligo que o meu pai queira se mudar — diz Hunter, mas posso ver em seu rosto que, na verdade, ele se importa. — Mas a Ella vai ficar triste. — Ele também vai, penso, mas não digo nada. Não importa o quanto tente agir como se não estivesse sendo afetado pelas decisões do pai, porque, no fundo, ama o pai e quer receber atenção dele. — Quando ele se mudar, nunca mais a gente vai vê-lo, então não vai fazer diferença se a gente parar de vê-lo agora. Prefiro ficar aqui com você, de qualquer maneira. — Ele dá de ombros, e fico triste por ele. Hunter está se esforçando tanto para parecer forte e não deixar que as emoções transpareçam… Está em uma idade complicada, em um momento crítico entre ser um garotinho e um jovem, e meu filho não tem certeza de como deve reagir.

— Vou conversar com o seu pai sobre o que você ouviu. O problema de bisbilhotar é que, às vezes, você não escuta a história toda. Em vez de ter ficado bravo e dito que queria ir embora, deveria ter conversado com ele sobre isso.

— Talvez.

— Vá se arrumar para nadar. Te encontro lá embaixo.

— Certo, mãe. Te amo.

— Eu também te amo, Hunt.

Descendo as escadas, pego o celular e envio uma mensagem para Richard, dizendo que precisamos conversar em breve. Encontro Ella no quintal, com Bridget, Simon, as gêmeas e Brendan, todos perto da piscina.

— Mamãe, posso entrar agora? — pergunta Ella, pois sabe que não pode abrir o portão da piscina até eu chegar. Desligo o alarme, então digo que sim. Ella e Brendan correm e pulam na piscina ao mesmo tempo. Hunter aparece minutos depois e se junta aos dois na água.

— Então… — começa Bridget. — As crianças chegaram em casa antes do esperado?

— Sim. Ao que parece, Hunter ouviu uma conversa sobre o Richard estar se mudando. Isso o deixou chateado, e ele exigiu que o trouxessem pra casa. — Pondero se devo ou não dizer mais alguma coisa, mas, foda-se. — E, pra piorar, quando Richard me ligou e mandou uma mensagem, eu estava ocupada demais, na cama, com um certo alguém, para verificar o celular. Os três chegaram bem quando estávamos... tomando o café da manhã.

— O quê?! Ah, meu Deus! — Ela faz uma dancinha, toda animada, e continua: — Eu sabia!

— Isso quer dizer que o encontro foi bom? — pergunta Simon, com um sorrisinho malicioso.

— Muito bom — admito.

O sorriso de Simon cresce.

— Ou seja, eu ganhei.

Bridget arfa.

— Esse encontro não conta, eles já namoraram!

— Como você sabe disso? — indago.

— Sua história... Dã. — Ela revira os olhos, divertindo-se. — Liguei os pontos. Mas, quando procurei o Landon e comentei sobre o encontro arranjado, ele disse que não estava interessado.

— Ah, meu Deus! — Olho de Bridget para Simon. — Por que não me contaram nada?

— Eu não sabia se isso ia contra as regras. — Simon ri. — E eu queria muito, muito mesmo, ganhar. — Ele move as sobrancelhas para cima e para baixo.

— Esse encontro deveria ter sido meu — argumenta Bridget. — Eu sabia que, quando se reconectassem, se dariam bem.

— Não importa. — Simon abre um sorriso convencido. — Fui eu quem arranjei o encontro que os reuniu. Não é culpa minha você não ter conseguido fechar o negócio. Droga, eu deveria receber dois prêmios por ter feito algo que você não conseguiu.

— Essa é a minha deixa para... sumir daqui. — Levanto-me e deixo Simon gargalhando, enquanto Bridget insiste que o marido não ganhou.

Mergulho os pés na água, e uma mensagem faz meu celular vibrar.

Landon: Vi que você leu a primeira mensagem, então está me

ignorando. Não me obrigue a voltar e a entrar pela janela do quarto...

Ah, merda! Nem pensei nisso. Ótimo. Agora, preciso responder, ainda mais depois de ter aberto a segunda mensagem.

Eu: Gostei muito de ontem à noite, mas acho que é melhor pararmos por aqui... Apenas uma noite maravilhosa.

Nem mesmo releio o que escrevi antes de enviar. É melhor assim. Já sei que parti os nossos corações uma vez. Não quero fazer isso de novo. Sem esperar para ver se Landon leu, desligo o celular, jogo-o na espreguiçadeira e me junto às crianças na piscina.

Estou deitada na cama, encarando o celular. Assim que o ligo de novo, o aparelho vibra diversas vezes com novas mensagens. Eu não deveria lê-las, e sim apagá-las e seguir em frente. No entanto, minha curiosidade é mais forte do que eu e, antes que eu possa me impedir, clico no nome de Landon para ler as mensagens.

Landon: Sim, foi uma noite... e manhã incríveis. Isso vai acontecer de novo. Em breve.

Landon: Não vou deixar que você me afaste.

Landon: Ou você desligou o aviso de "lido", ou está me ignorando.

Landon: Vou te dar até às dez da noite pra me responder, se não vou resolver isso por conta própria.

Landon: Faltam duas horas...

Landon: Uma hora...

Landon: Trinta minutos...

Landon: Tô a caminho!

Merda! Olho para o relógio no celular. Falta três minutos. De jeito nenhum ele estava falando sério, né? Landon está apenas brincando comigo. Enquanto meus dedos voam por todo o teclado do aparelho, escuto uma batidinha na janela.

Largo o celular na cama, então corro até lá, onde encontro Landon sorrindo pretensiosamente.

— O que raios você está fazendo aqui? — sussurro, quase gritando, assim que abro a janela.

— Eu te avisei. — Ele dá de ombros, despreocupado.

— Você não pode simplesmente aparecer aqui. E se os meus filhos estivessem no meu quarto?

— As cortinas estavam abertas, e eu te vi aqui sozinha antes de bater na janela. Eu avisei que não ia esquecer da gente.

— Não tem nada para ser esquecido. Tivemos uma noite maravilhosa...

— E manhã.

— E manhã... antes de o meu ex-marido aparecer com os meus filhos e quase nos pegarem no flagra.

— Então vamos ser mais cuidadosos.

— Não se trata disso... — Solto um forte suspiro e me sento no batente. — Nossas vidas são diferentes demais. Sou uma mãe divorciada, enquanto você tem o mundo todo na palma da mão. Não precisa carregar o fardo da minha vida. Você namora modelos e chega de jatinho em premiações, foi eleito o Melhor Jogador do Ano e o Solteiro Mais Desejado por, tipo, uns quatro anos seguidos. Eu ganhei o prêmio de Mãe do Mês na reunião de pais da escola, asso biscoitos para os eventos beneficentes e viro a noite costurando fantasias para apresentações. Não vamos nem entrar no assunto de que meu ex-marido é um canalha egoísta que, provavelmente, vai transformar a nossa vida em um inferno quando descobrir que estamos juntos. — Respiro fundo antes que eu desmaie, e Landon ri.

— Acabou? — pergunta ele, sorrindo. — Disse tudo o que precisava?

— Humm... — Não tenho certeza de como devo responder.

— Acabou? — repete ele.

— Humm... Acho que sim — digo, confusa.

— Que bom. Minha vez agora. — Ele se aproxima da janela que nos separa. — O que você leu sobre mim na internet não é tudo o que sou. É quem deixo a imprensa ver. Minha vida tem muitas camadas e, por anos, só permiti que o mundo visse o que está na camada de cima, mas você... — Ele me olha nos olhos. — Você vê o que há por baixo. Saiba que você é muito mais do que uma mãe e uma ex-esposa. Você é sensual pra porra, é uma artista. Já foi a melhor amiga que tive na vida. Sinto falta pra caralho de você. — Landon escorrega o nó dos dedos pela minha bochecha. — Deixa que o Richie tente transformar a nossa vida em um inferno. Ele só vai nos ferrar se permitirmos. — Landon respira fundo e desliza o polegar pelo meu lábio inferior. — Passamos só algumas horas juntos, mas já sei o quanto você ama os seus filhos. Não são um fardo, são parte do que faz você ser você. Eu conheci o seu filho, passei as últimas semanas jogando beisebol com ele. Hunter pode ter vindo do Richie, mas esse menino é todinho seu, Harp. Sei que eles fazem parte do pacote, e estou mais do que tranquilo com isso. — Ele segura o meu rosto. — Eu te aceito do jeito que for necessário. Não me afaste porque acha que sabe quem eu sou baseado em algo que leu. Tente me conhecer de novo, me deixa te mostrar o que quero. Pode ser?

Balanço a cabeça, concordando. Landon sorri.

— Diga alguma coisa, querida.

— Tudo bem. — Suspiro.

— Maravilha. — Ele se afasta. — Durma um pouco, nos falamos em breve.

Espere aí! Landon está indo embora?

— Não quer entrar?

— É claro que quero, mas seus filhos estão em casa e, se eu entrar, *coisas* vão acontecer... — Ele abre um sorriso. — Nós dois sabemos que você não sabe ficar quieta.

Um risinho escapa dos meus lábios.

— Da próxima vez que eu te mandar uma mensagem, responda. — Landon me beija uma última vez, e então vai embora.

CAPÍTULO 19

Harper

— Boa tarde, sra. Peters, aqui é Dan Clarke.

Respiro fundo, nervosa. Minha entrevista para a vaga de professora de Artes na escola das crianças foi há alguns dias, e me disseram que eu teria uma resposta essa semana.

— Oi, sr. Clarke, tudo bem?

— Tudo certo. Depois de conversar com todos os candidatos, acredito que você seja a nossa melhor opção. Gostaria de te oferecer a vaga.

Tentando agir como uma profissional, engulo a animação e digo:

— Muito obrigada, será uma honra aceitar.

— Perfeito. Vou pedir para a minha secretária entrar em contato com você daqui a alguns dias. Ela vai marcar um horário para você vir preencher a papelada.

— Obrigada. Mal posso esperar para trabalhar na sua escola.

Desligo o celular, chocada, mas aliviada, e tão animada que me pego gritando a plenos pulmões. Eu consegui! Me formei e arranjei um emprego. Não qualquer emprego, mas um emprego para trabalhar com o que amo.

— Por que está tão animada? — pergunta uma voz masculina. Eu me viro e encontro Richard parado na sala de estar.

— Você entrou sem bater? — acuso-o. Meu humor, imediatamente, muda.

— Eu ia bater, mas te ouvi gritar. Pensei que algo de ruim tivesse acontecido.

— Nada de ruim aconteceu. Eu consegui um emprego. — Olho para o relógio. — Preciso buscar as crianças na colônia. O que você está fazendo aqui?

— Você disse que precisávamos conversar. Também preciso conversar com você sobre uma coisa.

Enviei uma mensagem para ele dizendo isso no sábado pela manhã. Hoje é segunda-feira. Em vez de me enviar uma resposta ou me ligar, resolveu aparecer sem nenhum aviso. Típico do Richard.

— Tudo bem, certo... Mas vai ter que ser depois que eu buscar as crianças. — Pego a bolsa e as chaves antes de ir até a porta, trancando-a ao sairmos. — Alguém deveria estar me ajudando a buscá-las, mas essa pessoa não cumpriu a promessa. — Olho feio para ele sobre o ombro.

— Vou junto — avisa Richard, indo em direção ao meu carro.

— Você quem sabe.

Depois de nos acomodarmos e de eu dar ré, ele diz:

— Me ofereceram um emprego em Hartford.

— Fiquei sabendo... — Quando as sobrancelhas dele se unem, confusas, explico: — Hunter te ouviu contar pra Samantha. Era por isso que estava chateado com você. Ele está com medo de que você se mude e que nunca mais veja nem ele, nem Ella outra vez.

— Na verdade, era sobre isso que eu queria conversar com você. Tentei pensar em alternativas, mas, a não ser que você os leve e os busque, vou ter que cancelar as visitas de fim de semana e falar com eles só quando der. Não vou conseguir sair do trabalho e dirigir uma hora e meia só para buscá-los e, depois, trazê-los de volta.

Bufo uma risada mal-humorada.

— E você espera que eu largue tudo e faça isso por você?

— Você tem tempo — argumenta ele.

Meu olhar se fixa em Richard, por um breve momento, antes de eu ter que voltar a encarar a estrada.

— Você não me ouviu? Aceitei uma vaga para lecionar na escola das crianças.

— Que bom. Você vai sair do trabalho às três e, quando chegar em Hartford, vai estar perto da hora de eu ir pra casa.

— Você só pode estar louco. Isso não vai rolar, e você deve ter perdido qualquer noção pra sequer me pedir isso.

— É o meu trabalho que te permite ter uma vida confortável enquanto pratica os seus hobbies — rebate ele, e, se eu não estivesse dirigindo, consideraria socá-lo no braço.

— Não é um hobby, é uma carreira. Já que é o meu primeiro ano no emprego, imagino que eu tenha que passar um tempo depois da escola planejando aulas e coisas assim.

Richard bufa.

— Você vai ensinar crianças a pintarem e a fazerem animais de massinha, e isso é um hobby. De quanto tempo precisa para planejar isso?

Respiro fundo para não matar o pai dos meus filhos, então digo:

— Não vou levar e buscar as crianças. Saia do trabalho e venha buscá-las, foi isso que combinamos. É você quem está escolhendo se mudar.

— Posso aumentar a sua pensão — oferece Richard. — Quanto a escola vai te pagar? Trinta mil por ano? Posso pagar isso para você ficar em casa e pintar no seu estúdio o dia todo.

Jesus, ele não faz nem ideia... Considero o que posso dizer para fazê-lo compreender que lecionar não se trata do dinheiro, mas da minha paixão por crianças e pela arte. Sempre quis mostrar aos outros como é divertido e mágico criar algo, mas Richard não vai entender, ele nunca entende.

— A resposta é não.

Estacionamos na colônia de ginástica artística de Ella, e eu saio do carro para buscá-la. Minha filha tagarela o caminho todo de volta ao carro e, quando vê que o pai veio junto, grita, animada.

Ella e Richard conversam sobre o dia dela no trajeto até Hunter, e eu não consigo parar de xingar meu ex-marido mentalmente porque sei que, assim que Hunter entrar no carro, Richard vai jogar a bomba sobre a merda da mudança. Mais tarde, vou ser eu quem terei que recolher os cacos, enquanto ele faz seja lá o que raios quiser, como sempre.

Com a cabeça girando, esqueço-me completamente de onde estou. Então, quando estaciono na fila de carros, e Landon começa a caminhar em direção à minha janela, dou um gritinho, assustada.

— Aquele ali é o Landon? — pergunta Richard, ao meu lado. Ah, caramba... As coisas vão ficar esquisitas. Aperto o botão para abaixar o vidro, e Landon se aproxima.

— Oi. — Ele dá um sorriso doce. — Estive pensando... — começa Landon, mas, quando olha para dentro do carro e vê Richard sentado ao meu lado, ele para e diz: — Oi, *Richie.* Faz tempo que não te vejo. Como estão as coisas? — Landon se inclina para dentro do carro e aperta a mão do meu ex-marido, enquanto mordo o meu lábio inferior com força, segurando o riso.

— É *Richard* agora. — Ele olha de mim para Landon. — Vocês dois andam conversando? — questiona, nem mesmo se importando em ser educado. Richard sempre teve inveja de Landon e, apesar de eu nunca ter entrado em contato com ele ao longo dos anos, Richard sempre arruma um jeito de trazer meu relacionamento à tona.

— Oi, mãe! — grita Hunter, correndo até o carro. — Tchau, treinador Landon! — Ele troca um soquinho com Landon.

— Não se esqueça de praticar as suas rebatidas — avisa. — Treine como a gente combinou.

— Pode deixar. — Hunter entra no carro e, assim que vê o pai, como todas as crianças que perdoam com facilidade, esquece que está bravo com Richard e diz: — Oi, pai... Hum... O treinador Landon quer que todos treinem os arremessos. Então, bem... Eu estava pensando... se a gente não podia dar uma passada na gaiola para rebatidas?

Odeio como é difícil para Hunter pedir qualquer coisa ao pai. Por conta dos anos de decepção, meu filho teme que isso aconteça todas as vezes e, infelizmente, está quase sempre certo. Se apenas Richard pudesse se tocar e perceber o quanto anda machucando o filho...

— Veremos — desfaz Richard. — Sua mãe e eu precisamos conversar com vocês. — Olho para trás pelo espelho retrovisor e vejo a decepção na expressão de Hunter. Caramba, por que eu não podia ser boa em beisebol? É tão fácil me conectar com a Ella. Só preciso de um pouco de maquiagem e algumas bonecas para nos divertirmos o dia todo, mas o Hunter é obcecado por beisebol, e não sei quase nada sobre isso.

Percebendo que ainda estou na fila, com carros atrás de mim, e que Landon ainda está parado ali, com uma expressão ilegível, falo:

— É melhor eu ir embora. Te mando uma mensagem mais tarde. — Apesar de eu ver em seu rosto que ele quer dizer ou me perguntar mais alguma coisa, Landon simplesmente acena e se afasta.

Assim que começo a dirigir, Richard explode:

— Era com ele que você estava na outra noite? Com o *Landon*?

— Agora não — digo, não querendo ter essa conversa na frente dos nossos filhos.

— Uau. Era ele mesmo, não era? Há quanto tempo estão saindo? Estão juntos desde quando ainda éramos casados? — Meus olhos se voltam para os dele, e o carro dá uma leve guinada.

— Chega!

— Mãe, você conhece o treinador Landon? — pergunta Hunter.

— Seu pai, Landon e eu estudamos juntos — conto a ele.

— Você estudou com o treinador Landon? — questiona Hunter. — Pai, você jogava beisebol com ele?

Richard solta um grunhido:

— Sim. — O rosto de Hunter se ilumina, animado.

— Que legal! Você jogava com ele! Ele é o melhor jogador de beisebol de todos os tempos.

Richard revira os olhos, e eu solto um riso rouco.

Chegamos em casa, e todos se sentam na sala de estar. Antes que Richard fale algo, Hunter dispara:

— É sobre você se mudar? Porque, se for, eu não vou junto.

O queixo de Ella cai.

— Papai, você vai se mudar?

— Ainda não aceitei a vaga — diz Richard, o que me choca, porque, quando conversamos, parecia que tudo já tinha sido decidido. — Estou considerando, e Samantha e eu vamos visitar a cidade amanhã. Gostaríamos que vocês dois fossem junto, nos ajudassem a ver casas e nos dissessem de quais gostam mais. — Ele olha para mim, e seus olhos se demoram por um instante. — Mas ainda não sei se vou aceitar o emprego.

— Tenho a colônia — diz Hunter. — A Ella também. Né, El?

— É — confirma Ella, baixinho.

O celular de Hunter vibra, e ele olha para a tela.

— O pai do Brendan disse que posso ir com eles na gaiola de rebatidas, já que o papai está ocupado demais para me levar. Posso ir? Ele vem me buscar.

Arregalo os olhos com a objetividade de Hunter. Não está sendo rude, apenas dizendo a verdade, mas... Caramba, quanto mais velho ele fica, mais vai direto ao ponto. Isso me faz imaginar o quanto sua adolescência será difícil, se não dermos um jeito nisso.

— Eu não disse nada sobre estar ocupado demais — fala Richard, em um tom defensivo.

— Você pode me levar ou não? — rebate Hunter.

— Eu já disse pra Samantha que...

— Então você não pode — Hunter o interrompe.

— Não. — Richard suspira. — Hoje, não.

— Pode ir — digo a Hunter.

— Posso dormir na casa da Madeline? — pergunta Ella em seguida, erguendo o próprio celular. — A tia Renee já deixou. — Ela só pode enviar mensagem para familiares e alguns amigos pelo aparelho. Todo o resto está bloqueado. Madeline é a prima de Ella e Hunter. Apesar de Richard não ser próximo da irmã, Renee, que mora em Providence, eu sou. Depois que nos separamos, temi que ela fosse me dar as costas, mas Renee me disse que não me culpava por nada e prometeu que sempre seremos uma família, não importa o que acontecesse. Ella e a prima são próximas e estão na mesma colônia de ginástica.

— Tudo bem — concordo. — Pode deixá-la na sua irmã quando voltar pra casa?

O maxilar de Richard fica tenso.

— Precisamos conversar.

— Não, não precisamos. — Levanto-me. — Ella, vá arrumar a sua bolsa, e não se esqueça do collant para amanhã.

Ela assente e sobe correndo a escada.

— O Brendan chegou — avisa Hunter, correndo para a porta. — Volto mais tarde.

— Tchau, eu te amo! — grito.

— Também te amo! — grita ele de volta, fechando a porta com tudo e me deixando sozinha com Richard.

— Você não me disse que Landon estava coordenando a colônia de beisebol — diz Richard, com irritação aparente na voz.

— Talvez seja porque ele não está. O responsável é o irmão dele, Brian, mas eu não sabia que eram irmãos. Brian é professor e treinador da escola pública.

— E… o quê? Vocês dois simplesmente trombaram um com o outro e estão juntos de novo? — Richard cruza os braços sobre o peito.

— Como nos reencontramos e o que somos um do outro não te interessa. — Recuso-me a deixar que ele me tire do sério. Quando éramos casados, e eu ficava em casa, Richard amava controlar os fios da marionete que eu era, porque eu dependia dele, mas esses fios foram cortados, e não vou deixar que meu ex-marido volte a fazer isso. — Se Landon e eu decidirmos que temos algo que valha a pena contar para as crianças, farei a cortesia de te avisar. Não que você tenha feito isso nas dezenas de vezes que trouxe outra mulher para perto dos nossos filhos. Falando nisso, tenho quase certeza de que eu e as crianças ficamos sabendo do seu último casamento só depois que você voltou de Las Vegas.

Richard abre a boca para argumentar, mas Ella desce correndo pela escada.

— Estou pronta! — Ela se posiciona na minha frente. — Te vejo amanhã, depois da colônia, mamãe.

— Sim, isso mesmo. — Eu me inclino para frente e beijo sua bochecha. — Divirta-se e seja boazinha. Te amo.

— Eu te amo mais!

— Essa conversa ainda não acabou — avisa Richard, baixinho, enquanto caminha em direção à porta.

Solto uma risada dramaticamente alta.

— Ah, mas acabou, sim.

Assim que ele sai, pego o celular, encontro o número de Landon e ligo. Ele atende no segundo toque.

— Harper…

— Oi. — Respiro fundo, pois a voz dele imediatamente me acalma. — Tenho um favor pra te pedir.

— Bem, nossa… Direto ao ponto, hein?

— Ah… Hum…

— Harper. — Ele ri. — Estou brincando. O que você precisar, pode deixar comigo.

Suspiro, aliviada.

— Obrigada.

— Então, do que você precisa?

— Estava pensando se você não poderia me ensinar a jogar beisebol... — Quando Landon fica em silêncio por vários segundos, verifico se a chamada não caiu. — Alô?

— Espere aí... Você está falando sério? — pergunta ele, com uma risadinha.

— Sim — digo secamente. — Preciso aprender a apanhar, arremessar e rebater uma bola. — Já que Richard não está disposto a assumir suas responsabilidades, depende de mim dar ao nosso filho o que ele precisa.

— Desculpa. — Ele ri de novo. — Pensei que estivesse brincando. Caramba, você demorou treze anos, mas, finalmente, se interessou por isso? Quer me impressionar? Porque, se for essa a razão, prometo que você não precisa saber nada sobre beisebol para isso. O que fez com a língua naquela noite...

Reviro os olhos. Que patife arrogante!

— Tudo bem, eu entendi — interrompo-o. — Não, não quero te impressionar. Hunter está chateado, porque o pai dele anda ocupado demais para treinarem juntos, então queria ajudá-lo, mas sou um lixo jogando beisebol, e você, não.

Landon fica quieto por outro momento, então suspira no celular.

— É claro que vou te ajudar, Harp. Você é uma mãe incrível. Vocês estão ocupados agora? Podemos dar uma passada nas gaiolas de rebatidas, se você quiser. Sei que Hunter quer praticar rebatidas.

— Ele acabou de sair com o Brendan e o pai dele. Que tal amanhã, depois da colônia?

— Por mim, tudo bem. Então, se o Hunter saiu, você e a Ella terão uma noite das garotas?

Amo o fato de ele ter se lembrado do nome da minha filha.

— Não. Na verdade, ela foi passar a noite na casa da tia. Ela e a prima têm quase a mesma idade e são melhores amigas.

— Você está sozinha? — pergunta Landon, com a voz grossa e rouca.

— Estou... Estava pensando em pintar algo no estúdio hoje à noite e talvez testar alguns possíveis planos de aula.

— Planos de aula?

— Ah! Eu não te contei! — Porque estava ocupada demais defendendo o meu trabalho para o meu ex-marido. — Consegui um emprego como professora na escola das crianças. Vou ensinar Artes.

— Parabéns! Que incrível, aposto que você vai ser a professora de Artes mais gostosa da escola.

Rio alto do flerte dele.

— O que você acha de eu levar um jantar mais tarde para celebrarmos? — oferece ele.

A ideia de vê-lo hoje à noite me deixa tensa e animada.

— Perfeito. Vou estar no estúdio, pintando. Compre o que quiser. Vou deixar a porta destrancada. Se algum policial te perguntar, a senha do condomínio é dois-quatro-quatro-um.

Deligamos e, depois de eu vestir as roupas que uso para pintar, vou ao escritório, que também é meu estúdio. Com o fone nos ouvidos, pego uma tela em branco e me perco na pintura. Estou tão focada no que faço que não percebo quanto tempo passou, nem que Landon chegou e está me observando pintar.

Não o ouvi entrar no cômodo. Mas quando suas mãos repousam nos meus ombros, eu o sinto. Esquecendo-me de que eu o esperava, giro sobre os calcanhares, com o pincel ainda em mãos, e o uso para atacar o peito o intruso. Como se o meu pincel sujo de tinta pudesse fazer algo para me defender...

Assim que vejo que se trata de Landon e que ele está curvado, rindo, percebo que não posso escutá-lo por causa do fone e o arranco.

— Ah, meu Deus! — arquejo. — Mil desculpas! — Corro até a pequena pia e molho alguns papéis-toalha. Correndo de volta para ele, não vejo onde piso e tropeço no pé do cavalete.

Landon dá um passo para frente e tenta salvar a pintura — e consegue —, mas não antes de a tinta, que estava aberta e apoiada no recipiente de madeira colado na parte da frente do apoio, sair voando com o cavalete e se esparramar por toda a frente do corpo dele.

Que vergonha...

CAPÍTULO 20

Landon

Depois de me certificar de que o cavalete ficou estabilizado, olho para minha roupa, que, agora, está encharcada de roxos, vermelhos e amarelos. Meus sapatos também estão sujos. Quando olho para Harper, encontro-a parada a alguns centímetros de distância, chocada e segurando papéis-toalha. Abre a boca, então fecha-a, mas a abre de novo antes de mordiscar, nervosa, o lábio inferior. Está esperando para ver como vou reagir, mas deve ter se esquecido de que não sou o idiota do seu ex-marido. Amo a Harper do jeitinho que ela é — desastrada e tudo.

Vejo o pincel que ela descartou no chão e, antes que ela compreenda o que estou fazendo, recolho-o e deslizo as cerdas pela tinta roxa. Suas sobrancelhas se unem, confusas, mas, assim que elimino a distância entre nós, os olhos de Harper se arregalam, pois ela entendeu o que vai acontecer.

— Landon... — tenta me avisar, dando um passo para trás.

— Harper... — respondo, dando outro passo em sua direção. Antes que ela possa me impedir, pinto uma linha reta e roxa do meio da sua testa ao nariz. Ela guincha e tenta fugir, mas eu a agarro por trás, envolvendo-a em um abraço apertado, e esfrego a frente do meu corpo nas costas dela.

— Landon! — grita, sabendo que espalhei a tinta da minha camisa nela.

— É justiça. — Seguro-a fortemente com uma mão, enquanto a outra sacode o pincel por toda a bochecha e o pescoço dela.

Ela cai no chão e gira de costas. Agarrando um dos recipientes abertos, o joga contra mim. Então, tudo o que havia ali dentro sai voando e me suja.

Assim que ela estende a mão para o outro recipiente, rindo como uma louca, eu me jogo no chão e seguro ambas as suas mãos, prendendo-as sobre a cabeça. Meus joelhos estão entre suas coxas e, nessa posição, nossos corpos estão nivelados.

O riso de Harper, imediatamente, mingua, e ela me olha com desejo. Suas pernas se entrelaçam ao redor da minha cintura, e ela me puxa para perto.

Nossas bocas se unem. Os lábios dela são macios, e sua língua se move em um ritmo perfeito. Solto as suas mãos, e Harper as usa para desabotoar minha camisa, então arranca-a do meu corpo. Continuamos a nos beijar, e nossas línguas se movimentam freneticamente uma na outra — como se nada nunca fosse bastante. É verdade, pelo menos para mim. Faz pouco mais de setenta e duas horas que Harper voltou para a minha vida, e ainda não me canso dela.

Quebrando o beijo, puxo sua camiseta sobre a cabeça, em seguida, abaixo o bojo do sutiã, libertando seus seios perfeitos.

— Que linda — murmuro, tomando um dos mamilos com a boca. Chupo-o por alguns segundos antes de seguir para o próximo, dando-lhe igual atenção. Harper geme de prazer, e seu quadril se aproxima e se esfrega em mim.

— O que você quer, querida? — pergunto, beijando todo o seu corpo enquanto me ergo.

— Você — suspira — dentro de mim.

— Pode deixar. — Beijo sua boca.

Abaixando as mãos, arranco seu o short e a calcinha, então abaixo minha calça e cueca, chutando-as para longe.

Por um breve momento, admiro a mulher deslumbrante na minha frente. Seu cabelo está uma bagunça, e Harper, toda coberta de tinta colorida, parece ser a mais bela das obras de arte. Sei, sem qualquer sombra de dúvida, que eu daria qualquer coisa para fazê-la ser minha de novo.

— Landon — choraminga, não gostando do fato de estar exposta. Seu adorável narizinho se franze com irritação. — Por favor.

Não querendo deixá-la pouco à vontade, relutantemente, desvio o olhar do seu corpo.

Quando estou prestes a abrir suas pernas, ela se afasta. Confuso quanto ao que ela está fazendo, tento agarrar seus tornozelos, mas ela é rápida demais e se afasta das minhas mãos, rindo, como se fosse hilária.

— O que raios você está fazendo? — rujo, enquanto Harper fica de joelhos e começa a engatinhar. Estou pensando em ir atrás dela quando percebo que Harper está vindo na minha direção, não se afastando. Os seios empertigados balançam ao longo do caminho, e tudo o que quero fazer é segurá-los e chupá-los até ela não aguentar mais.

Ela me empurra de leve, minhas costas atingem a parede e minhas pernas se desequilibram. Não consigo tirar os olhos dos seus seios, ao passo que Harper engatinha para o meu colo. Guiando minha extensão duríssima, ela se senta no meu pau. Sua boceta quente e apertadinha me engole por completo, e soltamos um gemido satisfeito em resposta a quão perfeito é o nosso encaixe .

Suas mãos pequenas agarram o topo dos meus ombros, e ela rebola o quadril, de um lado ao outro, cavalgando-me como quem sabe muito bem o que está fazendo. Seus peitos quicam no meu rosto. Pego um deles e mordo o mamilo.

— Landon — geme ela, sem fôlego.

Seguro o outro e mordo com ainda mais força.

— Ah, meu Deus. — Suspira. — Jesus, porra, eu vou gozar... Estou sentindo.

Olho para cima e vejo que os olhos de Harper estão fechados, e sua cabeça, inclinada para trás, deixando exposto seu pescoço sensual e esbelto coberto de tinta. Como eu queria ser capaz de nos congelar nesse momento...

Ela está tão próxima do clímax... Posso sentir as paredes da boceta se contraindo ao redor do meu pau. Agarrando o quadril de Harper, assumo o controle e meto nela com força. É o suficiente para que ela atinja o orgasmo e grite meu nome, enquanto ordenha meu pau até a última gota de gozo.

— Nossa. — Ela respira fundo, repousando a cabeça no meu ombro e aconchegando o rosto na dobra do meu pescoço. — Eu não sabia que podia me sentir assim.

Envolvo o corpo dela com os braços e a mantenho pertinho de mim.

— Nem sempre é assim. Para falar a verdade, para mim, nunca foi. — Ela ergue os olhos e me encara. Eu beijo sua boca. — Somos nós, Harp. Nos sentimos assim porque somos eu e você.

Ela chupa o lábio inferior e assente.

— É tudo culpa minha. — Ela se engasga, e os olhos se enchem de lágrimas.

— Ei, o que aconteceu? O que é culpa sua?

Uma lágrima enorme escorre pela bochecha dela, e eu a enxugo. Odeio quando Harper chora. Parece que meu coração está sendo arrancado do peito.

— Tudo — soluça.

Seguro o riso em resposta ao drama. Com certeza, Harper não tem culpa de nada.

— Vai ter que ser um pouco mais específica, querida.

— A razão por não estarmos juntos. O porquê eu me casei com Richard. — Seu choro fica ainda mais forte.

— Harper, isso não é culpa sua. Eu estava a horas daqui. Você não tinha como saber que eu ia acabar na Liga Principal. Você seguiu em frente.

— Mas esse é o problema — choraminga ela. — Eu não segui em frente.

Quando ela se afasta um pouco, sinto um puxão no meu pau, agora mole, o que me lembra de que ainda estou dentro dela.

— Que tal nos limparmos e nos vestirmos? Podemos conversar durante o jantar — sugiro.

— Tudo bem. — Ela assente.

Quando entramos na sala, Harper olha ao redor, como se não tivesse certeza de para onde ir.

— Banheiro? — digo, rindo. Então, aponto para o meu corpo coberto de tinta.

— Sim. — Ela solta um risinho nervoso. — Humm... Tem um banheiro no final do corredor. As toalhas estão debaixo da... — Ah, nem pensar. De jeito nenhum vamos tomar banho separados.

Antes que ela possa terminar a frase, interrompo-a e a envolvo em um abraço. Harper está com um lençol ao redor do corpo e, quando a puxo, o tecido afrouxa e cai aos seus pés.

— Vamos tomar banho juntos — murmuro contra a boca dela. — No seu banheiro.

Ela faz barulho ao engolir a saliva, mas balança a cabeça, concordando.

— Tudo bem.

Com nossos dedos entrelaçados, sigo-a até o quarto e o banheiro. Harper tenta soltar minha mão, mas não permito. Posso senti-la tentando me afastar, mas não deixarei que isso aconteça. Entrando no boxe, ligo o chuveiro. Enquanto esperamos a água esquentar, ergo e apoio Harper na pia. Abrindo as pernas dela, posiciono-me entre suas coxas.

Meus olhos encontram os dela, e Harper morde o lábio inferior, nervosa. Isso me lembra de como ela costumava agir quando começamos a fazer sexo mais jovens. Harper sempre se sentiu insegura quanto ao corpo. Nunca acreditava em mim quando eu dizia o quanto eu era perfeita – e continua sendo.

— Você está coberta de tinta — digo, escorregando o dedo da mancha rosada na sua bochecha até as azuis ao redor do pescoço. Ela estremece, e amo como o meu toque consegue afetá-la tanto assim. — Se você se comportar desse jeito na sala de aula, todos os garotos pré-adolescentes, cheios de hormônios, vão ficar babando e tentando esconder a ereção.

Os olhos de Harper se arregalam.

— Ah, meu Deus! Que mentira.

— Estou falando sério pra caralho. Se você fosse a minha professora... com certeza, eu flertaria com você. Daria um jeito de passarmos um tempo juntos depois da escola, para uma aula particular... e prática. — Dou uma piscadela, e ela joga a cabeça para trás, rindo.

— Safado. — Ela dá um empurrãozinho brincalhão no meu peito. — Vamos nos limpar antes que a tinta seque.

Tirando-a de cima da pia, carrego-a para o chuveiro e a desço sob o fluxo de água quente. Pegando a esponja, coloco um pouquinho de sabonete líquido nela, e começo a tirar a tinta do corpo de Harper, esfregando-a. Primeiro, seu rosto. Em seguida, desço pelo pescoço. Quando chego aos seus seios deliciosos, dou-lhes uma atenção especial, certificando-me de que cada manchinha seja removida. Rapidamente, esfrego sua barriga, para que eu possa descer até a atração principal.

Quando me agacho e fico na altura da sua boceta perfeitamente depilada, Harper tenta fechar as pernas, mas balanço a cabeça.

— Abra — ordeno, e ela me obedece. Esfrego os vestígios de tinta verde e laranja da parte interna das suas coxas, então subo até, gentilmente, estar esfregando sua boceta.

— Tenho quase certeza de que não tem tinta nenhuma aí — diz ela, com insolência, olhando para baixo. Um cantinho da sua boca está curvado em um sorriso malicioso.

— Não faz mal verificar. — Dou de ombros.

— Minha vez — fala, pegando a esponja e se afastando. Faço um beicinho, chateado por não ter ainda mais tempo com sua amiga. Ainda assim, levanto-me para que ela possa me limpar.

Enquanto percorre a esponja por todo o meu corpo, esfregando algumas partes com mais força do que outras, aproveito para observar Harper. Nunca imaginei, nem em um milhão de anos, que ela, algum dia, voltaria a ser parte da minha vida, mas aqui está ela, tomando banho comigo. Sei que temos muito sobre o que conversar, e que acabamos de nos reencontrar, mas vou me certificar de que ela nunca mais me escape.

Quando estamos limpos — ela, vestida, e eu, de cueca, enquanto ela lava as peças sujas de tinta —, espalhamos a comida chinesa que eu trouxe pela mesinha de centro. Em seguida, nos sentamos no chão, um de frente para o outro.

— Certo, me conte tudo — peço, dando uma garfada no frango *lo mein*.

Ela suspira.

— Depois que terminamos, fiquei bem pra baixo, então a Melissa e a Angela me arrastaram para uma festa de Halloween na faculdade. Era na fraternidade do Richie, quero dizer, do *Richard*.

Estou prestes a dar outra garfada na comida, mas, quando Harper menciona o nome da Melissa, largo o garfo, que tine contra o prato. Faz anos que não escuto esse nome.

— Melissa queria que eu me soltasse — continua ela. — Tomei alguns drinques, e eu e Richard estávamos dançando... — Ela balança a cabeça. — Isso vai soar ridículo.

— Não, nada disso. — Engulo o bolo que tenho na garganta. — Seja lá o que for dizer, não tem problema. — Contorno a mesinha de centro e me sento ao lado de Harper, para que possa confortá-la.

— Pensei que ele fosse você — diz ela, fungando. — Quando transamos, pensei que ele fosse você. — Seu corpo todo sacoleja com os soluços, e eu a puxo para o meu colo. — A Melissa... Ela...

Porra, não consigo fazer isso. Não consigo ficar sentado aqui, ouvindo essa história. Ouvindo tudo.

— Não me importo — interrompo-a. — Não me importo com o que aconteceu nem como aconteceu. Isso ficou no passado. — Ergo o queixo de Harper, para que ela me olhe. — Não quero remoer o passado. Não podemos mudar nada do que ocorreu, por mais que desejemos. — Beijo os lábios dela e, então, me afasto. — Quero viver no presente com você.

Ela assente, compreendendo, mas fala:

— Esse é o problema. — Harper fecha os olhos rapidamente, recompondo-se. — Se eu pudesse mudar algo, não mudaria. O passado me deu Hunter e Ella, e... — Lágrimas frescas enchem seus lindos olhos verdes de água.

— Ei. Ei, pare de chorar. — Passo o polegar sob seus olhos. — Eu entendo. Eles são o seu mundo, não tem problema. — Viro-a, para que suas pernas envolvam minha cintura. — Escolher te deixar e ir para Salem foi a decisão mais difícil que já tomei. Gostaria de dizer que, se eu pudesse reviver o passado, não teria partido, que eu teria ficado e que teríamos vivido felizes para sempre, mas a verdade é que não sabemos o que teria acontecido. Talvez acabássemos juntos, talvez não, mas olhar para trás e remoer as possibilidades não ajuda em nada. Fui embora, e você engravidou, se casou e, então, se divorciou, mas os caminhos que escolhemos nos trouxeram até aqui, agora, e devemos focar nisso.

— Certo. — Ela assente. — Você tem razão.

— Quero te perguntar algo — falo, pois preciso saber a resposta antes de seguirmos em frente. — Você se vê tendo algum futuro com o Richie?

— Não. — Ela bufa. — Eu me importo com ele porque é o pai dos meus filhos, nada mais.

Meu peito dói ao ouvir essas palavras. Eu daria qualquer coisa para ter sido o pai dos filhos dela, mas acredito no que eu disse. Não podemos voltar ao passado. Por mais que eu odeie a ideia de Harper se importar com Richie de alguma maneira, o fato de ela se importar com o ex-marido revela muito sobre a mulher diante de mim. Isso me lembra de que, para que eu tenha qualquer futuro com ela, terei que aceitar que Richie sempre vai fazer parte da sua vida por conta dos filhos. Harper mencionou estar preocupada com o fato de ele tentar foder com tudo, e vi como ele age perto dela, quando foram buscar Hunter na colônia. Então eu sabia que, se quisesse ter alguma chance com Harper, terei que ser um homem maduro. Quer dizer, isso se ela quiser ter um futuro comigo...

— E você se vê tendo um futuro comigo?

Os olhos dela se arregalam.

— Como, tipo, um casal?

— Sim. — Rio. — Como um casal.

— Eu pensei que... — As bochechas dela ganham um tom de rosa. Ela está com vergonha?

— O que você pensou?

— Não sei. — Ela dá de ombros. — Achei que estávamos apenas nos divertindo, que tivéssemos uma amizade colorida, ou seja lá o que os jovens dizem hoje em dia.

Ela enlouqueceu de vez?

— Você não ouviu o que eu disse na sua janela na outra noite?

— Sim. Falamos sobre nos conhecermos de novo, mas não achei que você estivesse interessado em algo sério. Você merece alguém melhor do que eu, Landon. Merece ter a própria família. Se ficar comigo, vai se lembrar todos os dias do que fiz com a gente no passado.

— Acho que precisamos esclarecer isso agora mesmo. — Olho-a nos olhos, para que entenda como estou falando sério. — Eu nunca conseguiria fazer sexo e não sentir nada por você. Penso em você há doze anos e quando te vi naquele restaurante... Caralho, vou parecer um idiota falando, mas não me importo. Foi o destino. — Envolvo as bochechas macias dela com as palmas. — Não estou dizendo que vai ser fácil nem perfeito. Não, nunca estive perto de crianças, a não ser para ensiná-las a jogar beisebol ou quando minha sobrinha me obriga a brincar de boneca com ela, mas eu te quero, Harper. Quero o pacote completo. Você precisa parar de se sentir mal pelo passado. Éramos jovens, merdas aconteceram. Você não pode mudar nada, nem mudaria, porque, como me disse, o passado resultou em duas crianças incríveis. Podemos ter perdido os últimos doze anos, mas, se começarmos agora, ainda poderemos ter uns bons sessenta anos juntos.

Ela soluça.

— Ah, Landon. — Harper joga os braços ao redor do meu pescoço e aconchega o rosto no meu ombro. — Eu quero isso. Você não faz ideia do *quanto* eu quero isso.

Solto um suspiro, aliviado.

— Então é isso que teremos.

CAPÍTULO 21

Harper

— Quero um *macchiato* gelado de caramelo, por favor — peço ao barista, antes de me voltar para Bridget. — O que você vai querer?

— Ah, deixa que eu pago.

— Nada disso, é por minha conta — insisto. — Você é parte da razão pela qual eu e Landon estamos tendo uma segunda chance. O mínimo que posso fazer é te pagar uma bebida.

— Chocolate quente, por favor! — implora Eleanor.

— Sim! Chocolate quente — concorda Elizabeth.

— Dois chocolates quentes — digo ao barista. — E o que você vai querer? — pergunto a Bridget de novo.

— Quero um *macchiato* gelado de caramelo também, mas pode ser metade descafeinado, por favor?

O barista assente e adiciona a bebida dela na minha conta. Pago e vamos procurar um lugar para sentar. As gêmeas correm para a área infantil da cafeteria, onde poderão desenhar.

— Então, meio descafeinado? — Dou um sorrisinho.

— Qual é o problema? — Ela ri.

— Quantas semanas? — Conheço a Bridget há tempo demais para saber que ela só beberia algo descafeinado se houvesse uma razão muito boa.

— Seis. — Ela se anima. — Tenho uma consulta daqui a duas semanas.

— Parabéns! — Eu me inclino e abraço minha amiga.

— Obrigada.

O barista chama meu nome, e eu pego as nossas bebidas. Levo o chocolate quente para as garotas antes de me sentar outra vez com Bridget.

— Então, o Simon está animado?

— É claro! Ele estava me esperando dizer que poderíamos engravidar de novo. — Ela ri. — Fazia poucas semanas que eu tinha deixado de tomar o anticoncepcional quando aconteceu. Agora, ele está jurando que tem um super esperma. — Ela revira os olhos.

— Isso me fez lembrar de que preciso marcar uma consulta. — Abro o calendário no celular e insiro um aviso para ligar para minha ginecologista.

— Ainda mais agora que você, finalmente, está transando de novo. — Bridget ergue as sobrancelhas. — Sua mensagem foi vaga demais, preciso de mais detalhes. — Ela se inclina para frente e arregala os olhos, em uma seriedade zombeteira. — Vocês dois são um casal?

— Estamos vivendo um dia de cada vez. — Tomo um golinho da minha muito necessária bebida com cafeína. Landon e eu ficamos acordados até tarde, conversando e fazendo amor. Bridget me ligou às seis da manhã, implorando para que eu a acompanhasse na aula de ioga.

— Vai contar para as crianças? — pergunta ela. — Você sabe que o Hunter vai ficar animado. Ele acha que o Landon é, tipo, uma divindade.

— Vamos passar um tempinho com elas hoje, depois da colônia. Landon se ofereceu para me ensinar a jogar beisebol, assim, posso me conectar mais com o Hunter, já que o Richard está ocupado demais para ajudá-lo. Quero que ele saiba que, pelo menos, um dos pais se importa.

— Você vai jogar beisebol? — Bridget irrompe em risos. — Ah, vou ter que ir junto pra ver.

— Nada disso! Não vai rolar. — Bufo, irritada.

— Ah, mas vai rolar, sim. Não acredito que o Landon vai te deixar pegar em um taco e arremessar uma bola. — Ela ri ainda mais.

— O que você quis dizer com isso?

— Harper, sem dúvida alguma, você é a pessoa mais desastrada que conheço. — Quando abro a boca para me defender, ela ergue a mão. — Não estou dizendo que seja algo ruim... Mas você e o beisebol... — Bridget balança a cabeça ao pegar o celular.

— O que você está fazendo?

— Enviando uma mensagem para o Simon para que ele nos encontre no campo.

— Bridget! — Tento arrancar o telefone dela, mas minha amiga o puxa para longe.

— Vai ser divertido. — Ela ri. — Vou poder ver você e o Landon juntos! — Ela dá um gritinho e bate palmas, enquanto enterro o rosto nas mãos e resmungo, me perguntando no que raios estava pensando quando pedi a Landon que me ajudasse e quando contei a Bridget. Ela tem razão. Não tem como isso terminar bem.

Depois da ioga, Bridget vai para casa e deixa as garotas tirarem um cochilo. Volto para casa, tomo um banho e troco de roupa. Passo as horas seguintes planejando algumas aulas. Ainda tenho várias semanas antes de a escola voltar, mas não quero esperar até o último minuto.

Antes que eu me dê conta, está na hora de buscar Ella na colônia. Quando ela me vê, vem correndo, com um enorme sorriso.

— Adivinha.

— O quê? — pergunto, entregando o chinelo a ela. Já que vamos nos encontrar com Landon para treinar no parque, ele disse que faria companhia ao Hunter até chegarmos, ou seja, não preciso ter pressa.

— No show de talentos, no fim da colônia, vou apresentar minha coreografia na trave. — Ela dá pulinhos de alegria. — E eu mesma vou criar a coreografia!

— Nossa! Que incrível. — Ella começou a treinar ginástica artística aos três anos. Bem, eram mais cambalhotas naquela época. Ela amou e, desde então, faz isso o dia todo. Entre ela e a ginástica, o Hunter e o beisebol, eles me mantêm ocupada, mas amo o fato de os dois amarem tanto algo. Isso me faz lembrar do meu amor pela arte. Minha mãe sempre esteve ocupada demais trabalhando, então nunca me ajudou a correr atrás de algo relacionado às artes, por isso tento me certificar de que, não importa o quanto nossa vida seja louca, Hunter e Ella possam fazer o que gostam.

— Você se divertiu com a Madeline? — pergunto, enquanto dirigimos até o campo de beisebol.

— Sim. A tia Renee fez pipoca, e a gente assistiu ao filme da McKenna.

— De novo? — Rio. McKenna é uma garotinha americana que faz ginástica. Minha filha assistiu ao filme umas trinta vezes.

— Eu gosto. — Ela dá de ombros.

Chegamos ao campo, mas, em vez de entrarmos na fila de carros, eu estaciono.

— Por que a gente parou aqui? — Ela franze o nariz.

— Meu amigo Landon se ofereceu para me ensinar a jogar beisebol. Assim, vou poder treinar com o Hunter.

Ella fica horrorizada.

— Por quê?

— Porque ele gosta de praticar... Que nem quando eu te ajudo com as suas coreografias.

— Mas está quente lá fora. — Ela pisca várias vezes. Minha filha é mesmo uma princesinha.

— Você pode ficar no banco. Ou pode praticar sua coreografia na grama.

— Aff, tá bom.

Encontramos Landon, Brendan e Hunter perto do campo. Quando nos aproximamos, Hunter está fazendo perguntas a Landon sobre beisebol.

— Oi! — Dou um meio abraço em Hunter. Ele faz cara feia, envergonhado, mas não me afasta. Landon percebe e sorri. — Então, o que vamos treinar primeiro? Rebatidas ou arremessos? Ou você poderia, antes de tudo, me ensinar a apanhar a bola?

Hunter resmunga.

— Mãe, do que você está falando?

— Landon vai me mostrar alguns movimentos, para que você e eu possamos treinar em casa. — Então, quando você pedir ajuda para seu pai e ele se recusar, posso te ajudar sem parecer uma idiota, penso comigo mesma, mas não digo em voz alta.

— O quê? — Hunter arfa. — Mãe, você não sabe jogar beisebol.

— Bem, nem você sabia até aprender — argumento, um pouco ofendida.

— Fala sério, vai ser engraçado — incentiva Landon. — Quero dizer, divertido. — Hunter, Brendan e Ella riem, e eu o encaro. Landon simplesmente me dá uma piscadela. — Tudo bem, o que vamos treinar primeiro? — pergunta aos garotos.

— Posso treinar o meu arremesso, enquanto ela rebate. — Hunter dá de ombros. — Brendan, você pode ficar no campo externo e pegar as bolas, caso ela acerte alguma.

— Caso? — Bufo. — Só por causa disso, vou rebater a bola para bem longe do campo.

Os garotos riem.

Ella corre para a lateral e começa a treinar sua coreografia, enquanto Hunter vai em direção ao montinho de arremesso, e Brendan corre um pouco para trás do amigo.

Landon segura minha mão e me guia até onde um punhado de tacos estão apoiados na cerca de arame.

— Aqui, coloque isso. — Ele ergue um capacete sobre a minha cabeça.

— Humm... Não. — Balanço a cabeça. Acabei de arrumar o cabelo e, se eu colocar o capacete, vai arruinar tudo. — Estou de boa.

Landon gargalha.

— Até uma bola acertar o seu rosto e você desmaiar. — Bem, vendo dessa forma...

— Tudo bem. — Reviro os olhos, e ele posiciona o capacete em mim. É pesado, e minha cabeça pende para um lado. Quando tento endireitar a proteção, minha cabeça cai para o outro lado. — Isso daqui é pesado — reclamo.

Landon ri.

— Que fofa, Harp. — Ele olha para o campo, então me surpreende pra caralho quando se inclina e, com as duas mãos, segura meu rosto e, rapidamente, me beija. — Desculpa, tive que fazer isso — murmura. — Não tinha ninguém olhando.

— Mãe, Landon... Vamos logo — grita Hunter.

— Obrigada por hoje. Tentei pedir ao Hunter para me ensinar há algum tempo. Ele não pareceu interessado, mas agora que *você* é o professor... — Reviro os olhos, brincalhona. — Acho que ele não vê problema.

— Não precisa me agradecer. O que você precisar, pode contar comigo. — Ele acaricia a ponta do meu nariz com o dedo. — Vai ser divertido. — Apontando para os tacos, diz: — Pegue um. — Então, sai de perto dos bancos e vai em direção ao *home plate*. — Certo, vou mostrar para sua mãe como se rebate — diz Landon a Hunter. — Pegue leve com ela.

Hunter ri.

— Vou tentar.

Escolho um taco e subo no *home plate*. Landon se posiciona atrás de mim e, passando os braços ao meu redor, me mostra como segurá-lo. Isso não deveria ser sexual, ainda mais na presença dos meus filhos, mas o jeito como sua virilha se esfrega na minha bunda, e como seus braços fortes me envolvem por trás, me faz querer virar e pular em cima dele.

— Coloque essa mão aqui. — Ele apoia a mão sobre a minha e desliza nossos dedos pelo taco. — E a outra bem aqui. — Landon faz a mesma coisa com a outra mão, e eu engulo em seco, tentando ignorar a maneira como meu corpo reage ao toque dele. — Seus joelhos devem ficar um pouco curvados, e os pés, apontando para a base.

Faço o que ele diz.

— Muito bem. Agora, afaste as pernas mais um pouco, deixando-as mais abertas além dos ombros.

Quando as abro, tentando entender o que ele quis dizer, Landon ri na minha orelha. Então, solta minhas mãos, agacha-se e segura meu tornozelo.

— Assim. — Ele leva o meu pé direito um pouquinho para trás. Enquanto se levanta, seus dedos roçam a lateral da minha perna, e um arrepio sobe pela minha espinha. Com certeza, Landon está fazendo tudo de propósito.

— Pare com isso — chio, hesitante.

— Não estou fazendo nada. — Ele ri, pois sabe muito bem o que está fazendo. — Hunter, está pronto? — grita.

— Sim.

— Quando a bola se aproximar, rebata — instrui Landon.

Hunter arremessa a bola, mas, assim que a vejo vindo na minha direção, instintivamente, tento me esquivar e dou um pulo para trás. Minha bunda atinge a frente de Landon, e ele agarra meu quadril, nos impedindo de cair no chão.

— Parece que chegamos bem na hora! — Bridget ri, segurando a mão das gêmeas. As duas veem Ella, que agora usa a linha branca sobre a grama como uma trave, e vão correndo até ela.

— Que maravilha, a platéia chegou — resmungo.

— Você consegue — diz Landon, ajudando-me a reposicionar o taco. — A bola não vai te machucar. Rebata com toda a sua força.

Hunter arremessa, e faço o que Landon disse, girando o taco o mais forte que consigo. Não percebendo o peso do objeto, meu corpo todo acaba girando junto. Landon dá um pulo para trás um pouco antes de eu o atingir no ombro.

— Nossa! Desculpa! — Largo o taco. — Tudo bem?

Consigo ouvir as risadas estrondosas ao redor, mas foco em Landon, que parece dividido entre querer rir ou fugir para se salvar.

— Estou bem. Dessa vez, vou ficar um pouquinho mais longe.

Bridget ri alto pelo nariz e, quando olho para ela, vejo-a segurando o celular.

— Você não está me gravando, né? — grito.

— Não, nada disso. — Ela balança a cabeça. — Estou falando com o Simon pelo Facetime. Ele está no trabalho e não vai conseguir vir te ver.

— Bridget!

— Finja que não estou aqui.

— Mãe, vamos lá — diz Hunter. — Você consegue. — Estou prestes a desistir, mas, quando olho para ele, vejo que está sorrindo de orelha a orelha. Seus olhos verdes brilham por conta do riso e da felicidade e, nesse momento, percebo que não importa se eu for um fracasso, nem se eu nunca acertar a bola. Tudo o que as crianças querem é que as pessoas que elas amam façam parte do que as deixam felizes. Hunter poderia não ter gostado da ideia de me ver jogar, entretanto, meu filho está sorrindo agora, e isso é tudo o que importa. Ele está crescendo tão rápido... Logo, vai ter treze anos e, ano que vem, começará o ensino médio. Meu tempo com ele é limitado e, se isso significa que preciso me envergonhar para que saiba que me importo, que seja.

Voltando ao *home plate*, refaço o que Landon me ensinou.

— Certo, estou pronta.

Hunter leva o braço para trás e arremessa a bola. Giro o taco com toda a força que tenho e fico chocada quando tudo se conecta, emitindo um baque alto.

— Você acertou, mãe! — grita Hunter. — Corra para a primeira base!

Começo a correr. Percebendo que ainda estou segurando o taco, jogo-o para o lado, mas devo ter jogado com mais força do que pensei, porque, um segundo depois, escuto um "ah, merda!" vindo de Bridget, que nunca xinga na frente das crianças. Viro-me para ver o que aconteceu, e encontro Landon no chão, segurando o rosto com as mãos.

Bridget e os meninos correm até ele. Agora, Landon está erguendo a cabeça devagar. Ah, meu Deus! Seu lábio está cortado, e tem sangue pingando do queixo.

— Aqui! — Bridget tira alguns lenços da bolsa de maternidade e os entrega a Landon, que os aceita e seca a boca.

— Desculpa mesmo — grito, agachando-me para verificar a situação. Com certeza, cortei sua boca e, provavelmente, Landon vai precisar de alguns pontos. — Bridget, venha aqui — imploro. Ela é enfermeira e vai saber o que fazer.

Ela se curva na frente de Landon, que agora ri enquanto balança a cabeça.

— Acho que está tudo bem — diz ela, dando uma olhada.

— Você acertou a bola em cheio, mãe — Hunter fala, em um tom orgulhoso. — Teria sido um *home run*.

— É mesmo? — guincho. Quando Landon ri, minimizo minha animação. — Eu sinto muito, de verdade.

— Você é uma mulher perigosa — comenta ele quando se levanta. Então, para que apenas eu possa ouvir, sussurra: — Se bem que... Melhor meu lábio do que meu pau.

Rio alto, lembrando-me da água gelada que derramei na calça dele no nosso encontro arranjado.

— Então, e agora? — pergunta Landon, como se não tivesse acabado de ser atingido na boca por um taco.

— Acho que chega por hoje — opino.

— Concordo. — Bridget assente, tentando segurar o riso, mas falhando.

— Também concordo! — diz Simon.

— Bridget! — grito.

— Desculpa. — Ela recolhe o celular do chão. — Derrubei o celular quando vim ver se o Landon estava bem. Esqueci que o Simon ainda estava no Facetime.

Os garotos ajudam Landon a guardar e trancar tudo no galpão onde armazenam os equipamentos, enquanto Bridget e eu nos aproximamos das meninas.

— Oi, mamãe. Olha isso. — Ella dá um mortal para frente e, em seguida, outro para trás sobre a linha branca.

— Uau, que doideira — reage Landon, chegando. — Você usou as mãos?

— Não. — Ella sorri. — Foram mortais. É tipo uma estrelinha sem as mãos. Vou usar na minha coreografia. Mamãe, podemos montar uma trave de treinamento em casa? — Ela me encara com um olhar de cachorrinho pidão. — O pai da Kendra construiu uma pra ela com madeira.

— Humm... — Tento me imaginar cortando madeira e faço uma careta. Quando me arrisquei a prender alguns retratos na parede, esmaguei o polegar.

— Eu posso ajudar — oferece Landon. — Amo construir coisas. — Todo mundo olha para ele. — Se você quiser... — continua ele, obviamente tentando retirar o que disse, incerto quanto a ter dito algo errado. — Se a sua mãe deixar.

— Mamãe, ele pode? — pede Ella, animada. — Por favor.

— Sim, é claro.

Viro-me para Landon e movo os lábios em um *obrigada* silencioso.

— Podemos pintá-la também? — pergunta Ella a Landon, esperançosa.

— Não vejo por que não. — Ele dá de ombros.

— Eba! Quero pintar de rosa! Podemos fazer isso no fim de semana?

— Ah, bem... — Landon me olha. — Não sei se vocês já têm algo planejado com a sua mãe e o seu pai.

— É o fim de semana da mamãe — diz Ella. — Podemos, mamãe?

— Por mim, tudo bem, desde que o Landon não esteja ocupado.

— Não estou. Então, tudo combinado para o fim de semana.

— Podemos pedir pizza para a janta? — indaga Hunter.

— Isso! Podemos ir também, mãe? — pede Brendan a Bridget.

Ela olha para mim e dá de ombros.

— Acho que sim.

— Com certeza — confirmo.

— Landon, quer vir? — convida Hunter.

— É claro, eu adoraria comer pizza... se a sua mãe deixar.

— Eba! — comemora Ella, antes que eu possa responder. — A mamãe pode desenhar a trave pra gente.

Meus olhos encontram os de Bridget, e ela me lança um sorriso sabido. Meus dois filhos estão se apaixonando por Landon tão rápido quanto aconteceu comigo tantos anos atrás. Tão rápido quanto está acontecendo hoje...

— Vamos comer pizza, então.

CAPÍTULO 22

Landon

— Mãe, você poderia, por favor, me dar um pouco de dinheiro pro fliperama? — pede Hunter.

— Eu também quero — diz Ella, esticando a mão.

Harper assente, então vasculha a bolsa atrás de dinheiro, imagino. Segundos depois, ergue a cabeça e franze a testa.

— Acho que deixei a carteira em casa, só trouxe o cartão. Vou perguntar pra garçonete se aceitam cartão. — Ela se levanta e vai em busca da funcionária.

Acabamos indo jantar em uma pizzaria, que também é um fliperama, de dois andares. Já que deixei a caminhonete em casa, optando por correr até o campo, Harper insistiu que eu pegasse uma carona com eles e que, depois, me deixaria em casa. Harper e Bridget pediram algumas tortas e, enquanto esperávamos, Bridget levou as pequenas para brincarem em um tipo de trepa-trepa. Os garotos ficaram sentados ao meu lado e jogamos vinte perguntas sobre beisebol. Ella e Harper focaram em desenhar a trave de equilíbrio. Simon apareceu logo antes de a comida chegar. Quando tudo foi servido, as crianças comeram mais rápido do que já vi qualquer pessoa consumir algo. Agora, tinham terminado e estavam prontas para voltar a brincar. O lugar todo era uma loucura. Crianças corriam por toda parte, e eu nunca vi nada assim na minha vida. Durante minha infância, havia um pequeno fliperama no fundo de um bar de família, apenas. Eu nem consigo imaginar o quanto uma criança seria capaz de gastar em um lugar tão grande quanto este.

Enquanto Harper procura a garçonete, pego a carteira, tiro duas notas de cem dólares e entrego às crianças.

— Vão se divertir.

— É sério? — pergunta Hunter, incrédulo.

— Precisam de mais? — Começo a puxar outra nota, mas ele balança a cabeça.

— Não, já está ótimo. Obrigado! — Hunter pula do assento e decola com Brendan, enquanto Ella grita um agradecimento e sai correndo atrás do irmão mais velho.

Harper volta e olha ao redor.

— Cadê as crianças?

— Dei um pouco de dinheiro para elas. — Dou de ombros.

— Ah, obrigada. — Ela sorri e se senta ao meu lado. — Eles têm um caixa eletrônico. Quanto você deu para elas? — Harper tira uma nota de vinte do bolso traseiro.

— Humm... — Merda, ela ia dar vinte dólares para os três dividirem? Rio comigo. Não era de se surpreender que Hunter tenha me olhado como se eu fosse louco antes de fugir. — Não se preocupe com isso. — Balanço a cabeça. — Foi um presente.

— Ah, tudo bem. Obrigada.

— Quer dar uma volta? Aposto que ganho de você no hóquei de mesa.

Harper sorri.

— Duvido.

Depois de trocar alguns dólares em moedas, saímos em busca do hóquei de mesa. Trombamos com Ella, que está se divertindo com as gêmeas em uma versão de Martele a Toupeira. Bridget e Simon estão parados ao lado, observando. Harper pergunta se a filha não quer vir com a gente, mas ela responde que precisa matar todas as toupeiras.

— Isso não era o que você tinha em mente para um encontro, né? — pergunta Harper, enquanto continuamos a buscar o hóquei de mesa.

— Na verdade, isso é *exatamente* o que eu tinha em mente para um encontro perfeito — digo, sabendo muito bem o que ela está fazendo, mas não vai funcionar.

— Ah, fala sério. — Harper arfa. — Você diz que a mídia só mostra uma camada sua, mas nunca mentiram sobre onde você estava. Eu te acompanhei ao longo dos anos... Em clubes, em eventos com modelos e celebridades e outros atletas bombados...

Agarrando a curva do seu quadril, puxo-a para um cantinho escuro e praticamente deserto. Pressiono-a contra a parede.

— Você precisa parar de ficar olhando para essas fotos. Sim, fui a clubes e eventos, mas, na maioria das vezes, foi por causa de acordos com patrocinadores de diversas empresas. Eu recebia dinheiro para simplesmente aparecer usando um produto. Aquelas mulheres que você viu comigo nunca foram mais do que um encontro arranjado por agentes e equipes de publicidade. — Inclino-me, beijo-a e chupo seu lábio inferior. Os lábios de Harper são macios e têm gosto de morango. Se não estivéssemos em um lugar público, eu a devoraria por completo. — O que você viu foi tudo atuação. Minha vida consistia em beisebol o dia todo, todos os dias. Chega de olhar para trás, deixe o passado onde ele pertence... no passado. — Sei como a imprensa faz com que pessoas como eu fiquem mal na fita. Vi casamentos terminarem por conta de merdas que foram postadas na internet, mas não deixarei que isso nos separe. Se eu tiver que lembrar a Harper todos os dias de que estou onde quero estar, farei isso.

— Tudo bem. — Ela assente. — Desculpa.

— Não tem que se desculpar por nada — digo, beijando sua boca, porque, honestamente, nunca me canso dela. — Por favor, tente parar de buscar razões para me afastar. Quero ficar aqui... com você e com os seus filhos.

— Ei, Landon! — grita Hunter, correndo em nossa direção. Afasto-me um tantinho, dando um pouco de espaço a Harper. — Eles têm um jogo de arremessos, quer jogar com a gente?

— É claro, mas, depois, vai ter que ajudar a sua mãe e eu a encontrarmos o hóquei de mesa.

Quando chegamos à máquina de arremessos, há um monte de crianças paradas ao redor. Hunter tem um copo cheio de moedas douradas, onde enfia a mão para pegar algumas.

— Hunter, onde você conseguiu isso tudo? — pergunta Harper, encarando o copo.

— Com o Landon — revela ele, sem nem olhar nos olhos da mãe.

— Quanto dinheiro você deu para ele? — questiona Harper, virando-se para mim.

— Não sei... — começo, mas, quando Harper me olha com aquela expressão assustadora de mãe, igualzinho a minha mãe quando eu era criança, só que Harper é mil vezes mais gostosa, escolho dizer a verdade: — Cem. — Tusso.

— Desculpa, acho que não ouvi direito. — Seus olhos vão para o copo e, então, voltam para mim.

— Cem — repito.

— Para todo mundo dividir?

— Para cada um.

— Landon! — Ela arfa, então volta-se para o filho. — Hunter, você aceitou os cem dólares que o Landon te ofereceu?

Ele estremece, mas dá de ombros.

— A Ella também aceitou.

Os olhos de Harper se arregalam.

— Ela não entende a diferença entre um e cem dólares. Vá encontrar a sua irmã agora mesmo, antes que alguém a roube!

Hunter sai correndo sem nem argumentar, e eu seguro o riso. Com certeza, acabei de ser pego por um garoto de doze anos.

— Desculpa — digo, trazendo-a de volta aos meus braços. — Deveria ter te perguntado primeiro. — Dou um beijo casto nela, esperando que pegue leve comigo.

Ela solta o peso em mim e abre um sorrisinho.

— Não estou brava. Foi legal o que você fez. Hunter sabe muito bem o que estava fazendo, e se aproveitou da situação. Meu filho vai ter que trabalhar para recuperar esse dinheiro, porque já virou tudo moeda. — Ela revira os olhos. — Aquele merdinha...

— Você me deixa com tesão quando assume esse papel de mãe.

— Papel de mãe? — Ela ri.

— Sim, você fica toda brava e possessa. Muito atraente.

— Bem, se achou isso atraente, deveria nos visitar no fim de semana, quando eu estiver gritando, pela milionésima vez, para que limpem os quartos. — Ela ergue as sobrancelhas, divertindo-se.

— Achei a Ella — diz Hunter.

Olhamos para os dois, e Ella está nos encarando de um jeito estranho.

— Você é o namorado da minha mãe? — pergunta, com um sorrisinho bobo.

Olho para baixo e percebo que ainda estou abraçando-a. No mesmo instante, empurro-a, e isso faz com que ela tropece para trás. Harper tenta se segurar em uma barra do trepa-trepa, mas não consegue a tempo e cai de bunda. Ouço um guincho, então, um segundo depois, seus pés, envoltos pelos sapatos, estão no ar.

— Mamãe! — grita Ella, e nós três corremos até Harper para nos certificar de que ela está bem.

Quando olhamos para baixo, a encontramos de costas em uma piscina de bolinhas gigante. As crianças irrompem em riso, enquanto a mãe joga um punhado de bolinhas coloridas na gente.

— Ei! — grita Hunter, apanhando uma delas e jogando-a de volta para Harper.

A bolinha a acerta bem no rosto. Ela nos lança um olhar feio, mas brincalhão.

— Guerra de bolinhas! — grita Harper. As crianças se viram para fugir, mas, antes que consigam escapar, eu as seguro pela camiseta e as jogo na piscina.

Os dois gritam, e chiam, e riem, enquanto Harper os ataca com as bolinhas.

— Entra, Landon! — ordena ela. — É justo, já que você me empurrou aqui dentro.

Harper não tem que pedir duas vezes. Pulo na piscina e começo a cobri-la de bolinhas coloridas, deixando apenas a pontinha do seu nariz visível.

— Agora eu! — berra Ella. — Eu!

Arrastando-me pelas bolinhas de plástico, chego em Ella e a cubro do mesmo jeito que fiz com a mãe.

Passamos um tempão brincando — nunca pensei que, um dia, fosse dizer isso — até Harper ficar entediada e pedir para que eu brinque com o Hunter. Então, todos saímos da piscina.

— Certo, vamos jogar um contra o outro — diz Hunter, enfiando algumas moedas na máquina.

— Você sabe que eu vou ganhar, né? — provoco.

Hunter ri.

— Não sei, não... Seu braço não está tão bom hoje em dia, no fim da carreira, então talvez eu tenha uma chance.

— Quer apostar? — pergunto, deixando tudo ainda mais divertido e competitivo.

Hunter cruza os braços sobre o peito.

— Quero. — Ele assente devagar. — O que você vai querer se ganhar?

Penso por um momento.

— Minha caminhonete está bem suja... Se eu ganhar, vai ter que lavar e encerar meu carro.

— O Hunter deveria fazer isso de qualquer maneira para compensar o dinheiro que você deu para ele — rebate Harper.

— Quietinha, mulher — brinco. — Isso aqui é uma aposta entre homens.

Ela bufa, rindo.

— Ah, certo... Prossigam com a conversa de homem, então.

— Tudo bem — concorda Hunter. — Mas se eu ganhar... — Ele sorri, travesso, o que me faz lembrar demais da sua mãe. — Vamos a um jogo ver os Reds jogarem.

— Hunter! — Harper reage.

— Fechado — concordo, antes que ela possa dizer qualquer outra coisa.

— Landon! — repreende Harper.

— Harper! — repreendo-a de volta, de brincadeira.

As crianças riem.

— Beleza, vamos começar. — Rapidamente, leio as instruções, enquanto Hunter organiza o jogo. Resumindo, não se trata apenas de velocidade, mas de precisão e de quantas vezes você consegue fazer isso em dois minutos.

O jogo faz a contagem regressiva e, quando chega em um, as bolas caem. Cada um de nós pega uma bola e arremessa. A minha alcança 110 quilômetros por hora, assim como a do Hunter. Porra! Eu não estava dando o meu melhor. Quero dizer, é apenas um joguinho, e estamos em um ambiente fechado, mas fico chocado pra caralho quando vejo que o garoto consegue arremessar com tanta velocidade e precisão. Eu o vi arremessar algumas vezes no campo, então sei que é bom, mas, na maior parte do tempo, estivemos focando em rebater e apanhar. Será que alguém já percebeu seu talento?

Ambos pegamos outra bola e a jogamos. Desta vez, o arremesso de Hunter alcança 120 quilômetros por hora. Tento acompanhá-lo, mas estou ocupado demais observando-o arremessar. Jogo mais algumas bolas e acerto todas, então o cronômetro apita, indicando que nosso tempo acabou.

— Ganhei! — grita Hunter. — Você me deixou ganhar? — Sendo sincero, se estivesse prestando mais atenção no que estava fazendo, em vez de no que ele estava fazendo, eu, provavelmente, teria ganhado. Mas mereci perder por não ter mantido os olhos nas minhas bolas.

— Não — admito. — Você ganhou honestamente. Não fazia ideia de que você conseguia arremessar desse jeito. — Os dados mostram que sua bola mais veloz alcançou 122 quilômetros por hora, o que é loucura para um garoto de doze anos. — Sabia que o seu filho consegue arremessar assim? — questiono Harper, que assente.

— Sim, ele é o lançador no time dele. — Ela dá de ombros, claramente não compreendendo o quanto o filho é bom.

— Seu treinador mencionou algo sobre algum olheiro estar prestando atenção em você? — pergunto ao Hunter, e seus olhos se arregalam.

— Não, mas eu frequento uma escola particular e ainda estou no fundamental, então só jogamos contra alguns outros times.

— Se continuar jogando assim, pode acabar sendo recrutado — digo a ele, com sinceridade. Hunter ainda tem mais alguns anos, mas, com toda essa precisão e velocidade, mais o fato de que também sabe apanhar e rebater, suas chances são bem grandes.

— Você é Landon Maxwell? — indaga alguém, atrás de mim. Quando me viro, encontro um adolescente sorrindo. Provavelmente, deve estar nos primeiros anos do ensino médio, se eu tivesse que chutar. — Caralho, é você mesmo!

— Cuidado com a língua, garoto. — Balanço a cabeça em direção a Ella e Harper. — Temos damas presentes.

— Sinto muito, senhor — murmura ele. — Você poderia autografar isso? — Ele estende, junto a uma caneta, o boné dos Boston Reds que estava usando. — Sou um grande fã.

— É claro. — Autografo meu nome. — Você joga beisebol?

— Pra caralho... Quero dizer... Pra caramba. Também sou lançador. — Ele sorri, orgulhoso.

— Quantos anos você tem?

— Dezesseis, senhor. Jogo no time da escola.

— Meu amigo Hunter também joga. — Balanço a cabeça em direção ao

Hunter, que está de olho na conversa. — Quer testar o braço? — Aponto para o jogo.

— Contra você? — pergunta o garoto.

— Contra ele. Eu jogo contra quem ganhar.

Os garotos começam a arremessar. Depois de três bolas, já sei que Hunter vai vencer. Apesar de o outro garoto ser bom, arremessando entre 95 e 105 quilômetros por hora, não é tão rápido nem preciso quanto Hunter. Passamos a próxima hora nos revezando no jogo de arremessos. Por fim, mudamos de jogo.

Harper acaba comigo no hóquei de mesa. Depois, Ella me obriga a competir com ela em uma motocicleta. Brincamos em cada máquina pelo menos uma vez antes de as moedas acabarem. Em seguida, passamos meia hora com Ella, enquanto ela escolhe brinquedos em troca dos seus milhares de tíquetes. Hunter deu os dele para a irmã quando ela fez biquinho por não ter o suficiente para escolher o que queria. Tenho quase certeza de que ele abriu mão dos tíquetes para se acertar com a mãe por ter aceitado meu dinheiro, mas, de qualquer maneira, foi um gesto bonito.

Quando chegamos ao estacionamento, todo mundo se despede. Então, vamos ao carro de Harper, já que ela vai me dar uma carona para casa.

Não faz nem dois minutos que entramos na estrada quando Ella indaga:

— Mamãe, o Landon é o seu namorado?

Seguro o riso e olho para Harper, que agarra o volante com muita força. Aposto que esperava que a filha acabasse esquecendo disso.

— Humm... — Harper pigarreia. — Estamos nos conhecendo melhor. — Não fico satisfeito com a resposta dela, mas, por enquanto, não direi nada. Se dependesse de mim, colocaríamos um rótulo no que somos, mas sei que Harper ainda não se sente confortável com isso.

— Pensei que você já o conhecesse — rebate Hunter.

Harper resmunga.

— A gente se conhecia quando éramos mais novos — explica ela. — Faz muito tempo, então estamos nos conhecendo de novo.

Hunter ri no banco traseiro.

— Podem admitir que estão namorando. Vi vocês dois se beijando no fliperama.

— Eles se beijaram? — pergunta Ella ao irmão. — Então vocês são namorado e namorada! O Manny me beijou no parquinho e disse que eu era a namorada dele.

Tusso alto para esconder o riso. Nunca passei tanto tempo perto de crianças quanto hoje. Não fazia ideia do quanto são intuitivas e diretas.

— Ella, você não deveria deixar o Manny... — As palavras de Harper são interrompidas pelo som do celular tocando por todo o carro. — Atender ligação — diz Harper, claramente irritada.

— Alô? — responde uma voz masculina.

Harper rosna e joga a cabeça para trás.

— Eu deveria ter verificado quem estava ligando — sussurra ela.

— Papai! — guincha Ella. — Oi, papai!

— Oi, querida. O que você está fazendo?

— Acabamos de sair do fliperama, e o namorado da mamãe está com a gente. Eles se beijaram, o Hunter viu. E... — Ella respira fundo — ... o nome dele é Landon. Lembra que ele era amigo da mamãe? — Ela não espera o Richie responder antes de continuar: — Ele vai construir uma trave pra mim, e eu vou pintá-la de rosa-choque, que nem os laços da JoJo!

O olhar de Harper, rapidamente, deixa a estrada e encontra o meu. Seus olhos estão tão grandes quanto pratos. Não a culpo. Ella disse tudo em menos de dez segundos. A garotinha deve ter quebrado algum tipo de recorde mundial.

Ficamos em silêncio por menos de um segundo, antes de Hunter continuar de onde a irmã parou:

— Oi, pai. Venci o Landon em um jogo de arremessos no fliperama, e ele disse que, se eu continuar assim, vou acabar sendo recrutado pra Liga Principal.

— Mas o que... — começa Richie, provavelmente com a intenção de brigar com Harper, mas Hunter o interrompe antes que ele consiga.

— E, já que apostamos, ele vai nos levar a um jogo dos Reds.

— Harper, desligue o autofalante — ordena Richie.

— Não posso, estou dirigindo. Te ligo mais tarde — diz ela, apressada, em uma voz exageradamente animada, antes de apertar o botão e desligar a chamada. — Bem... Isso foi interessante — murmura ela.

Minutos depois, chegamos ao meu condomínio fechado. Entrego o cartão a ela, e Harper atravessa os portões. Quando estacionamos na frente da minha casa, ela respira fundo e olha para mim, como se quisesse me dizer algo, mas não fizesse a menor ideia de por onde começar.

Depois de abrir e fechar a boca diversas vezes, rio e falo:

— Eu me diverti. Me liga mais tarde. — Então, me viro para as crianças. — Te vejo amanhã na colônia. — Estendo a mão para trocar um soquinho com Hunter, que assente. — Te vejo sábado, para construirmos a trave. Peça pra sua mãe me mandar uma foto do rosa que você quer. — Lanço uma piscadela brincalhona a Ella, que se anima. Poderia fazer apenas algumas horas que eu estou perto dessas crianças, mas já estou me afeiçoando a elas, assim como pela mãe.

— O que você quer dizer com "não tenho certeza se vou aceitar o cargo"? Pensei que quisesse isso — diz meu irmão. Estamos relaxando na casa dele, assistindo a um jogo de beisebol na televisão. Heather foi ao encontro de um clube do livro, e Kaelyn está dormindo, o que nos dá a oportunidade de vermos o jogo e de bebermos algumas cervejas.

— É o que eu quero, mas não aceitar o cargo em Boston não significa que não vou aceitar o mesmo cargo em outro lugar. — Quando cheguei em casa, depois do encontro com a Harper e todo mundo, descobri que me ofereceram uma vaga como comentarista na ESPN. O problema é que eu teria que trabalhar em Boston, o que seria ótimo, se eu não estivesse pensando em criar raízes por aqui.

— Tipo onde? — pergunta Brian.

— Tipo aqui. — Tomo um gole de cerveja. — Enviei um e-mail ao diretor do RH e perguntei se não poderiam encontrar uma vaga para mim em Providence.

Brian me olha cheio de curiosidade.

— Se isso se trata de você estar se sentindo culpado por não ter estado aqui nos últimos anos...

— Não, não é nada disso. Se trata da Harper.

— Harper? — Suas sobrancelhas chegam na testa. Ele sabe muito bem como me sinto em relação a ela. Harper era a garota que eu havia perdido. Todas as vezes que tínhamos uma conversa sincera, especialmente quando bêbados, eu abria meu coração quanto a tudo de que eu me arrependia. Amava jogar beisebol, mas se soubesse que seguir essa carreira significaria perder a Harper, não teria partido. Muitos jogadores não entendem isso, mas Brian, sim. Meu irmão é um homem de família até o último fio de cabelo. Ele recebeu uma proposta para treinar um time universitário, mas a recusou, porque não queria ficar longe da família.

— Ela voltou para a minha vida — admito.

Brian resmunga.

— Por favor, me diga que você não está envolvido em uma traição.

— É claro que não — sibilo. — Harper não é assim, nem eu. — Lanço um olhar incrédulo a ele. — Ela está divorciada e tem dois filhos: Hunter e Ella.

— Hunter? — pergunta ele.

— É, o garoto da colônia. Sabia que ele consegue arremessar a quase 130 quilômetros por hora sem nem se esforçar?

— Sério? Mas como você sabe disso? — O que difere a colônia dele das outras é que as crianças não competem entre si. Trata-se de aprenderem novas habilidades e de aprimorarem as que já têm. Por conta disso, não medimos a velocidade de nenhum dos garotos.

Atualizo Brian quanto a tudo o que aconteceu recentemente: o encontro arranjado com a Harper, o jantar e o passeio no fliperama com as crianças e a descoberta, porque Hunter me derrotou, de que o garoto sabe arremessar muitíssimo bem.

— Em qual escola ele estuda? — pergunta Brian. Consigo ver as engrenagens girando em sua mente. Ele treina o time da única escola pública na cidadezinha e parece que deseja ter o Hunter no time dele.

— Em alguma escola particular.

— Você se importaria se eu conversasse com a Harper? Só temos uma escola particular na cidade, e o time deles é uma porcaria. Ele nunca vai conseguir mostrar suas habilidades se continuar jogando lá.

— O Hunter acabou de começar o oitavo ano, então você ainda tem mais um tempinho, mas posso mencionar isso a ela no fim de semana, quando eu for lá. — Falando nisso... Pego o celular e envio um e-mail para a assessora de imprensa dos Reds, Val, pedindo alguns ingressos na frente do *home plate* para o jogo de domingo, já que vai ser em Boston.

— Então vocês dois estão tipo... namorando?

— Estamos vivendo um dia de cada vez.

— E tudo bem pra você assumir duas crianças? Já é difícil criar um filho que é meu, nem imagino como seja criar dois que não tenham vindo de mim.

— Eles são parte dela, cara.

— E parte do Richie...

— Richie pode até ser o pai, mas puxaram apenas a Harper. São incríveis. — Dou de ombros e tomo um gole de cerveja.

— Nunca pensei que eu ia ver você sossegar um dia.

— É a Harper — digo, sabendo que não preciso explicar mais nada. Ela é a única garota com quem posso me imaginar sossegando.

— Ela sabe que...

Ele nem precisa terminar a pergunta para que eu saiba do que se trata.

— Não — interrompo-o.

— Landon... Você precisa contar pra ela.

— Eu sei. É que... Porra, foi há tanto tempo. — Esfrego as mãos no rosto, frustrado. — Eu vou contar.

CAPÍTULO 23

Harper

— Vocês dois precisam tomar banho — grito para as crianças, enquanto sobem correndo a escada. — Ainda têm a colônia pela manhã, então precisam estar prontos para dormir daqui a pouco.

Meu celular vibra na bolsa pela milionésima vez e, sabendo que as crianças ficarão lá em cima por um tempinho, atendo.

— Richard.

— Você disse que ia me ligar de volta — diz ele. Nada de cumprimentos, nem conversas fiadas. Direto ao ponto.

— Acabei de chegar. O que é tão urgente? — pergunto, indo para o quarto vestir roupas mais confortáveis.

— O que está rolando entre você e o Maxwell?

Bufo, rindo.

— Tem algum motivo para você estar se referindo a ele pelo sobrenome?

— Harper, eu te fiz uma pergunta. — Não gosto do tom de Richard. É estranho ele prestar tanta atenção ao que estou fazendo.

— Landon e eu estamos namorando — revelo. Quando essas palavras saem da minha boca, parecem corretas. Talvez isso seja a coisa mais correta que fiz em anos.

— Ele é um mulherengo, Harper.

— O que ele é ou deixa de ser não te interessa. Nunca, jamais, questionei as mulheres que você trouxe para perto dos nossos filhos. Então, ficaria grata se pudesse não questionar quem escolhi para apresentar às crianças. — Meus punhos se cerram ao redor do celular, e lágrimas queimam meus olhos, enquanto me irrito. — Aceitei todas as suas namoradas nos últimos doze anos. Agora, chegou a minha vez.

— Samantha e eu terminamos. Você tem razão. Não consegui escolher uma boa mulher para fazer parte das nossas vidas, mas o Landon também não é flor que se cheire.

Como ele ousa! Sempre soube que Richard não era fã de Landon e, provavelmente, não ajudou muito eu ter estado com o coração partido durante toda a gravidez, mas essa atitude dele parece loucura. Agora que estamos divorciados e, enfim, seguindo em frente, resolve me dar atenção? Nada disso.

— Sinto muito pelas coisas não terem dado certo com a Samantha, mas você não toma nenhuma decisão por mim. Nunca trouxe homem algum para perto das crianças desde que nos separamos, e isso já deveria dizer algo sobre o Landon. Essa conversa acabou.

Richard fica quieto por um longo tempo, então diz:

— Tudo bem. Estava pensando em ir buscar as crianças no fim de semana.

É sério? A ligação está sendo gravada sem eu saber? Tem alguém brincando comigo?

— Pensei que você fosse se mudar...

— Decidi não aceitar o emprego — conta ele, me deixando chocada.

— Por quê? — Eu estava curiosa.

— Mudar para longe da minha família não é a melhor opção. Talvez, daqui a alguns anos, eu reconsidere a decisão.

— Que bom. Mas, infelizmente, esse fim de semana é meu, e já temos planos.

— Que planos?

— Landon vai ajudar a Ella a construir uma trave.

— E domingo? — Ah, colega, a gente *não* vai jogar esse joguinho.

— Richard, o fim de semana é meu — insisto, tentando manter o controle.

— Que seja. Então, quero buscá-los durante a semana.

Reviro os olhos.

— Tudo bem, você quem sabe. A segunda e a quarta-feira são suas. Você perdeu a segunda... — Que foi ontem. — ... mas pode vir buscá-los amanhã.

— Certo — diz ele, secamente.

— Você vai buscá-los na colônia ou aqui em casa? — pergunto, sendo gentil, sabendo que isso apenas vai irritá-lo ainda mais.

— Acho que na colônia.

Uau! Finalmente, ele decidiu assumir alguma responsabilidade... Bem, antes tarde do que nunca.

— Combinado. Tchau, Richard. — Desligo a chamada sem esperar que ele se despeça.

Depois de dar boa-noite para as crianças, começo a me acomodar na cama quando o celular vibra com o aviso de uma mensagem. Considero não visualizar. Se for o Richard, vou acabar jogando o celular na parede e o quebrando. Isso apenas me deixa ainda mais irritada. O celular vibra de novo, e eu cedo. Pode ser a Bridget ou a minha mãe.

Sinto um friozinho na barriga quando vejo de quem é.

Landon: Estou deitado na cama, pensando em você. O que está fazendo?

Landon: Espero que o Riquinho não tenha enchido muito o seu saco por eu ter jantado com vocês.

Rio em voz alta do apelido de Richard, lembrando que Landon costumava chamá-lo assim quando estávamos no ensino médio.

Eu: Acabei de colocar as crianças na cama agora há pouco. Estou deitada também.

Então, antes que eu me impeça, digito mais uma mensagem e a envio.

Eu: Contei para ele que estamos namorando...

Paro de respirar quando o balãozinho aparece, indicando que Landon está digitando. Quando desaparece, pergunto-me se talvez eu tenha passado dos limites, então digito:

Eu: Tudo bem para você?

Landon: Esse é o seu jeitinho de me perguntar se quero ser o seu namorado?

Pego-me rindo. Parece que voltamos a ser adolescentes. Mas, naquela época, esses aplicativos de mensagem ainda nem existiam.

Eu: Talvez... Você teria interesse nisso?

Landon: A vaga acompanha benefícios?

Eu: Sim...

Landon: Preciso que você seja específica. Preciso saber no que estou me metendo.

Sinto frio na barriga. Não faço ideia de como flertar via mensagem. Nunca fiz isso antes. Respondo com algo fofo? Sensual? Enquanto penso mais do que o necessário nisso, o celular toca na minha mão, fazendo-me pular de susto e quase derrubar o aparelho. O toque é diferente e, em um instante, percebo que é Landon me ligando pelo Facetime.

— Oi? — digo, sem pressa, quando a ligação conecta e o rosto deslumbrante de Landon aparece na tela.

— Oi, linda — responde ele, sua voz grossa. O som me atinge direto entre as pernas.

— Estava prestes a te responder.

— Prefiro *ouvir* quais são os benefícios de te namorar. — Os lábios de Landon se curvam em um sorriso sensual, e meu interior se contrai.

— Tudo bem, eu te mando uma mensagem de voz — ofereço, desejando poder me esconder da câmera.

Landon ri.

— Nada disso, me conta, Harper, o que te namorar significa?

— Humm... — Sinto o rubor subir pelo meu pescoço e fico grata pelo quarto estar, de certa maneira, escuro, impedindo que Landon perceba a vermelhidão. — Me beijar.

O sorriso de Landon cresce.

— Interessante. Onde eu posso te beijar?

— Não sei — digo, com pressa e aflita.

— Posso beijar sua boca?

— Você já beijou.

— Verdade. E sua boceta?

— Você também já a beijou — respondo, e meu corpo todo queima em resposta à vulgaridade dele.

— É, beijei mesmo. — Landon abre um sorrisinho. — Ela tem um gosto bom pra caralho. — Ele lambe os lábios, como se estivesse se lembrando do meu gosto, e me contorço na cama.

— Então, que tipo de benefício eu ganho se for seu namorado? — As sobrancelhas dele se unem por um breve segundo, antes de um sorriso voraz se espalhar pelo rosto. — Se eu for seu namorado, sua bunda perfeita é minha?

Por alguns segundos, fico chocada com o que ele diz. Nunca fiz nada assim. Richard e eu tínhamos uma vida sexual bem entediante. Papai e mamãe uma vez por semana. Eu não tinha dúvidas de que ele me traía, mas nunca perguntei nada, porque perguntas significariam admitir o que nós dois já sabíamos: nosso casamento tinha sido por conveniência.

Eu me acostumei com uma vida sexual medíocre, porque não o amava. Não me sentia atraída por Richard. Não conseguia me conectar com meu ex-marido, então não sentia vontade de transar com ele.

Mas uma noite com Landon, e fui arruinada. Sentir a diferença entre estar com alguém que me atraía sexual e emocionalmente de uma maneira tão profunda despertou meu corpo, mas isso não deveria me surpreender. Estar com Landon continua sendo tão descomplicado quanto quando éramos adolescentes. Tinha sido atraída por ele no passado e, doze anos depois, a química está ainda mais potente.

— Nunca experimentei nada do tipo — admito, baixinho. — Mas podemos tentar. — Engulo o bolo que tenho na garganta enquanto me preparo para me abrir para ele de um jeito que nunca me abri a ninguém. — Acho que eu experimentaria tudo que você quisesse. — Sei que o comentário sacana dele foi apenas uma piada, mas preciso que Landon saiba a verdade, mesmo que isso me deixe vulnerável.

Como se minhas palavras tivessem transformado o clima brincalhão em algo mais intenso, Landon semicerra os olhos.

— Tudo? — indaga. Por alguma razão, acho que esse "tudo" vai além da conotação sexual sobre a qual estávamos falando.

— Tudo.

— Queria estar aí com você — murmura Landon.

— O que você tem em mente? — pergunto, corajosamente.

— Quero te mostrar todos os benefícios de ser a minha namorada.

— Ah, é mesmo? Então também vou ganhar alguns benefícios? — flerto. — Quais?

— Têm que ser explicados pessoalmente.

— Você poderia me dar uma amostra agora. — Dou de ombros.

Landon assente, lambendo os lábios.

— Sua porta está fechada?

— Sim. — Assinto, ansiosa, esperando que a conversa esteja indo na direção que desejo.

— Está com tesão, querida?

— Sim — falo, rouca.

— O que você está vestindo?

Pressiono o botão para virar a câmera. Agora, Landon pode vislumbrar minha legging e camiseta. Não são as roupas mais sensuais que tenho, mas... Bem, vão ter que dar pro gasto.

— Tire a calça — ordena. Faço o que Landon manda, deslizando a calça pelas coxas e, então, chutando-a para o chão, o que dá a ele uma visão perfeita da minha calcinha. — Isso daí também.

Com uma das mãos, empurro a calcinha pelas pernas, ficando completamente despida da cintura para baixo.

— Porra, Harp. Queria estar aí...

— Finja que está.

— Certo. Querida, se eu estivesse aí, abriria suas pernas. — Faço o que ele diz, mantendo a câmera na minha boceta e coxas nuas. — Eu afastaria os lábios da sua boceta e sentiria o quanto você está molhada.

Abrindo as pernas, estico a mão e deslizo-a pelo centro. Estou encharcada.

— Cristo, seus dedos estão todos molhados. Vire a câmera e me deixe ver você lambendo seu suco. Me diga que gosto você tem.

Nunca fiz nada do tipo antes, então seria de se pensar que eu me sentiria nervosa ou envergonhada, mas estou apenas excitada e com muito tesão. Viro a câmera e lambo o indicador e o dedo do meio de maneira exagerada.

— O gosto é bom? — pergunta Landon. Parece ofegante e quase não pisca. Saber o efeito que causo nele faz com que eu me sinta sensual e poderosa.

— É meio amargo — digo, honestamente.

— Não. — Landon balança a cabeça. — Aposto que tem um gosto perfeito. Leve os dedos de volta pra boceta e encontre seu clitóris. — Ele se move, no que parece ser uma cama, e me pergunto se está se tocando.

— Me deixe te ver — peço. Sem ter que me explicar, ele gira a câmera do celular. Na tela, vejo um pau duro em suas mãos. Landon o acaricia de cima a baixo. Queria que ele estivesse aqui, para que eu pudesse sentir o seu gosto. Fingir não basta.

— Você deveria vir pra cá — digo, ofegante, como se tivesse corrido dois quilômetros. — Por favor.

— Hoje, não. — Landon ri. — Está massageando seu clitóris?

— Sim — murmuro, enquanto meus dedos estimulam o montinho sensível.

— Se eu estivesse aí, enfiaria dois dedos na sua boceta apertadinha — fala Landon, afagando o pau. Seu punho está fechado na cabeça inchada. Uma gota do líquido pré-ejaculatório escorre.

— Se eu estivesse aí, lamberia esse gozo.

— Caralho. Sim, você lamberia. — Ele geme, e seu punho se fecha ainda mais ao redor da extensão. — Continue, querida.

— Landon, estou quase lá. — Sinto o orgasmo chegando por todo o corpo.

— Goza pra mim, Harp. Me deixa te ver gozar na porra dos seus dedos.

Suas palavras são a gota d´água e, com mais alguns movimentos, explodo. Minhas pernas estremecem, e minha boceta se contrai enquanto gozo. Gemo, aliviada.

— Porra — Landon rosna. Seus afagos se tornam frenéticos e, segundos depois, jorros brancos de gozo cobrem sua mão e sua barriga.

Ficamos quietos por um longo momento, então o rosto de Landon reaparece. Faço o mesmo, girando a câmera.

— Foi gostoso pra caralho — comenta Landon, com um sorrisinho torto. — Quando podemos nos ver para fazermos isso pessoalmente?

— Richard virá buscar as crianças amanhã. — Se ele for fiel ao que disse.

— Que tal se eu te buscar às sete? — sugere ele.

— Ou podemos pedir algo...

Landon ri.

— Vou te levar pra jantar.

— Que seja. — Bufo. — Jantamos primeiro, depois, comemos a sobremesa aqui em casa.

Landon: Estou indo.

Envio uma resposta, dizendo que estou pronta. Então, dou uma última olhada no espelho. Escolhi um vestido vermelho-sangue com um decote ombro a ombro, que deixa em evidência os lugares certos, as minhas curvas. O vestido acaba a muitos centímetros acima do joelho, e o combinei com um sapato preto de dez centímetros que deixa meus dedos expostos. Provavelmente, é a roupa mais sensual que uso em anos. Comprei-a logo depois que Richard e eu nos separamos, quando eu estava na fase "solteira e recomeçando". É claro, nunca tive nenhuma chance de usá-la. Mas, agora, eu tenho. Meu cabelo está solto, suavemente ondulado, e minha maquiagem está perfeita. Nada exagerado, apenas o suficiente para fazer com que meus olhos verdes se destaquem e que as bochechas pareçam naturalmente coradas. Também passei um batom vermelho em vez do usual brilho labial.

Pego a bolsinha e jogo o celular lá dentro, então sigo até a sala de estar para esperar o Landon. Não sei aonde ele vai nos levar, mas estou animada para, finalmente, termos um primeiro encontro.

Escuto uma batida na porta. Abro-a e encontro Landon segurando um lindo buquê de rosas. Ele se arrumou direitinho com um terno que parece ter sido feito sob medida para seu corpo. Ele olha para o meu rosto, então, lentamente, seus olhos descem por todo meu corpo, estudando cada centímetro. Quando seu olhar encontra o meu outra vez, Landon franze a testa, e fico preocupada com a possibilidade de não estar tão bonita quanto pensei que estivesse.

— O que foi? — pergunto, olhando para minha roupa.

— Você está deslumbrante pra caralho.

Ergo os olhos e reencontro os dele.

— Então por que franziu a testa?

— Porque eu tinha um monte de planos pra gente hoje à noite, mas, agora, talvez eu tenha que cancelá-los e te levar direto pra cama, porque de jeito nenhum vou conseguir sobreviver à noite de hoje com você do meu lado desse jeito.

— Landon! — Eu rio de como ele é brega e adorável.

Aceito as rosas e me viro em direção à cozinha, para acomodá-las em um vaso, mas ele agarra meu braço e me puxa para o seu peito. Uma das mãos segura o meu quadril, enquanto a outra empurra meu cabelo para o lado.

— Estou falando sério, Harp. Você está muito linda… — ele pressiona um beijo no meu pescoço, então inala meu perfume — … e que cheiro gostoso. — Ele desliza o nariz pela minha pele. — Estou dividido entre querer te foder no vestido e querer arrancá-lo para ver o que tem por baixo.

Sorrio com as palavras dele.

— Que tal as duas coisas?

Ele grunhe e me gira, empurrando-me contra a parede da sala de estar. O buquê de rosas cai no chão, enquanto Landon sobe as mãos pelas minhas coxas, sob o vestido, e puxa o tecido até o meu quadril. Ele não perde tempo ao desafivelar o cinto e libertar o pau da cueca.

Sua boca se choca com a minha, enquanto ele me ergue. Envolvo a cintura dele com as pernas, e Landon empurra minha calcinha para o lado, entrando em mim em um movimento fluido. Gememos, e ele me preenche até o talo.

Enquanto me toma contra a parede, pergunto-me como vivi todos esses anos sem seu toque, sem seu amor… sem o Landon. Naquele momento, quando ele aperta minha bunda e me beija com vontade, percebo que eu não estava vivendo, apenas sobrevivendo. Tinha deixado a vida me levar e focado nas crianças, mas estava morta por dentro, e foi o toque e o amor de Landon que me trouxeram de volta à vida.

Cada estocada é profunda e sensual. Perfeita. Antes que eu me dê conta, encontramos a satisfação.

Landon ainda está dentro de mim quando seus olhos encontram os meus. Ele balança a cabeça, como se estivesse chocado com o que acabamos de fazer.

— Isso não deveria ter acontecido. Eu deveria ter te levado pra jantar, lembra?

— Sim, mas, se me lembro bem... Eu te disse que prefiro comer a sobremesa primeiro. — Dou uma piscadela, e Landon ri.

Depois de nos limparmos, e de eu reaplicar o batom e arrumar o cabelo, para que não pareça que acabei de ser fodida contra a parede, coloco as rosas em um vaso com água, e saímos.

A conversa durante o caminho é agradável e tranquila. Percebo, rapidamente, que estamos saindo do interior e seguindo para a cidade grande. Cerca de quinze minutos depois, chegamos ao The Providence Art Museum.

— Landon — arfo. — É sério?

Mencionei brevemente a ele outro dia que estava morrendo de vontade de ver uma exposição ali, mas nunca tive tempo. Então, como era de se esperar, ele me trouxe.

— É melhor entrarmos — diz Landon. — Uma mulher sedutora, em um vestido vermelho, me distraiu, e agora estamos atrasados.

Passamos as horas seguintes explorando a exposição. As pinturas variadas me inspiram tanto que me pego anotando ideias para as aulas. Quando explico cada uma delas a Landon, ele compartilha suas opiniões comigo. É bom ter alguém com quem conversar, com quem trocar ideias.

Depois de vermos tudo pelo menos uma vez, vamos jantar. Acabamos em um cantinho silencioso de um restaurante grego. Passamos o jantar todo conversando sobre o fim de semana e, quando ele menciona ter arranjado os ingressos para o jogo, insisto para que ele leve os garotos. Ella não vai querer ir, e beisebol me deixa muito entediada. Hunter vai amar receber a atenção de Landon.

Depois do jantar, em vez de voltarmos para minha casa, Landon sugere o apartamento dele, para uma mudança de ares. Passo o resto da noite aproveitando minha segunda, terceira e quarta porção da sobremesa mais gostosa de todas: Landon.

CAPÍTULO 24

Landon

— Me mostra! Me mostra! — Ella dá pulinhos, enquanto abro a tinta para que ela possa ver o tom de rosa que me pediu para pintarmos a trave. Passaremos o dia construindo e pintando a trave. Harper também mencionou um churrasco de tarde e que Bridget, Simon e os filhos deles virão nadar, já que está quente como o inferno do lado de fora e ela tem uma piscina. Percebendo que esse seria o momento perfeito para que meu irmão e sua família conheçam Harper oficialmente, perguntei se poderíamos convidá-los. É claro, disse ela, quanto mais, melhor.

— Você sabe que temos que construir a trave antes de pintar, né? — lembro a Ella, que ainda dá pulinhos, entusiasmada.

— Eu sei! Eu sei!

— Certo, pronta?

Ela assente.

— Aqui está, rosa JoJo. — Ergo a tampa da lata, e Ella dá um gritinho animado.

— E brilha! — Ela bate palmas.

— Sim, pedi para adicionarem um pouco de glitter na tinta. — Quando ela me arrastou para o quarto dela noite passada e me mostrou o que exatamente era o rosa JoJo, juro que meus olhos quase sangraram com toda a quantidade de rosa. As paredes, o jogo de cama, o tapete felpudo. Rosa. Rosa. Rosa. Além disso, quase tudo brilhava, como se um recipiente gigantesco de glitter tivesse sido jogado sobre todas as coisas dela. Nunca vi nada parecido na vida. Ao que parece, a JoJo é uma atriz, ou cantora, ou algo assim, que usa uns laços cor-de-rosa ridiculamente grandes. Ella insistiu que a trave fosse da mesma cor, então peguei um dos laços e o levei na loja de tintas, onde replicaram o tom exato que a garota queria. Então, pedi que adicionassem um pouco de glitter. Baseado em como ela está gritando e guinchando alto, acho que mandei bem.

— Hunter, olhe! — Ella aponta para a tinta.

Hunter franze todo o rosto, mas logo abre um sorriso falso.

— Uau, El. É... rosa... e brilha.

Seguro o riso em resposta ao entusiasmo fingido dele. Hunter pode ter alguns problemas com o pai, além de precisar regular as atitudes, como a maioria dos adolescentes, mas é um ótimo irmão para Ella.

— Quando podemos pintar? — pergunta a garota, com os olhos arregalados, cheios de esperança.

— Eu te disse que precisamos construir a trave primeiro — relembro-a, gentilmente.

Ela assente, mas estou começando a achar que não entendeu.

Quando terminamos de arrastar toda a madeira e o material para o quintal, começamos a construção. Depois de uns dez minutos, Ella reclama que está quente demais, senta-se e observa Hunter e eu fazermos todo o trabalho. Harper está preparando a comida para o churrasco mais tarde, mas, de vez em quando, nos traz água gelada.

— Precisam de ajuda? — pergunta Harper, assim que devolvo o copo vazio.

— Mãe, você, provavelmente, acabaria prendendo um dedo na madeira — diz Hunter, antes que eu responda. Rio. Harper me encara e me dá um tapinha no peito. Por alguns segundos, esqueço-me de que estamos na frente das crianças, então seguro seu quadril e a aproximo de mim antes de lhe dar um beijo casto.

Quando ela vai embora, Ella fala:

— Você beijou a minha mãe de novo.

Merda, preciso me lembrar de que sempre há alguém de olho na gente.

— É porque eles são namorados, El — explica Hunter, martelando um prego na madeira. — Lembra que a mamãe conversou com a gente sobre isso?

— Sim — responde ela. Quando Harper e eu saímos para jantar na quarta-feira, ela mencionou que contaria às crianças que estamos namorando. Assim, se nos vissem de mãos dadas ou nos beijando, entenderiam. Ela não queria que os filhos pensassem que estamos tentando esconder o que há entre a gente.

— Tudo bem para vocês sua mãe e eu termos nos beijado? — Não sei se isso é a coisa certa de se perguntar, mas, por alguma razão, sinto que preciso ouvir deles que não veem problema no fato de a mãe e eu estarmos juntos.

— Sim, tranquilo. — Hunter assente, sem nem parar o que está fazendo.

— Você vai se casar com a minha mãe? — pergunta Ella, em vez de responder. O que ela diz me pega de surpresa, e quase erro ao atravessar a madeira com a furadeira.

— Humm...

— Porque... se vocês forem se casar, eu posso ir?

Olho para o rosto ansioso dela e desejo que Harper estivesse ali. Lembro-me de Harper dizendo que Richie escondeu diversos dos seus noivados das crianças e que até mesmo se casou com uma mulher sem a presença dos filhos, e isso magoou Ella. Idiota do caralho, ele sempre foi tão egoísta... Deve ser por isso que ela está perguntando.

Parando o que estou fazendo, me sento ao lado dela, para que Ella tenha toda a minha atenção.

— Tudo bem se eu me casasse com a sua mãe?

Ella sorri e assente.

— Sim, mas vai ter que comprar um anel bonito pra ela, porque a mamãe não gostou do anel que o papai arranjou. — Ela franze o nariz fofo em desgosto, e me engasgo com o riso. — Ela disse pra Bridget que o anel era feio.

Tento me impedir de rir, mas não consigo evitar. Pode soar imaturo pra porra, mas fico bem satisfeito por Harper ter odiado o anel que o Richie deu para ela.

— Tudo bem, vou comprar um anel bonito. Mais alguma coisa?

— Quero ser a menina das flores. E quero usar rosa.

Provavelmente, eu não deveria concordar com nada disso, já que Harper e eu não estamos nem perto de nos tornarmos noivos e muito menos de planejarmos um casamento, mas, quando Ella me olha com aqueles olhinhos de cachorrinho pidão, iguaizinhos aos da mãe, não me seguro e concordo com tudo o que ela diz.

— E você, Hunter? Como você se sentiria se, algum dia, eu me casasse com a sua mãe?

Hunter para o que está fazendo e me olha, com uma expressão séria.

— Desde que você não a faça chorar como meu pai fazia...

Caralho, essas crianças realmente ouviram tudo. Pergunto-me se Harper sabe que o filho a ouviu chorando, então penso que talvez seja melhor que ela não sabia. Harper apenas se culparia por isso. É uma mãe incrível, que nunca os deixaria vê-la ou ouvi-la chorando de propósito, pois sabe que isso os machucaria.

— Posso te prometer que farei tudo o que estivar em meu poder para garantir que a sua mãe nunca mais chore. Pelo menos, não por minha causa. Mas, de vez em quando, algumas coisas acontecem, adultos cometem erros... Então, não quero te dizer que ela nunca mais vai chorar, pois, se ela chorar, você pode acabar pensando que menti para você.

Hunter assente uma vez.

— Eu entendo, só não quero vê-la se machucar de novo.

— Sua mãe tem mesmo muita sorte de ter vocês dois cuidando dela. Farei o meu melhor para garantir que ela não volte a se machucar.

— Tudo bem — diz Hunter. — Então você pode se casar com ela.

— Legal. E você? — pergunto, sorrindo. — Quer ser o garoto das flores e usar rosa?

Hunter resmunga.

— Nem pensar.

Ele volta martelar a madeira, e faço o mesmo. Mas, durante todo o tempo que trabalhamos na trave, o pensamento de que tenho a aprovação deles gira na minha mente. Não planejei aquela conversa, mas, agora que aconteceu, minha cabeça está em choque com a possibilidade de, algum dia, eu pedir a mão de Harper em casamento e de nós quatro nos tornarmos uma família.

— Já está pronta? — pergunta Ella, pela centésima vez, desde que terminamos de pintar a trave de equilíbrio. Todo mundo ri. Saio da piscina e caminho até a madeira para verificar se a tinta está seca. Sei que não, mas, da última vez que disse isso sem checar antes, Ella me olhou feio e me perguntou como eu podia ter certeza.

— Não. — Mostro o rosa no meu dedo.

— Tudo bem — diz ela, fazendo um beicinho antes de correr para a piscina e se juntar a Kaelyn. Meu irmão, Heather e Kaelyn chegaram há mais ou menos uma hora e, assim como eu havia suspeitado, Kaelyn e Ella se deram bem de primeira.

Em vez voltar para a piscina, vou até Harper, que está conversando com Bridget e Heather. Paro atrás dela e me inclino para dar um beijo em seu pescoço. Ela se assusta um pouco, mas joga a cabeça para trás. Erguendo os braços, Harper puxa meu rosto para baixo e me dá um beijo invertido, que rapidamente começa a esquentar.

— Mãe! — grita Hunter, forçando-nos a nos separarmos. — Podemos comer alguma coisa?

— É claro! — responde Harper, gritando. — Vou buscar algo lá dentro.

Ela se levanta e segura minha mão, puxando-me para a casa, enquanto Bridget grita:

— Não se preocupem, não vou deixar ninguém entrar.

Assim que a porta se fecha, empurro Harper contra a parede e ataco seus lábios. A língua quente dela entra na minha boca. Ergo as mãos e massageio seus seios perfeitos. Não me canso dessa mulher. Todo minuto que passo com ela ainda não basta. Enquanto nos pegamos como adolescentes cheios de tesão, penso na conversa que tive com seus filhos. Provavelmente, ainda está cedo demais, mas quero me casar com ela. Quero colocar um anel em seu dedo. Quero acordar ao lado de Harper todas as manhãs e me deitar, todas as noites, com ela. Perdemos mais de doze anos, e não quero perder mais nada.

— No que você está pensando? — pergunta ela, afastando-se e me encarando.

— No quanto eu te quero.

— Talvez você possa dormir aqui — diz Harper, e sua expressão revela uma mistura de nervosismo e timidez.

— Não. — Balanço a cabeça. — As crianças merecem algo melhor.

Seu sorriso desaparece, mas ela assente. Odeio tê-la chateado, mas já conversamos sobre isso. Não quero confundir as crianças. Hunter se espelha em mim, e não quero que pense que é normal estar com uma mulher sem estarem comprometidos. Sei que a vida não é tão simples assim, mas ele está em uma idade estranha, na qual é velho o bastante para ver o que estamos fazendo, mas continua sendo jovem demais para entender tudo. Ella, por outro lado, é muito nova. Quando eu dormir na casa deles, quero que seja porque faço, oficialmente, parte da família, porque Harper e eu trocamos votos e promessas de nos amarmos pelo resto das nossas vidas.

Harper desvia de mim em direção à geladeira. Ela se curva, tira um monte de picolés da gaveta mais baixa do freezer e os espalha pelo balcão. Apesar de ela estar de maiô, todos os seus trunfos estão expostos, incluindo a bunda tão carnuda quanto um pêssego. Depois de fechar a gaveta, ela abre o refrigerador.

Incapaz de me segurar, posiciono-me atrás dela, pego um dos picolés que ela deixou no balcão e o deslizo pela lateral da sua perna.

— Landon! — guincha Harper, pulando ao se assustar com o toque gelado. Ela fecha a porta da geladeira com tudo e se vira.

— Parecia que você estava com calor — digo, dando de ombros. — Pensei que fosse gostar de algo refrescante. — Aproximando-me ainda mais, seguro seu cabelo, que está preso em um coque bagunçado, e inclino sua cabeça para o lado. Passo a língua pela curva do pescoço esbelto, enquanto escorrego o picolé pela sua coxa.

— Landon. — Ela ofega ao sentir o picolé adentrar seu maiô. Esfrego a sobremesa contra a abertura da sua boceta. — As crianças podem...

— Ouvi a Bridget dizer que os manteria longe.

Harper geme de prazer e afasta as pernas, dando-me mais acesso. Escuto as crianças gritarem lá fora e, não querendo arriscar, afasto o picolé, pego Harper no colo e a levo ao banheiro de visitas.

Depois de fechar e trancar a porta, eu a apoio na pia e afasto suas coxas. Com o picolé ainda em mãos, ajoelho-me diante de Harper e, começando pelo tornozelo, deslizo a sobremesa lentamente por sua perna. Arrepios se espalham por todo o seu corpo, enquanto ela agarra meu cabelo.

Quando chego ao seu centro aquecido, empurro o maiô para o lado e abro os lábios da sua boceta. Olho para Harper, e nossos olhos se conectam. Pressiono o picolé, que está derretendo, no seu clitóris. Os olhos dela desviam dos meus e se reviram. Dou uma risada baixinha. Amo como Harper reage a tudo que fazemos. Ela tem se mostrado tão suscetível e disposta...

— Brinque com os seus mamilos, querida — ordeno.

Ela obedece. Abaixando a parte da frente do maiô, ela libera os seios petulantes do confinamento e belisca os mamilos.

Afastando ainda mais suas coxas, empurro o picolé na abertura. Não muito fundo, apenas o bastante para que ela gema com a frieza. Coloco a língua para fora e lambo seu clitóris, estimulando-a até que ela exploda ao redor da minha língua.

Precisando meter nela, tiro o picolé do caminho, desço-a da pia e a viro. Harper abaixa todo o maiô até os tornozelos, então empina sua bunda perfeita no ar, enquanto coloco meu pau, já duro, para fora. Com um tapa em sua bunda, entro nela por trás.

— Ah, caralho. — Harper ofega, e suas mãos agarram a pia para que a cabeça não atinja o espelho. — Isso, me foda com ainda mais força — suplica ela.

Segurando seu quadril, saio devagar, então entro com tudo. Os gemidos de Harper ficam ainda mais altos, o que me estimula. Quando olho para baixo e vejo meu pau indo e vindo dentro da sua boceta, tenho uma ideia.

— Você tem algum óleo para massagem?

Ela me olha, curiosa, mas diz:

— Na gaveta.

Encontro-o e derramo algumas gotas ao longo da abertura da sua bunda. Nossos olhos se encontram, e ela morde o lábio inferior, ansiosa.

— Só o meu dedo.

Ela assente, e seu olhar se enche de curiosidade e tesão. Porra, eu amo essa mulher.

Afasto meu pau quase por completo e, quando meto outra vez, insiro meu polegar em sua bunda. Harper joga a cabeça para trás, dando o gemido mais alto que já ouvi.

— Porra — geme ela. — Faça isso de novo.

Tiro o pau e o dedo, então entro de novo. Mas, desta vez, não paro. Fodo sua boceta perfeita, enquanto enfio o dedo na bunda apertadinha, e nossa carne acalorada se encontra e estala.

Sei que ela está prestes a gozar outra vez quando sua vagina se fecha ao redor do meu pau. Querendo gozar com ela, meto com ainda mais força, indo mais fundo, até gemermos junto ao orgasmo. Acabo de jorrar meu esperma nela bem quando alguém bate na porta do banheiro.

Harper pula, chocada, na mesma hora em que saio de dentro dela.

Rapidamente, tenta vestir o maiô outra vez, mas, desesperada, calcula errado a posição da beirada da pia e acerta a cabeça no mármore.

— Ahh! — grita ela, por conta da dor. Alguém sacode a maçaneta, e eu, enfio o pau dentro do calção às pressas, antes de ajudá-la a colocar o maiô.

— A gente já vai sair — grito para seja lá quem esteja do lado de fora, rezando para que seja um dos adultos, não uma das crianças.

Quando Harper se vira, tem sangue escorrendo pela sua testa. Pego alguns lencinhos e os pressiono no corte, então destranco a porta para que possamos enfrentar a realidade.

Abro-a e, felizmente, não encontramos nenhuma das crianças do outro lado, mas o ex-marido de Harper.

— É sério que estavam transando no banheiro? — sibila ele. — Onde raios estão os meus filhos?

— A Harper se machucou — rosno, ajudando-a a caminhar até o sofá, onde pode se sentar.

— Você fala um monte de merda sobre mim, mas continua sendo uma irresponsável do caralho — continua o *Riquinho,* ignorando-me. — Que tipo de mãe fode com um cara qualquer no banheiro, enquanto os filhos estão por perto?

— Pare com isso! Não me ouviu? Ela se machucou. — Quando Harper ergue a cabeça, e eu retiro os lenços, a ferida não parece mais tão ruim quanto instantes atrás. — Acho que não vai precisar de ponto.

— Que merda aconteceu? — pergunta ele, entrando na frente dela. — Deixe-me ver. Eu sou o médico.

Considero mandá-lo calar a porra da boca, mas ele tem razão. Richard é médico, e precisamos nos certificar de que Harper está bem.

— Está tudo certo — diz ela, assim que Richie se ajoelha diante dela.

— Me traga um pano molhado — instrui ele.

Pego um pano na cozinha e o entrego a ele. Enquanto enxuga o sangue na cabeça de Harper, fala:

— Você vai ficar com uma dor de cabeça terrível. É melhor tomar um analgésico.

Harper assente.

— Você ainda tem um kit de primeiros-socorros aqui? — pergunta Richie, gentilmente. É um lado que eu não conhecia dele. Convivi com Richie por um tempo no ensino médio, mas ele nunca teve uma fala mansa. Era um idiota. Pura e simplesmente, mas pela rapidez com que ele foi de alguém que chamou Harper de irresponsável a um homem preocupado com ela, posso ver por que duraram tanto tempo juntos. Ele sabe muito bem jogar esse jogo.

— Está debaixo da pia — informa Harper. — Do lado direito.

Encontro o kit e entrego-o ao Richie. Ele o abre e tira diversas coisas de dentro. Nos minutos seguintes, trabalha em silêncio, fazendo um curativo. Quando termina, abre um sorriso suave para Harper — como se, mais cedo, não a tivesse xingado — e diz que vai dar outra olhada no machucado quando a vir durante a semana.

— Falando nisso... — Ela pressiona os lábios. — O que você está fazendo aqui?

— Vim ver as crianças — responde Richie, levantando-se. — Estou com a tarde livre, e Ella me mandou uma mensagem, me convidando para ver a trave.

— Da próxima vez, você vai ter que ligar — responde Harper, também se levantando. — Já conversamos sobre isso outro dia, e eu te disse não.

— Mas a Ella me convidou para vir, e não tinha como eu dizer não.

Harper bufa.

— Sei... Você vai vir buscar as crianças segunda-feira à noite?

— Acho que sim.

— Eu tenho um compromisso. Não posso aceitar esse seu *acho que sim.* Ou você pode, ou vou ter que pedir para outra pessoa buscá-las na colônia.

— Pensei que as colônias tivessem acabado — fala ele, e Harper revira os olhos.

— As de beisebol e de ginástica, sim. Semana que vem eles têm colônias de esportes e dança. — Amo como Harper mantém as crianças ocupadas. Assim, nunca têm tempo para ficarem entediadas e se meterem em problemas.

— Se precisar de alguém para buscá-las, estou disponível — ofereço.

Harper olha para mim e sorri, ao mesmo tempo em que Richie me lança um olhar feio.

— Os pais dela dão conta disso — rebate ele.

— Não seja um pé no saco. Obrigada, Landon.

Saímos da casa, e Ella vê o pai no mesmo instante.

— Você pode ir dar uma olhada na trave de equilíbrio dela, mas, depois, tem que ir embora — Harper fala baixinho.

— Tudo bem? — pergunta Bridget, assim que nos sentamos à mesa.

— Ah, não! — reage Heather. — O que aconteceu com sua testa?

O rosto e o pescoço de Harper ganham um tom de vermelho-vivo, como se sua ficha quanto ao que aconteceu lá dentro tivesse acabado de cair.

— Conto pra vocês mais tarde — murmura ela.

Meu celular toca e, quando olho, vejo um número desconhecido. Peço licença para atender.

— Alô? Landon Maxwell?

— Sim, como posso ajudar?

— Eu me chamo Tricia Bartlett. Desculpa te ligar de repente, mas o sr. Emerson, diretor do RH na ESPN em Providence, me pediu para te ligar e marcar uma entrevista para segunda. Nos disseram que você recusou a vaga em Boston.

— Recusei — admito. — Eu tinha planejado voltar para Boston depois do verão, mas a situação mudou. Arrumar um emprego em Providence seria perfeito, já que estou pensando em criar raízes por aqui.

— Certo, então. Vejo você na segunda. Às duas da tarde, combinado?

— Ótimo, obrigado.

Desligamos e, quando me viro, encontro Richie parado atrás de mim, com uma expressão sedenta por sangue no rosto.

— Você deveria aceitar a vaga em Boston — diz ele.

— É mesmo? Por quê? — Devolvo o celular ao bolso da frente.

— É onde você jogava. — Ele sacode os ombros e dá um passo à frente. — Além disso, quando eu recuperar minha família, não vai ter razão alguma para você ficar aqui.

Quase rio de como ele parece um louco falando, mas algo me diz que Richie não está brincando. Ele realmente pretende recuperar a família. Harper me disse que ele e a noiva tinham terminado.

— Você já tem uma família — respondo, recusando-me a deixar que ele me afete. — Aquelas duas crianças amam você pra caralho.

— Você sabe muito bem de quem estou falando — sibila. — Harper.

— A Harper não é sua. Não sei o que aconteceu anos atrás, mas, com a ajuda de algum milagre, você a conquistou... — Harper e eu não conversamos sobre isso, por conta de um pedido meu, mas, agora, estou me perguntando se talvez não devêssemos ter conversado. Queria tanto simplesmente olhar para o futuro... mas, quem sabe, eu precise saber o que aconteceu, para que o campo de batalha fique um pouquinho mais justo. Não posso lutar contra algo que não conheço. — Você deveria ter dado mais duro ao tentar mantê-la por perto. Agora, a Harper me deu uma segunda chance e de jeito nenhum vou abrir mão disso. — Eu o contorno, sem esperar que responda, pois cansei dessa conversa.

CAPÍTULO 25

Harper

— Boa tarde, sra. Bennett, aqui é a Annabelle do consultório do dr. Bennett.

Faço uma careta ao ouvir o sobrenome do meu ex-marido. Quando dei entrada na papelada do divórcio, voltei a usar meu sobrenome de solteira, Peters, mas, todas as vezes que uma das suas enfermeiras me liga, ele as obriga a usar seu sobrenome. Sempre as corrijo, mas parece que não me escutam.

— Oi, Annabelle.

— O dr. Bennett pediu para que eu te ligasse e avisasse que ele está preso em uma cirurgia de emergência e que não sabe quanto tempo irá demorar. Ele não vai conseguir buscar as crianças na colônia.

Merda! É claro que não vai. Eu deveria ter sido mais esperta antes de confiar nele.

— Tudo bem, obrigada — digo, antes de desligar. Olho para o relógio e vejo que já são três e meia. Não vou conseguir ir à consulta e, depois, buscar as crianças a tempo. Eu poderia ligar para Bridget, mas o filho dela não está na colônia, então não quero arrastá-la para fora de casa com três crianças para ir buscar mais duas.

Lembrando que Landon ofereceu uma carona, ligo para ele. O celular toca e toca, então cai na caixa postal. Bem, eu terei que pensar em algo.

Quando chego ao semáforo, faço um retorno para que eu possa ir buscar as crianças.

— Ligar para o dr. Stein — aciono o Bluetooth. Depois de falar com uma máquina, finalmente, sou atendida por uma pessoa. — Meu nome é Harper Peters. Tenho uma consulta às quatro, mas vou ter que cancelar.

— Tudo bem, srta. Peters, para quando quer remarcar? — Não podendo verificar minha agenda enquanto dirijo, digo que vou ligar de novo mais tarde.

Chego ao centro de recreação apenas alguns minutos atrasada.

Felizmente, as duas colônias são no mesmo lugar desta vez. Depois de perguntar aos meus filhos como foi o dia, seguimos para casa.

Estou na cozinha, preparando uma lasanha para o jantar, quando meu celular toca.

— Oi — digo ao Landon, mexendo a carne moída na panela.

— Oi, querida, não vi sua ligação. Eu estava em uma reunião e deixei o celular no silencioso. Tudo bem?

— Sim. — Repouso a espátula e abro a geladeira para pegar a ricota. — Tive que cancelar a consulta. O Richard furou comigo.

— Que merda — xinga Landon, baixinho. — Desculpa. Eu tinha dito que poderia buscá-los.

— Não, tudo bem. Não é culpa sua, é minha por ter acreditado que ele ia cumprir o que prometeu. Então, sobre o que foi a reunião?

— Onde você está? Estava pensando em sairmos para jantar e comemorar. Tenho boas notícias.

Olho para minha refeição quase pronta.

— Já comecei a preparar a comida. Você pode vir jantar com a gente.

— Maravilha, te vejo daqui a pouco — concorda ele, antes de desligar.

Estou arrumando a mesa quando escuto uma batida na porta, então, segundos depois, Landon surge na sala, vestindo um impecável terno todo cinza. Ele me vê na sala de jantar, e seu rosto se abre em um grande sorriso. Sinto um friozinho na barriga quando imagino largar a refeição e deliciar-me com ele. Como se pudesse ler meus pensamentos, o sorriso de Landon se transforma em uma expressão maliciosa, e ele move os lábios, dizendo *mais tarde.*

— Landon! — grita Ella, correndo escada abaixo. — Quer ir lá fora e praticar na trave comigo?

— Já vamos comer, El — digo a ela. — Vá avisar ao seu irmão que está pronto.

Quando a escuto subir os degraus, agarro Landon pelas lapelas do paletó e o puxo para um beijo.

— Dois ternos em uma semana... Acho que vou ter que pedir que você os use mais vezes — murmuro contra a boca dele.

Landon ri.

— Tive uma entrevista hoje. Era onde eu estava quando te liguei.

Uma entrevista?

— Pensei que tivesse se aposentado.

Ele ri.

— É, do beisebol. Meu ombro estava me dando problemas demais, mas ainda sou jovem. Não posso ficar sentado dentro de casa o dia todo. — Ele dá de ombros.

— Ei, Landon! — Hunter entra na sala de jantar e troca um soquinho com ele. Meu filho está usando a camisa de malha e o boné que Landon comprou de presente, quando estavam no jogo com Brendan, Brian e Simon.

— Ei, cara. Como foi a colônia de esportes? — pergunta Landon, sentando-se ao meu lado à mesa. Hunter e Ella se sentam lado a lado, à nossa frente.

— Foi divertido, mas eu preferiria passar mais uma semana jogando beisebol. — Hunter pega alguns rolinhos do centro da mesa e passa manteiga neles. — Nos fazem jogar todo tipo de esporte.

— Não vejo problema nisso — diz Landon. — Eu amava jogar basquete no ensino médio.

— É, pode ser... Mas prefiro passar mais tempo no beisebol.

— Eu amei a colônia de dança — anuncia Ella. — Aprendi a dançar hip hop. Quando terminarmos de comer, posso mostrar pra vocês?

Landon ri, e Hunter resmunga.

— É claro que pode.

Depois que passamos alguns minutos comendo e jogando conversa fora, lembro-me de que Landon teve uma entrevista hoje.

— Onde foi a sua entrevista? — pergunto.

Landon se anima.

— Na ESPN. Me ofereceram uma vaga de comentarista aqui em Providence, com algumas aparições como convidado e, em algum momento, meu próprio programa.

— Tipo *Mike and Mike*? — indaga Hunter, referindo-se ao seu programa favorito na ESPN que foi cancelado há alguns anos.

— É, tipo isso. Mas não vai ser todo dia. Vou aparecer para falar de beisebol em diversos programas quando me convidarem para opinar.

— Se eu não acabar na Liga Principal, quero fazer isso. Falar de beisebol todo dia... Que vida boa.

Landon assente e ri.

— Sim, você poderia estudar Comunicação.

— Então vai morar aqui pra sempre? — Ele havia mencionado que estava na cidade para passar um tempo com o irmão e a família, mas nunca disse se realmente moraria aqui.

— Tudo bem para você? — ele vira o jogo.

— É claro que sim, mas pensei que, em algum momento, você fosse voltar pra Boston, já que é onde a sua vida está.

Landon dá uma risadinha.

— Na verdade, minha vida está aqui — ele responde em um tom que me faz querer acreditar que está se referindo a nós, mas tenho medo de perguntar. É cedo demais para ter esse tipo de conversa profunda, não é? Então, em vez disso, como a medrosa que sou, mudo de assunto.

— Ei, Hunter, seu aniversário está chegando. Qual vai ser o tema da festinha?

Hunter resmunga.

— Fala sério, mãe. Vou fazer treze anos, e adolescentes não dão mais festinhas.

Meu Deus, por favor, faça com que meu filho pare de crescer...

— Então, como vai querer comemorar? — pergunto.

— Não sei. — Ele dá de ombros.

— Bem, temos que fazer algo. — Não estou nem sequer perto de deixar que Hunter passe o aniversário em branco.

— Acho que posso chamar uns amigos e ficar de bobeira — sugere ele, sem perceber que está partindo meu coração. As mães vivem para celebrar datas especiais com os filhos, e isso inclui aniversários. Ele precisa voltar a ter oito anos e a querer uma festinha de aniversário do *Harry Potter*.

— Ficar de bobeira? — questiono. — Isso não é jeito de celebrar.

— Não sou mais um bebê — comenta Hunter.

— Tenho uma ideia — diz Landon. — Que tal se eu vier buscar você e alguns amigos? Podemos ir ao estádio dos Reds, dar uma volta, jogar com os caras... Depois, voltamos pra casa e comemos pizza e bolo com a sua família.

Os olhos de Hunter se iluminam.

— É sério?

— É. — Landon assente. — Podemos marcar em um fim de semana que o time todo estiver aqui.

Olho para Landon e movo os lábios, formando um *muito obrigada.* Ele me responde com uma piscadela.

Quando o jantar acaba, e a louça está lavada, Ella nos arrasta para a sala de estar. Depois de empurrar a mesinha de centro para fora do caminho e colocar uma música no celular, ela começa a nos mostrar o que aprendeu. É claro, enquanto está dançando, minha filha faz questão de adicionar alguns passos da ginástica artística. Quando termina e desliga a música, todo mundo aplaude.

— Muito bom — elogia Landon. — Nesse ritmo, vamos te ver nas Olimpíadas um dia.

Ella gargalha.

— Eu treino dança e ginástica desde que eu era um bebezinho, né, mamãe?

— Isso mesmo. Ela sempre teve ritmo. Mesmo quando mais nova, se erguia, se apoiando no sofá, e sacudia a bundinha no ritmo da música que estava tocando, enquanto eu limpava a casa.

Ella ri.

— Ah! Posso mostrar as fotos para o Landon?

— Claro.

Ella corre em direção às prateleiras, tira dali uma caixa de álbuns de fotos e a apoia no chão. Ergue-a outra vez e a traz ao sofá. Enquanto remexe nas fotografias, tentando encontrar o que procura, algumas fotos antigas caem.

— Quem é essa? — pergunta Ella, curiosa.

Quando dou uma olhada na foto a qual ela se refere, sinto um mal-estar.

— O nome dela era Melissa — digo, baixinho. — Ela era... — Pigarreio. — Ela era minha amiga no ensino médio.

— Ela não é mais sua amiga?

Olho para Landon, que parece ter visto um fantasma. Tecnicamente, acho que ele viu...

— Ela morreu quando éramos adolescentes — conto a Ella a verdade. — Acidente de carro.

Não falei mais com a Melissa depois que descobri o que ela fez comigo naquela festa e, alguns meses depois, sua mãe me ligou para avisar que a filha tinha morrido. Não me deu detalhes, apenas disse que a Melissa foi arremessada de um carro e morreu a caminho do hospital. Por muito tempo, me deixei dominar pela culpa de que as últimas palavras que disse a minha amiga foram que eu nunca mais queria falar com ela. Melissa era problemática e descontrolada. Tomou decisões horríveis, como na noite em que me deu aquela pílula, mas não merecia ter morrido tão jovem. Talvez porque, agora, estou mais velha e sou mãe, vejo-a sob outro ponto de vista. Ela precisava de ajuda, estrutura e orientação. Estava surtando, buscando atenção, porque não a recebia em casa. Não importava o que ela tivesse feito de errado, ainda era trágico que uma criança havia perdido a vida.

— Ah... — reage Ella, triste. — Desculpa, mamãe.

— Tudo bem, querida. Faz muito tempo.

Landon pigarreia e se levanta.

— Vou no banheiro, já volto.

Depois disso, Ella nos mostra suas fotos de quando era bebê, então leva Landon para fora e o faz vê-la na trave. Em seguida, decidimos assistir a um filme. Ella monta uma cama no chão, com cobertores e almofadas. Hunter se acomoda no sofá de dois assentos, e Landon e eu nos aninhamos, lado a lado, no outro sofá. Landon tinha deixado algumas roupas aqui no dia em que usamos a piscina, então trocou o terno por algo mais confortável.

Com minha cabeça em seu peito, ele escorrega os dedos pelo meu cabelo, enquanto vemos o filme. Não sei quanto tempo se passa antes de eu dormir, mas, quando percebo, estou sendo carregada para a cama.

— E as crianças? — sussurro, meio dormindo.

— Já estão na cama — diz Landon. Ele me deita e ergue o cobertor até meu peito. Então, curva-se e beija minha testa.

— Espera — peço, agarrando seu braço. — Deita aqui comigo.

— Harper...

— Só por uns minutinhos, por favor. — Faço beicinho.

— Só por uns minutinhos — avisa ele.

Landon deita, e eu me aconchego em seu peito. Conseguimos passar poucas noites juntos, já que, na maior parte do tempo, meus filhos estão comigo.

— Eu gosto muito disso — murmuro, baixinho.

— Eu também — concorda ele, deslizando a ponta dos dedos pelas minhas costas. — O Richie vai ficar com as crianças no fim de semana?

— Uhum...

— Que tal viajarmos?

— Só nos dois? — pergunto, olhando para ele.

— Sim, podemos sair na sexta-feira, depois que ele pegar as crianças, e voltamos na segunda.

— Gostei da ideia. — Fecho os olhos, voltando a dormir.

CAPÍTULO 26
Harper

— Harp, você tem que acordar, querida.

Abro os olhos e olho ao redor, tentando descobrir onde estamos. Depois que Richie buscou as crianças — atrasado, é claro —, e eu avisei que não estaria em casa até segunda, para que ele não as trouxesse de volta mais cedo, Landon e eu entramos no meu carro e seguimos para seja lá onde ele tenha planejado para o fim de semana. Não fazia nem dez minutos que havíamos pegado a estrada quando dormi.

— Oi — cumprimento, rouca, sentando-me. — Por quanto tempo eu dormi?

— Foi uma viagem de uma hora.

Uma hora?!

— Desculpa, não sei o que tem dado em mim ultimamente. — Estou planejando as aulas e passando tempo com o Landon e as crianças, nada fora do normal. Mas, nas últimas semanas, tenho me sentido exausta.

— Não tem problema — diz Landon, dando-me um beijo. — Você fica muito fofa com baba escorrendo pelo queixo.

— Landon! — grito, e meu pescoço fica vermelho por conta da vergonha.

— É brincadeira. — Ele ri. — Você é uma mãe ocupada e precisa dormir. Espero que o fim de semana seja tranquilo e que você possa dormir um pouco mais. — Então, inclina-se e sussurra: — Quando eu não estiver te cansando. — Ele endireita a postura e me dá uma piscadela antes de abrir a porta. — Vamos. Faremos o check-in e, depois, podemos nos acomodar no quarto.

Enquanto Landon pega as nossas malas, admiro o lugar. Não é um simples hotel. Parece mais uma mistura entre uma mansão deslumbrante e um castelo. Todo o lado de fora foi revestido de tijolos brancos e argamassa. Deve ter, pelo menos, uns três andares. Pelo que estou vendo, tem uma varanda por todo o entorno e diversas sacadas. Ao redor do lugar, há arbustos e árvores verdejantes, mas, quando respiro fundo, sinto o cheiro de sal no ar. Estamos perto da água.

Depois de darmos entrada, e de eu descobrir que estamos em Newport, no The Chanler, que fica perto do oceano, ao longo da infame Cliff Walk, subimos até o quarto. Ouvi falar da Cliff Walk, mas nunca visitei o lugar. Pelo que dizem, são alguns quilômetros de uma linda caminhada ao longo da Easton Bay.

Quando entramos no quarto, que está mais para uma suíte gigantesca, fico chocada com a beleza. O cômodo é extravagante, mas aconchegante, com tons de marrom-chocolate e creme. Há uma cama *king* que parece confortável, uma mesa de jantar e cadeiras e, na parede dos fundos, duas portas francesas que dão acesso ao lado de fora. Apesar de já estar escuro, abro-as para dar uma olhada e descubro que temos uma vista para a baía, e que nossa sacada não é uma sacada, mas um deque privativo completo, com móveis de terraço e uma banheira aquecida.

Quando estou quase encostando no gradil, braços fortes envolvem meu corpo, assustando-me um pouco.

— Esse lugar é incrível — digo a Landon, enquanto ele aconchega o rosto no meu pescoço e me dá um beijo no ponto sensível sobre a pulsação. — Mas, fique sabendo, poderíamos ter ido a algum lugar mais perto... menos caro.

Não que eu não aprecie esse gesto grandioso, mas não quero que Landon pense que vai conquistar meu coração assim. Richard fez esse tipo de merda por anos, focando mais nos custos do que em nós, o que foi uma das muitas razões pelas quais nunca demos certo. Posso morar em uma casa grande e dirigir um carro caro, mas não sou obcecada pelo preço das coisas como Richard, e jamais vou querer que Landon pense que precisa gastar dinheiro comigo para que eu o deixe entrar em meu coração, pois já tem seu lugar garantido.

Landon me vira e envolve minhas bochechas.

— Essa é a nossa segunda chance, Harp. Você passa seus dias levando as crianças pra todo lado, preparando as refeições delas, lavando roupa... Sua ideia de encontro inclui joguinhos de fliperama. Quando não estão em casa, você tem trabalhado sem parar para finalizar seus planos de aula antes de a escola recomeçar. — Seus lábios se curvam em um sorriso deslumbrante. — E eu amo tudo isso. Você é, tipo, uma supermãe, mas quando foi a última vez que viajou? Que tirou um fim de semana para você?

— Não sei. — Dou de ombros.

— Exatamente. — Landon pressiona a boca na minha. — Fui abençoado com uma carreira boa pra caralho, que me deu uma vida maravilhosa. Quando éramos mais novos, tive que vender meu sangue e aparar uns cinquenta quintais para conseguir te levar pra Nova York por uma noite.

Rio com a admissão dele.

— Sempre me perguntei como você tinha arranjado aquilo.

— Não preciso mais fazer esse tipo de coisa. Agora que tenho você de volta, me deixa te paparicar um pouquinho... tudo bem? — Landon escorrega o polegar ao longo do meu lábio inferior. — Esperei muito tempo para poder fazer isso.

Antes de eu responder, os lábios fortes de Landon se fundem com os meus. Sua língua mergulha além da minha boca aberta e me devora. Toda vez que seu corpo se conecta ao meu, parece que uma dose do melhor tipo de droga percorre minhas veias, esquentando-me por dentro e me deixando deliciosamente altinha.

Landon segura minha bunda e me ergue no ar. Ao mesmo tempo, envolvo sua cintura com as pernas, e seu pescoço com os braços. Ele nos leva de volta ao quarto e me deita na cama. Começando pelo meu rosto, Landon vai descendo... Beijando, degustando, mordiscando a pele, enquanto tira minhas roupas.

Meus seios estão pesados, e os mamilos, dolorosamente eretos. Ele chupa meus peitos, adorando-os, até eu estar quase gozando apenas com esse estímulo. Landon ri baixinho, pois sabe exatamente o efeito que causa em mim. Traceja uma linha com a língua em direção ao sul. Para no umbigo e dá uma mordidinha na minha pele, deixando-me toda arrepiada, antes de continuar a descer.

Ele para no ápice das coxas. Com a língua habilidosa, Landon devora minha boceta até todo o meu corpo estar tremendo com o prazer, enquanto o orgasmo mais alucinante de todos me domina.

Quando abro os olhos, encontro Landon me encarando, com uma mistura de desejo e maravilhamento. Ele lambe os lábios, como se estivesse saboreando meu gosto. Quero dizer tantas coisas para ele agora... Estou sentindo tantas emoções diferentes que nem sei por onde começar. Ele é um vício do qual nunca quero abrir mão. Um vício que me foi negado por tempo demais. Mas, agora, finalmente, o reconquistei por completo. Ele é meu e, em vez de dar um passo de cada vez, quero pular em cima dele. Quero que ele me consuma por inteiro. Nenhum beijo ou toque é o bastante, e sei que nunca será.

Puxando Landon pela camiseta, trago-o para cima de mim. Com os braços fortes ao meu lado, ele segura meu rosto. Suspiro, satisfeita, sentindo-me desejada e amada em seu abraço. Nunca mais subestimarei esses sentimentos.

Landon abaixa-se, e nossas bocas se conectam. O beijo começa lento e gentil, sua língua massageando a minha. Meu corpo se mistura ao dele, um breve suspiro escapando dos meus lábios quando ele me penetra, e nossos corpos se conectam da forma mais íntima de todas. Tiro a camiseta de Landon e, quando nossas bocas se reencontram, nosso beijo se aprofunda, e as línguas se movimentam freneticamente uma na outra.

Enquanto fazemos amor, minhas mãos esfregam o peito e o abdome duro dele. Então, deslizo-as sobre seus bíceps adornados com músculos deliciosos e perfeitos; músculos que me mantêm perto de Landon e me fazem sentir segura.

Ele se afasta um pouco para que nossos olhos possam se encontrar — seus olhos castanhos nos meus verdes. Minha barriga se comprime quando me perco em seu olhar. Em seu toque. Em nós. É como se estivéssemos nadando juntos em um oceano e, até esse momento, estivéssemos presos à parte mais rasa. Mas, sem percebermos, flutuamos para o fundo. Meus pés não mais tocam o chão, e as ondas me atingem, jogando-me para todos os lados, mas Landon está bem ali, segurando-me e me mantendo em segurança. Quando estou com ele, sinto que posso fazer qualquer coisa, ser qualquer pessoa. Jamais quero perder essa sensação. Com os nossos olhares conectados, ondas de prazer me percorrem. O alívio de Landon me preenche, aquecendo meu interior. Agora, não sei nem mesmo onde ele termina e eu começo. É como se tivéssemos nos tornado um.

Desviando o olhar, ele pressiona os lábios na curva do meu pescoço. Não querendo perder nossa conexão, passo os dedos pelo seu cabelo e, gentilmente, puxo-o. Sua boca sobe, espalhando beijos pela minha pele quente. Quando Landon chega à orelha, mordisca a parte carnuda e, então, sussurra quatro palavras que, se eu não estivesse cem por cento certa de que ele estava me segurando acima da superfície d'água, teriam me feito afundar.

— Eu te amo, Harper.

Fecho os olhos e revivo essas quatro palavras na minha mente, tentando memorizar tudo sobre elas e esse momento. Não importa o que aconteça daqui para frente, sempre as terei.

Landon beija minha bochecha, minha testa, a ponta do meu nariz e, por último, minha boca.

— Eu te amo pra caralho — murmura ele contra os meus lábios, e suas palavras me envolvem como um bote salva-vidas.

Quando abro os olhos, encontro minha visão embaçada, já que as pálpebras se encheram de lágrimas.

— Eu te amo — respondo, certa de que essas palavras, as mesmas palavras que todo mundo usa, não podem transmitir como é forte o que sinto por ele.

— Eu amo isso — repito, um tempinho depois. Tomamos banho e voltamos para a cama, onde estamos enrolados um no outro.

— O quê? — pergunta ele, deslizando os dedos preguiçosos pelas minhas costas.

— Seu abraço, passar a noite com você, viajar com você... Parece que estamos na nossa própria pequena bolha. — Aconchego-me ainda mais em seus braços.

— Concordo — diz ele, prendendo meu cabelo atrás da orelha e beijando minha testa. — É estranho, porque, apesar de termos perdido os últimos doze anos, parece que não perdemos nem um minuto.

Sei exatamente o que ele quer dizer. Não passamos por nenhum momento estranho quando tivemos que nos conhecer outra vez. Nada foi como o esperado depois de ficarmos separados por tanto tempo. Desde o primeiro segundo, quando entrei naquele restaurante e me sentei, pareceu que os últimos anos nem mesmo aconteceram, mas é sempre assim quando se trata da gente. Ele me conhece melhor do que todo mundo – meu corpo, minha mente, meu coração, é tudo dele.

— Queria que pudéssemos ficar assim para sempre — admito e beijo seu peito, já temendo o fim da viagem, quando seremos forçados a voltar a dormir em nossas casas e camas separadas.

Landon se vira e paira sobre mim.

— Podemos fazer isso sempre que você quiser. — Seus olhos brilham, enquanto a boca se curva em um sorriso jovial e sensual. — Não há nada nos impedindo.

Rio, amando como ele parece animado falando, mesmo sabendo que não é exatamente verdade.

— Humm... Você se esqueceu de que acabou de conseguir um emprego? Ou de que eu vou começar a trabalhar? E que tal o fato de que tenho dois filhos?

Ele bufa.

— Posso fazer o que eu quiser. O trabalho é só para não ficar entediado. Ganhei mais de cem milhões de dólares jogando beisebol, sem contar com os patrocinadores.

Engasgo e tusso. Caralho, pagam tanto assim para alguém arremessar uma bola? Claramente, escolhi a profissão errada.

— E... — continua ele — ... você é professora. Vai ter os fins de semana, os feriados e o verão todo livres. Além disso, seus filhos não são bebês. Quando estiverem com a gente, podemos viajar como uma família e fazer coisas de que eles gostem. Podemos levá-los para conhecer o mundo e, quando estiverem com o pai, podemos viajar como adultos. — Ele mexe as sobrancelhas, brincalhão. — Chegou a nossa hora, Harp. Vamos nos divertir e explorar o mundo. Vamos fazer o que quisermos.

Meu coração bate mais forte ao ouvir essas palavras. Landon tem razão. É hora de eu, finalmente, viver minha vida, e não tem nada melhor do que fazer isso ao lado do homem que amo.

CAPÍTULO 27
Landon

— Você tem passado muito tempo com a Harper — diz meu irmão, entregando-me uma xícara de café. Faz uma semana desde a viagem para Newport e, todas as noites, desde que voltamos, demos um jeito de nos vermos. Quando as crianças estão com ela, vemos filmes, vamos ao parque e, de vez em quando, jantamos com Simon, Bridget e seus filhos. Nas ocasiões em que as crianças estão com o pai, geralmente, acabamos ficando no quarto dela por horas, bloqueando todo o resto do mundo e nos perdendo um no outro. Meu lugar favorito no mundo é dentro da Harper.

Semana passada, durante a viagem, Harper me chocou pra caralho quando saímos da banheira quente, e ela pegou e exibiu todos os brinquedos e lubrificantes, suplicando que eu metesse em sua bunda — não que ela precisasse suplicar por algo, principalmente por esse tipo de coisa.

Minha mente se lembra de como ela se esparramou na cama, com aquela bunda perfeita empinada para cima. Como o seu buraco apertado se alargou ao tomar cada centímetro meu. A expressão de prazer em seu rosto quando virei sua cabeça, olhando-a nos olhos, enquanto ela gozava...

— Por que raios está gemendo? — pergunta Brian, arrancando-me dos meus pensamentos. Quando olho ao redor, balanço a cabeça, pois tenho que recuperar o controle. A última coisa de que preciso é de uma ereção enquanto estou sentado com meu irmão, sendo que minha sobrinha e minha cunhada estão no cômodo ao lado.

— Deveríamos chamá-los para jantar — sugere Heather, entrando na sala e me poupando de uma explicação. Ela se senta no colo do meu irmão, ainda de pijama, pois Brian a deixou dormir até tarde, e ele enrola os braços ao redor da esposa. Olho para eles, com maravilhamento e inveja, desejando que Harper e eu cheguemos a um ponto no nosso relacionamento em que posso passar todas as noites com ela. Porra, se dependesse de mim, eu me mudaria para a casa dela e nunca mais iria embora.

Esse fim de semana é dela, então, depois que chegamos em casa com as crianças, já que está tarde, e ela planeja ir à aula de ioga com a Bridget, vou direto para o apartamento. Não fizemos nenhum plano definitivo, mas espero que ela me ligue, querendo fazer algo mais tarde. Por não querer me intrometer no tempo dela com os filhos, tendo a deixar que a Harper tome a atitude.

— Tenho certeza de que ela adoraria — concordo. — E sei que a Ella mencionou querer brincar com a Kaelyn de novo.

Meu celular toca no bolso, eu o pego e vejo que é o Hunter. No outro dia, quando estávamos no parque, ele e Brendan quiseram se separar, e o celular de Harper estava sem bateria, então dei meu número a ele, caso precisassem nos encontrar.

— Oi, cara. Tudo certo?

— Oi, humm... Você tá ocupado?

— Não, estou de boa.

— Ah, legal... — diz ele, devagar. Percebi que, quando quer perguntar algo e tem medo de que alguém lhe diga não, ele enrola. Como se estivesse reunindo coragem para perguntar e, ao mesmo tempo, se preparando para ser decepcionado. Eu o escutei fazer isso algumas vezes quando pedia ao pai para fazerem algo juntos. Odeio que Hunter tenha me colocado na mesma categoria que o Richie, mas entendo. Quando se é decepcionado repetidamente pelo homem em quem você deveria confiar, acaba ficando com o pé atrás em relação aos outros homens. Tudo o que posso fazer é provar a ele que não vou decepcioná-lo. — Humm... Então, a mamãe e a Ella estão com a Bridget, indo pra ioga, ou algo assim... E, humm... Simon vai levar o Brendan e eu nas gaiolas de rebatidas por um tempo... Eu, hum... Você quer ir também?

Olho para o meu irmão e sua esposa, que estão rindo e se beijando.

— Sim, encontro vocês lá.

— Sim? — pergunta ele, com a voz aguda, chocado por eu ter concordado. Um dia, vai perceber que não sou nada parecido com o pai e não vai ficar mais tão chocado quando eu lhe disser sim.

— Sim, estou indo.

— Legal.

— Só mais cinco minutos. Depois, temos que ir — diz Simon aos garotos.

Os dois assentem, indicando que o ouviram, e voltam a rebater as bolas. Faz umas duas horas que estamos nas gaiolas, e não tenho ideia de como o braço deles ainda não cansou.

— Bridget perdeu a hora, então as mulheres optaram por uma aula de ioga mais tarde — Simon me avisa, agitando as sobrancelhas. Quando o olho confuso, ele ri. — Você ainda não deu uma passada no estúdio de ioga?

— Não. — Balanço a cabeça. — Deveria ter passado? — Sei que a Harper vai às aulas algumas vezes por semana, e reclama disso, mas sempre nos encontramos na casa dela depois da aula.

— Vai fazer alguma outra coisa quando formos embora daqui?

— Não. Queria passar um tempinho com a Harper e as crianças, mas ela ainda não me disse nada. Geralmente, me manda uma mensagem, depois da aula, para combinarmos algo.

— Vamos nos encontrar para almoçar, mas, antes, vou passar no estúdio. — Simon sorri e assente devagar, como se estivesse me contando um segredo.

Quando chegamos ao estúdio, Simon entra como se fosse dono do lugar. Os garotos acenam um cumprimento para a dona – que Simon me apresenta como sendo a Calliope –, então saem correndo para a sala de jogos. Aparentemente, ela disponibiliza um videogame para as crianças mais velhas.

— Quatro vitaminas — pede Simon. — Vou estar na aula. — Ele dá uma piscadela, e Calliope revira os olhos, brincalhona.

— Pode deixar.

— Temos que nos apressar — incita ele, avançando com pressa pelo corredor. — A aula está quase no fim.

— Espere aí, não vamos nos juntar a elas, vamos? — Eu poderia ser um atleta profissional, mas ioga, com certeza, não é meu treino preferido. Além disso, estou de jeans. Acho que não daria certo.

— Não. — Ele ri. — Você já vai entender.

Entramos na sala, e Simon vai direto para os fundos. Levo apenas alguns segundos para encontrar Harper entre as outras mulheres. Ela está de quatro, com uma calça de ioga justíssima esticada ao redor da bunda empinada. A professora diz algo, e a perna de Harper se endireita, o que faz sua bunda subir ainda mais. A professora fala outra coisa, e Harper volta à posição inicial, de quatro, rebolando a cintura para frente e para trás. Caralho! Parece que estou assistindo a um pornô... Não, retiro o que disse. É melhor do que pornô.

Meu olhar encontra o de Simon, e ele gargalha.

— Pois é. — Ele assente, sem pressa. Eu não preciso dizer mais nada.

— Aqui estão as vitaminas. — Calliope entrega dois copos a cada um.

— Obrigado, querida — agradece Simon, sem tirar os olhos da bunda da esposa. — Nada melhor do que um lanchinho para assistirmos ao espetáculo.

Calliope bufa.

— A Bridget te disse que marcamos a viagem das garotas para o próximo fim de semana, já que o ex-marido da Harper vai ficar com as crianças?

— Sim — confirma Simon, sem fazer contato visual com Calliope.

Observamos as mulheres se levantarem e, em seguida, curvarem-se para o lado. Harper escutou Simon falando ou olhou ao redor, porque se vira para trás e encontra meu rosto. Em um primeiro momento, parece chocada, mas, então, seu olhar repousa em Simon, e ela revira os olhos.

— Você vem muito aqui? — pergunto a ele.

— Defina "muito" — diz ele, rindo.

— Sempre que tem chance — explica Calliope.

— Não é culpa minha. — Simon bufa. — Minha esposa tem uma bunda perfeita.

— Que pervertido — brinca Calliope. — E ainda começou a arrastar outros com você... — Ela assente na minha direção.

— É minha responsabilidade mostrar ao meu amigo Landon o que ele tem perdido.

— Sei, sei... — diz Calliope. — Aqui estão as informações que você queria sobre o hotel e o spa. — Ela entrega a Simon algum tipo de brochura. Dou uma olhada rápida na papelada antes de voltar a observar Harper, que está deitada no chão, subindo e descendo a pélvis lentamente.

Sim! Com certeza, é melhor do que pornô.

— Vou ligar antes de vocês irem e pagar tudo — Simon fala para Calliope. — Quero me certificar de que a parte da Harper esteja paga. — Suas palavras chamam minha atenção.

— Você vai pagar pra Harper?

— Sim, ela costuma economizar. — Ele dá de ombros. — Da última vez que foram passar o dia em um spa, a Harper não quis fazer todos os tratamentos que a Bridget, então vou pagar tudo adiantado pra que ela não possa recusar.

Olho para Harper. Agora, ela está de pé, enrolando o tapete, rindo com Bridget, que tem uma mão apoiada sobre a barriga de grávida. Harper e eu não conversamos sobre dinheiro, mas aposto que está preocupada em gastar o que tem, já que sua única renda até começar a trabalhar é o dinheiro que recebe de Richie. Mesmo quando começar a lecionar, o salário de professora não vai dar para cobrir todas as contas dela.

— Bem... Poderia me mandar as informações? — peço a Simon. — Eu quero pagar. — Então, adiciono: — Mas deixa isso entre nós, por favor.

— Combinado. — Simon sorri e me dá um tapinha nas costas. — É bom saber que a Harper está com um homem bom.

As mulheres se aproximam, ambas com sorrisinhos maliciosos. Bridget passa os braços ao redor do marido, mas Harper continua a alguns passos de distância, olhando para mim, tímida. Ainda não fizemos muitas demonstrações públicas de afeto. Apesar de as crianças saberem sobre nós, tentamos nos controlar na frente dos outros.

Incapaz de aceitar o fato de ela estar tão perto assim, mas não nos meus braços, agarro a frente do seu top, que expõe seios deliciosos, e a trago para perto.

— Você estava gostosa pra caralho durante a aula — sussurro em seu ouvido.

Ela ri.

— Estou vendo que o Simon te corrompeu.

— Eu diria "educou". — Dou uma mordiscada em sua orelha. — Meu futuro, agora, inclui muitas aulas de ioga. Sempre que precisar, posso te trazer ou vir te buscar. Pode contar comigo.

Harper ri e me beija. Minhas mãos encontram sua bunda, e lhe dou uma bela apertada.

— Agora sei por que você tem uma bunda tão perfeita.

— Vamos almoçar — diz ela, abraçando meu pescoço. — Está com fome?

— Humm... Sim, mas não de comida.

Harper bufa.

— Vamos logo, seu bobo.

Já que todos viemos em carros diferentes, concordamos em nos encontrar no restaurante. Levo as crianças comigo, para que Harper possa tomar um banho e trocar de roupa no vestiário.

— Já comprou um anel bonito pra mamãe? — pergunta Ella, do banco de trás da caminhonete. Na verdade, tenho dado uma olhada nisso, mas ainda não encontrei uma joia que seja a cara da Harper.

— Ainda não, mas se você tiver alguma ideia, me avise.

— Combinado — responde ela, com um sorriso alegre.

— Conversei com o dono dos Reds — conto para Hunter. — Ele disse que podemos celebrar seu aniversário por lá, então pode convidar quem quiser.

Hunter sorri.

— Sério, esse vai ser o melhor aniversário de todos.

Estacionamos no restaurante, e porque Simon chegou primeiro, ele já pegou uma mesa para todos nós. Está sentado com as gêmeas e Brendan. As crianças e eu nos acomodamos e pedimos as bebidas enquanto esperamos as mulheres. Minutos depois, elas chegam. Bridget está com a testa franzida, e os olhos de Harper estão com as bordas vermelhas, como se estivesse chorando.

Na mesma hora, me levanto, pois preciso saber o que aconteceu. Quando Harper me vê indo em sua direção, rapidamente se recompõe.

— O que houve? — questiono, puxando-a para um abraço.

— Nada. — suspira. — Estou sendo tola e emotiva. — Harper revira os olhos, tentando diminuir seja lá o que tenha acontecido, mas não acredito nela.

— Me deixa decidir isso.

— O Richard me enviou uma mensagem hoje cedo, enquanto eu estava na ioga, dizendo que tem que ir a um congresso médico, então não vai poder buscar as crianças no próximo fim de semana. — Ela ri, mas sem humor. — Na verdade, me perguntou se eu queria ir com ele e se ofereceu para pagar um dia no spa do resort em que vai se hospedar. Disse que poderia ficar com as crianças enquanto eu relaxava. — Ela bufa. — Como se eu fosse aceitar...

Caralho, que canalha... Eu sabia que o Richie ia tentar fazer esse tipo de merda. Ele tinha deixado claro que queria a Harper de volta, mas não entende que já a perdeu, que nunca vai reconquistá-la. Se a Harper quisesse ficar com Richie, eu nunca me colocaria entre um casal que está se reconciliando, ainda mais quando esse casal tem filhos, mas a Harper não o quer, e a única razão para Richie a desejar é para que ele possa fazer o que quiser enquanto tem a família na palma da mão. Harper e as crianças merecem algo melhor do que isso. Merecem receber a atenção total de alguém, ser o mundo de alguém. Merecem ser colocados em primeiro lugar e não mais fazerem parte de uma consideração tardia.

— Não tem problema — diz ela, com um sorriso triste. — Eu não queria ir mesmo... — Ela dá de ombros, então se afasta dos meus braços e se junta a todos na mesa.

— As crianças podem ficar comigo — sugere Simon, enquanto nos acomodamos. Bridget deve tê-lo atualizado.

— E te deixar com cinco crianças? — Harper ri. — Agradeço, mas não posso fazer isso com você.

— Posso ficar com eles durante o fim de semana — ofereço, e todo mundo olha para mim.

— Sim — concorda Hunter. — Podemos dar uma passada nas gaiolas de rebatida.

— Não! — rebate Ella. — Ele pode brincar comigo na trave de equilíbrio, e podemos dar uma festa e dançar!

O nariz de Hunter se enruga em repulsa.

— Landon é homem, El. Ele não vai brincar de coisas de garotinha com você.

— Isso não...

— Ei — interrompo Ella. — Primeiro, existem muitos homens ginastas e dançarinos profissionais. — Olho feio para Hunter, e ele dá de ombros. — Segundo, *se* a sua mãe me deixar ficar com vocês no fim de semana, vamos fazer tudo isso. Não precisa ser uma coisa ou outra, mas não podemos pressioná-la agora, conversaremos sobre isso mais tarde.

— Tudo bem — concordam eles, em uníssono.

Quando olho para a Harper, seus lábios estão curvados em um sorrisinho.

— Não precisamos conversar sobre isso depois — diz ela. — Se não tiver problema, pode ficar com eles. — Ela se inclina e beija minha bochecha. — Obrigada.

A garçonete chega e anota os nossos pedidos. Enquanto conversamos, algumas crianças se aproximam e pedem meu autógrafo. Levanto-me e tiro algumas fotos com os pequenos fãs, e suas mães me agradecem.

— Por que sempre pedem para você autografar as coisas? — pergunta Ella.

— Porque ele é um jogador de beisebol famoso — explica Hunter. — Ele ganhou a Liga Mundial e é o melhor arremessador de todos os tempos.

Rio da explicação do Hunter.

— Por mais que eu aprecie o elogio, acho difícil eu ser o melhor arremessador *de todos os tempos.*

Ele dá de ombros, e a garçonete serve os pratos na mesa.

— Mas você é... Além disso, fez o seu time ganhar a Liga Mundial. Você foi eleito o Melhor Jogador.

— Como assim? — indaga Ella.

— É quando um jogador é fodão e salva o dia — esclarece Hunter. — Ele é, tipo, o super-homem do beisebol.

— Cuidado com a língua — chia Harper.

— Você poderia dar uma passada na minha colônia de dança? — pede Ella. — Meu professor ama beisebol e está sempre usando uma camiseta dos Reds. Aposto que ele me daria um lugar na primeira fileira se você assinasse algo pra ele.

— É claro — aceito, enquanto todos irrompem em risos.

— Eca — Harper reage. — Acho que tem algo de errado com meu sanduíche. — Ela repousa o almoço no prato e o empurra para longe.

Pego seu sanduíche de atum e dou uma mordida.

— O gosto está bom. Quer trocar?

— Tem certeza? — pergunta ela, de olho no meu sanduíche de peru, bacon e abacate.

Mesmo se eu não tivesse, ainda trocaria com ela. Porra, pediria o cardápio todo para a Harper ter a chance de experimentar tudo antes de decidir o que ia querer.

Sem nem responder, troco os nossos pratos, e Harper sorri.

— Que cavalheiro — diz ela, dando uma mordida no meu sanduíche. — Muito obrigada.

CAPÍTULO 28
Harper

— Era exatamente disso que eu precisava. — Bridget solta um gemidinho, enquanto as manicures massageiam nossas panturrilhas e pés. — Se eu fosse rica, pagaria alguém pra ir à minha casa todo dia massagear os meus pés.

Calliope e eu rimos.

— Eu também — concordo, fechando os olhos e pensando em como o dia de hoje está sendo relaxante. Bridget, Calliope e eu viemos no meu carro ontem à noite. Depois de fazermos o check-in, fomos jantar no restaurante, onde fofocamos por horas antes de voltarmos ao quarto e apagar. Foi bom poder conversar com outros adultos sem as crianças por perto.

— Humm... Acho que o Landon tem dinheiro pra isso — diz Calliope, rindo. — O Nigel ama os Reds e mencionou que o Landon era o jogador de beisebol mais bem pago. Também implorou para que eu te pedisse para arrumar um autógrafo para ele. — Ela revira os olhos. — Homens.

Quando estou prestes a responder, meu celular toca. Bridget me disse para deixar o aparelho no quarto, mas quero estar disponível caso Landon precise falar comigo. Ele está me fazendo um grande favor cuidando das crianças no fim de semana.

Vendo que é o consultório da minha médica ligando, atendo.

— Alô?

— Bom dia, sra. Peters. Aqui é a Emily, da clínica Providence. Vimos que você cancelou sua consulta, mas ainda não a remarcou.

Merda!

— Sim, estou viajando esse fim de semana, então não estou com minha agenda aqui. Posso te ligar na segunda-feira?

— É claro! Podemos te ligar de volta, se preferir.

— Isso seria ótimo, obrigada!

Desligamos, e Bridget pergunta quem era.

— O consultório da minha ginecologista. Preciso remarcar o check-up anual. Tive que cancelar.

Um minuto depois, meu celular toca outra vez. Desta vez, é o Richard. Clico no ícone das mensagens e envio uma frase pré-programada: *Desculpa, não posso atender agora.*

Segundos depois, ele me liga de novo.

— Sim, Richard? — pergunto, sabendo que ele vai continuar me ligando até eu atender.

— Por que diabos *ele* está cuidando dos nossos filhos?

— Oi para você também.

— Harper! — grita ele pelo celular, tão alto que Bridget e Calliope se voltam para mim.

— Não pude ficar com eles, porque tinha um compromisso, então o Landon se ofereceu — falo calmamente, recusando-me a deixar com que meu ex-marido me afete.

— É o meu fim de semana!

— Sim, é. E você não pôde buscá-los.

— Isso não significa que pode deixá-los com quem raios quiser sem me consultar antes.

Certo, tudo bem. Cansei disso. Não vou deixar o Richard estragar o meu fim de semana.

— Quando você escolheu não ir buscar as crianças e, portanto, deixou que se tornassem responsabilidade minha, você me deu o direito de tomar qualquer decisão. Assim como quando as crianças estão com você, e você as deixa com a sua mulher do momento. Agora, estou no meio de uma pedicure, então vamos ter que discutir isso mais tarde. — Desligo, antes que ele possa dizer qualquer outra coisa, e, quando me liga de volta, silencio seu número, para que eu não veja nenhuma ligação ou mensagem dele até eu escolher ser incomodada.

— Você lidou muito bem com a situação — elogia Bridget. — Ele precisa aprender que não é Deus.

— Sim. É melhor eu ligar para o Landon e avisá-lo, caso o Richard decida aparecer lá em casa.

Ligo para o celular dele, que toca algumas vezes antes de ser atendido.

— Oi, querida. O que foi? — Não consigo compreender seu tom, mas parece esquivo... quase nervoso... o que também me deixa nervosa.

— Tudo bem? — pergunto, lentamente.

— Humm... Sim, tudo bem.

— Landon... Tudo bem com as crianças? — A mãe que habita em mim começa a surtar.

— O quê? Ah, sim. Estamos todos bem. As crianças estão aqui comigo.

— Certo, então o que aconteceu? E não me diga "nada". Sua voz está estranha.

— Bem, houve um acidente.

— O quê? — sibilo. — Landon...

— Com certeza podemos dizer que a sua filha puxou a você. — Ele ri, mas não soa certo. Obviamente, está nervoso com a possibilidade de eu surtar de vez, e ele tem razão. — Mas não se preocupe — continua, rápido. — Está tudo sob controle. Aproveite a viagem, a gente te vê em casa. Te amo, tchau.

Ele desliga, e largo o celular na mesinha ao lado. Reclinando a cabeça, fecho os olhos e relaxo. Seja lá o que esteja acontecendo ainda vai estar me esperando quando eu voltar para casa.

— Ah, meu Deus! — grita Bridget, rindo. — Olha! — Ela vira o celular e me mostra o Instagram. É uma foto de Ella, e minha filha está usando o vestido e a coroa da princesa Aurora enquanto segura um taco de beisebol na mão. Está sorrindo como o Gato Risonho. Bridget arrasta para a esquerda, e há outra foto de Ella, desta vez, girando o taco. Outra arrastada para a esquerda, e uma foto da janela quebrada no segundo andar da casa do vizinho aparece. Foram postadas no Instagram de Landon há trinta minutos, e a porcaria das fotos já tinham trinta mil curtidas! Arranco o celular da mão de Bridget para ler a legenda: *Acho que ensinei essa princesa a arremessar BEM DEMAIS.*

Os comentários variam de mulheres implorando para que Landon se case com elas, perguntas sobre quem é Ella – se é sua filha ou sobrinha –, a alguns comentários feitos por celebridades.

— Ah, meu Deus... — resmungo, rindo. — Isso explica por que ele estava tão nervoso na ligação.

Bridget e Calliope riem.

Pego meu celular e abro a conta de Instagram do Landon. Não gosto muito de redes sociais, mas, quando ele e eu nos reencontramos, nos adicionamos no Facebook e nos seguimos no Instagram. É claro, quase nunca entro lá, então, se não fosse por Bridget me mostrando o que ele postou, provavelmente, eu nunca descobriria.

Sem pensar no que estou fazendo, clico no balão dos comentários e digito: *Acho que é por isso que você estava nervoso no celular... Tentem não quebrar mais nada antes de eu chegar em casa ;)* Então, saio do aplicativo e foco na manicure que, agora, está pintando minhas unhas do pé com um tom fofo de rosa.

Estou relaxando no terraço, com uma taça de vinho na mão, desfrutando da brisa fresca vinda do oceano. Nosso quarto tem vista para o mar. Voltamos ao cômodo há cerca de uma hora, depois de passarmos o dia sendo mimadas. Tomei um banho rápido e vesti um pijama confortável, então me servi de uma taça de vinho branco e fui para fora ouvir as ondas.

Volto a pensar no que aconteceu mais cedo. Quando terminamos de cuidar dos pés, a funcionária da recepção nos entregou o itinerário do dia, para sabemos aonde ir em seguida. Quase tive um ataque cardíaco quando vi todos os serviços que tinham sido programados: tratamento com argila, massagem, manicure, almoço, cuidados faciais, depilação. De jeito nenhum eu seria capaz de pagar por tudo naquela lista. Quer dizer, tecnicamente, seria. Sou boa em poupar, mas tentava não gastar meu dinheiro com frivolidades.

Não entendia como as coisas eram caras até me ver sozinha no mundo. Richard costumava lidar com tudo. Sim, ele era esse tipo de controlador. Meu ex-marido me dava uma mesada para compras no mercado e extras. Se eu precisasse de mais, tinha que pedir. É assustador estar sozinha, pagando as próprias contas, mas estou dando um jeito.

Então, quando nos entregou nosso itinerário, pedi uma lista de preços e disse a ela que a avisaria o que eu ia querer fazer. Ela me olhou, confusa, e me disse que tudo já tinha sido pago. Quando perguntei a Bridget se havia sido obra de Simon, ela disse que, se tinha sido, não ficou sabendo. Pedi para que a funcionária descobrisse quem havia pagado. Fiquei chocada e maravilhada quando ela voltou e me disse que o cartão de crédito estava no nome de Landon Maxwell. Não tenho ideia de como ele fez isso e, por mais que eu odeie o pensamento de ele ter pagado por tudo, foi um gesto mais do que gentil, e eu não iria brigar por ele ter feito algo atencioso.

— Ei, Harp, parece que seu celular está prestes a explodir — avisa Bridget, saindo e se juntando a mim, com o aparelho em mãos.

— Obrigada. — Ligo a tela e encontro centenas de notificações. O que raios aconteceu? Primeiro, noto os pedidos de amizade vindos de pessoas desconhecidas no Instagram e no Facebook. Quando abro o Instagram, quinhentos e trinta comentários surgem nas minhas notificações. Clico em um deles e sou levada à postagem de Landon. Ah, não! Não pensei nisso quando comentei, mas deveria. Ele tem milhões de seguidores, e eu, burra, comentei sobre ele estar na minha casa, como se eu estivesse enviando uma mensagem privada. Sua resposta é a primeira que vejo: *Não se preocupe, querida. A casa vai estar inteira... mas a do vizinho é outra história.*

Deslizo pelas outras respostas. Há pessoas perguntando se sou sua namorada, esposa ou a mãe dos seus filhos... Estão todos especulando. Alguns comentários dizem que sou mãe de duas crianças e uma qualquer. *Ai, essa doeu.*

— O que houve? — pergunta Bridget, sentando-se ao meu lado e olhando sobre o meu ombro. — Ah... — diz ela, quando vê o que estou lendo. Algumas pessoas disseram que sou bonita. Outras, o exato oposto. — Não deixe que isso te afete. — Ela arranca o celular da minha mão. — São mulheres invejosas que não têm chance de sequer conversar com o Landon pessoalmente, muito menos namorar com ele.

— Eu sei. — Dou de ombros. — Mas isso me fez lembrar de como nossas vidas são diferentes. — Sei que não sou feia, mas, com certeza, sou diferente de todas as mulheres com quem ele namorou no passado. Landon disse que nunca significaram nada e que os encontros foram arranjados por sua equipe de publicidade, mas não tem como negar que ele gosta de certo tipo de mulher, com as quais não sou nem um pouco parecida. Enquanto elas são altas, louras e peitudas... bem, com tudo falso. Sou baixinha, morena e real, real *demais.* Tudo, incluindo as estrias na minha barriga e quadril, será parte de mim até eu morrer.

— Você sabe que ele te ama, né?

— Sim, eu sei. — E sei mesmo. Landon se esforça todos os dias para me mostrar o quanto me ama, mas não seria humana se, de vez em quando, não tivesse insegurança, principalmente depois de ver todas as mulheres gostosas que fariam de tudo para ficar com ele. Mulheres que viriam sem bagagem...

— Eu desligaria as notificações. — Ela assente em direção ao celular, que continua vibrando como louco.

Quando estou desligando todas as notificações, uma mensagem de Landon chega. Há três fotos. A primeira é Ella dormindo na cama, a segunda é Hunter jogando videogames em um pufe, e a terceira, uma *selfie* de Landon. Sob a foto, ele escreveu: *Viu? Está tudo bem. Te amo e estou com saudade.*

— Viu? — diz ela, intrometendo-se e lendo a mensagem. — Ele te ama e está com saudade.

Assim que desligo as notificações, e meu celular para de acender e vibrar toda hora, juro nunca mais entrar nas redes sociais para não ler mais nenhuma daquelas bobagens. Então, respondo a Landon, dizendo que o amo e que também estou com saudade. Agradeço por ele ficar com as crianças e por ter pagado pelo meu fim de semana.

O resto da viagem voa. Passamos o domingo relaxando na praia e na piscina. Então, depois de jantarmos pela última vez no restaurante do resort, seguimos para casa. Já que Bridget estava dirigindo, primeiro, deixou Calliope em casa e, depois, eu. Quando estacionamos na minha casa, fico chocada ao ver a Mercedes de Richard na garagem.

— Ah, não — reage Bridget, reconhecendo o carro dele parado ao lado do de Landon.

— É melhor eu entrar — digo. Inclinando-me, dou-lhe um abraço. — Obrigada pelo fim de semana, eu me diverti muito.

— É claro! Ligue ou me mande uma mensagem mais tarde, dizendo se está todo mundo vivo.

— Pode deixar.

Tiro minha bagagem do porta-malas e, assim que começo a andar, a porta da frente se abre. Richard sai marchando da casa, com Ella atrás dele.

— O que está acontecendo? — pergunto.

Ella inclina a cabeça ao lado de Richard e fala:

— O papai disse que eu tenho que ir pra casa com ele. — Minha filha faz um beicinho.

— Seu filho se recusou a vir junto. — Richard está furioso. — Cansei dessa palhaçada.

— Ella, querida, poderia voltar para dentro, enquanto o papai e eu conversamos?

— Não, entre no carro — rebate Richard.

Ella olha de mim para ele, dividida entre a quem dar ouvidos, e meu coração se parte. Não deveria ser assim. Nossos filhos não deveriam ter que escolher lados. Não pediram aos pais que se divorciassem, e só posso culpar a mim mesma por isso. Assumi essa responsabilidade no dia que concordei em me casar com Richard, apesar de saber que não nos amávamos. Não deveria ter permitido que ele me prendesse em um casamento sem amor apenas porque estava grávida. Fiquei tão preocupada em tentar fazer o certo pelo bebê que não pensei no fato de que a coisa certa nem sempre é tão simples assim. Se eu pudesse voltar no tempo, diria a mim mesma que não tem problema em ser uma mãe solo. Eu poderia ter sido uma boa mãe, cheia de amor para dar, sem ter me casado com o pai. Ter sido forçada a um casamento de conveniência apenas mostrou às crianças o que não devem fazer. Não cresceram vendo os pais se abraçando, se beijando, rindo e se amando. Isso é culpa minha.

— Richard, por favor, podemos não fazer isso? — peço, suplicando com os olhos para não colocarmos nossa filha nessa situação.

Ele me encara por um longo tempo antes de suspirar.

— Tudo bem. Ella, volte para dentro.

Ela se vira e volta correndo, deixando-nos sozinhos.

— Você não pode invadir minha casa e levar as crianças por não gostar do homem com quem estou namorando. Não é certo, e não faz bem para elas verem isso e acabarem no meio da briga. Nunca fiz o que você acabou de fazer comigo com as mulheres que fizeram parte da sua vida.

Richard se aproxima de mim.

— Bem, talvez você devesse, assim eu teria visto como fui idiota. Sinto falta de você e das crianças, Harper. Sinto falta da minha família. — Seus olhos encontram os meus, e queria poder concordar com ele, para que pudéssemos dar às crianças o presente de ter os pais sob o mesmo teto, mas não posso.

— Você sente falta da ilusão — digo a ele, baixinho, pois não quero dar início a uma guerra.

— Quero você de volta — responde Richard, ignorando meu comentário. — Quero a minha família de volta.

— Isso não vai rolar — falo, honestamente.

— Veremos. — Ele se afasta. — Vou viajar amanhã, então queria ficar com as crianças para compensar o fim de semana. Eu as deixo e as busco na colônia.

— Tudo bem. — Assinto. — Vou conversar com elas.

— O Hunter não quer me ouvir.

— Vou falar com ele.

Depois de conversar com meu filho e explicar que o pai quer passar um tempo com ele, Hunter, relutantemente, aceita ir. Dou um beijo de boa-noite nos dois e, então, acompanho-os até o carro, dou-lhes um último abraço e prometo revê-los na terça, quando os buscar na colônia.

Assim que entro em casa outra vez, Landon está sentado no sofá, com o rosto sem qualquer expressão. Me jogo ao lado dele e me aconchego em seu peito. Então, sou envolvida por seus braços fortes e quentes. Suspiro, contente por estar de volta àquele abraço.

— Você se divertiu? — pergunta ele.

— Sim, obrigada mais uma vez.

— Não deveria ter descoberto que fui eu. — Ele beija o topo da minha cabeça. — Mas de nada.

— Desculpa pelo Richard.

— Não tem problema — diz ele, mas a forma como seus lábios se curvam para baixo, chateado, me diz que tem problema, sim. — Eu estava prestes a te ligar quando a Bridget chegou. Não quis me intrometer, então não discuti com o Richie quando ele chegou e disse que ia levar as crianças. O Hunter se recusou a ir, e vi que a Ella não ficou muito feliz, mas ela é boazinha demais para reclamar. — Sua testa se franze ainda mais ao dizer isso, e meu coração se parte em um milhão de pedaços.

Landon não deveria ter que lidar com nada disso. Não é justo eu querer que ele fique, apenas para que seja, lentamente, afastado por Richard e nossa situação ferrada. Essa foi uma das razões pelas quais cortei os laços com Landon há anos. É coisa demais para se pedir a qualquer homem – até ao homem que mais amei na vida... Ser arrastado para essa vida e lembrado com frequência da vida que deveríamos ter tido, mas não tivemos por minha causa. Uma vida em que batalho todos os dias para encontrar o equilíbrio entre ser uma boa mãe e aguentar meu ex-marido pelo bem dos nossos filhos.

Volto a pensar no post de Landon no Instagram e em todas aquelas mulheres comentando e implorando para que ele se casasse com elas. Landon poderia estar com qualquer mulher que desejasse. Sei que ele me quer, mas quanto mais vai aguentar antes de a minha vida confusa o derrubar? Apagar sua luz? Ele merece muito mais do que a minha família, que já veio pronta. Ele merece o mundo.

— Ei, tudo bem? — pergunta Landon, erguendo meu queixo para que eu o olhe.

— Sim. — Assinto e abro um sorriso falso. — Obrigada por cuidar das crianças durante o fim de semana.

— Sempre que você precisar, Harp. Tivemos um bom fim de semana. Seus filhos são incríveis. — Ele pressiona os lábios nos meus. — Mas isso não deveria me surpreender, já que eles têm uma mãe incrível. — Aí está... a linda bolha, na qual me sinto segura, e fingimos que o Richard e o resto do mundo não existem.

Beijando Landon, imploro para que ele me leve para a cama e faça amor comigo. Amanhã, digo a mim mesma. Amanhã lidarei com a realidade. Mas, hoje à noite, viverei na nossa bolha.

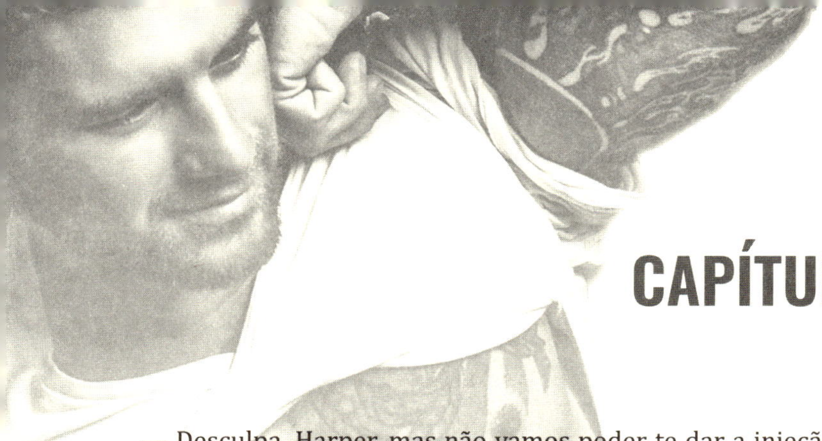

CAPÍTULO 29
Harper

— Desculpa, Harper, mas não vamos poder te dar a injeção hoje como você pediu — diz a dra. Stein. Uma vez que as crianças estão com o pai, e ele realmente as deixou na colônia, liguei para o consultório da ginecologista e perguntei se teriam como me encaixar. Quando a enfermeira mencionou que havia tido um cancelamento, aproveitei a oportunidade.

Assim que cheguei, a enfermeira deu início aos procedimentos: amostra de urina, pesagem, pressão sanguínea... Então, pediu para que eu me despisse para o exame. Depois da consulta, me disse que eu podia me vestir e que a enfermeira voltaria para me dar a injeção contraceptiva.

— Deu algo errado com os meus exames? — pergunto, confusa. Faz alguns anos que tomo a injeção e nunca tive problemas. Venho e tomo a cada três meses, conforme exigido.

— Na verdade, não — responde ela, com um leve sorriso. — Sua amostra de urina indicou um nível alto de HCG, ou seja, você está grávida.

Minha garganta fecha, e minha barriga se revira. Isso não faz sentido.

— Pode ter sido algo que eu comi ou bebi? — reajo, abobada. — Sempre tomo a injeção. Pensei que fosse algo, tipo, noventa e nove por cento garantido.

— É... quando você toma no dia certo. Só que você já está umas quatro semanas atrasada.

Faço depressa as contas mentalmente. Remarquei a consulta uma... duas... Merda! Ela tem razão.

— Mas o medicamento não deveria... continuar funcionando? — Meu coração está acelerado, batendo contra minhas costelas, e é difícil respirar. Estou grávida, e só há um homem que pode ser o pai. Landon. Não planejamos isso, nem sequer conversamos sobre o assunto. Ele confiou em mim quando eu disse que estava tomando o anticoncepcional. Ainda assim, consegui ferrar tudo. De novo.

— Deveria... Na maioria dos casos, continua, mas, quando você atrasa a injeção, suas chances de engravidar aumentam. O corpo de todo mundo é diferente e reage de um jeito diferente.

Solto um suspiro exasperado.

— Então, o que eu faço agora?

— Podemos fazer um ultrassom para confirmar a gravidez e determinar a data do nascimento. Depois, conversaremos.

Meu Deus... Um ultrassom. Confirmar a gravidez. Determinar a data de nascimento. Parece que estou tendo um déjà-vu.

Olho para baixo e vejo que, sem querer, comecei a acariciar a barriga. Tem um bebê aqui... O bebê do Landon.

— Tudo bem. — Engulo em seco.

Depois de vestir uma bata, sou acompanhada à sala de ultrassom, onde a dra. Stein está esperando.

— Já que não sabemos quando você engravidou, vamos fazer um ultrassom interno. — Ela cobre a sonda, que mais parece um pênis, com uma camisinha. Assim que me deito na maca, ela afasta minhas coxas e, com cuidado, a insere em mim.

Já que essa não é a minha primeira vez, foco na tela do computador, esperando, sem respirar, ouvir o som de um batimento cardíaco. Enquanto a dra. Stein movimenta a sonda, pergunto-me se talvez ela estivesse enganada e eu não estou grávida. Talvez eu tenha comido ou bebido algo que resultou em um falso positivo. Ou talvez tenham confundido minha amostra de urina com a de outra pessoa.

Mas, então, sopros preenchem o silêncio, confirmando o que eu já sabia, mas não queria admitir... Estou grávida. O cansaço, o mal-estar com o cheiro de certas comidas... Como tenho estado emotiva demais.

Observo o coraçãozinho bater, enquanto a doutora o examina e verifica se está tudo certo.

— Parece que você engravidou há umas cinco semanas. Isso pode mudar mais para frente, mas, por enquanto, vamos seguir pensando assim. — Ela aperta alguns botões e, então, retira a sonda. — Parece tudo certo. Vou separar algumas amostras de vitaminas pré-natais para você e, quando decidir quais delas vai querer, posso fazer a receita.

— Obrigada — digo, com um sorriso forçado.

— Vamos te deixar sozinha para que possa se limpar e se trocar. Quando estiver pronta, pode ir até a recepção para marcar seu retorno. — Então, com um sorriso triste, ela e a enfermeira saem, fechando a porta.

Imediatamente, sinto-me mal por não estar expressando alegria suficiente quanto a isso. Não é que eu não esteja animada por estar grávida. Amo ser mãe. Sinto-me muito abençoada por ter sido capaz de ter filhos, ainda mais por saber que esse pequeno milagre é filho de Landon, mas odeio o fato de não ter sido planejado. Ainda me lembro de quando descobri que estava grávida do Hunter. Eu o amo desde quando fiquei sabendo da sua existência? Sim! Mas isso não significa que não me senti aprisionada. Minhas escolhas foram roubadas de mim. Minha vida, como eu a conhecia, acabou, e tudo mudou. Agora, aqui estou eu, anos depois, fazendo o mesmo com Landon.

Ele tinha acabo de me dizer que não havia nada nos impedindo de viver. Poderíamos viajar e ver o mundo, fazer tudo o que quiséssemos. Ele até mesmo mencionou que isso era possível, porque as crianças não eram mais tão novas. Um bebê é o oposto de liberdade. Um bebê significa compromisso e responsabilidade. É acordar a cada poucas horas todas as noites. Amamentar. Marcar consultas médicas. Lembrar-se de levar fraldas, lenços, carrinho e comida até mesmo para ir à porcaria do mercado.

Fecho os olhos e balanço a cabeça. Eu deveria ter sido mais responsável, deveria ter prestado mais atenção.

A volta para casa não passa de um borrão. Quando estaciono na garagem, pego o saquinho, com as vitaminas pré-natais e os panfletos que a recepcionista me deu, e entro. Parece mais um saquinho de felicitações pela gravidez. Ainda não o olhei com atenção, mas, pelo que vi, há um punhado de panfletos com informações sobre estar grávida, decisões que terão que ser tomadas e o que esperar.

Jogo o saquinho no balcão da cozinha e sigo até o quarto para me trocar, grata por Richard ter confirmado que iria buscar as crianças na colônia e que ficaria com elas até amanhã.

Enquanto visto o pijama, uma sensação fortíssima de náusea me domina, e corro para o banheiro, quase não chegando a tempo de vomitar na privada. Rio sem humor ao dar descarga. É claro que, assim que a gravidez é confirmada, meu corpo decide participar da confirmação.

— Harp! — grita uma voz masculina. Landon. Merda! Esqueci que tínhamos combinado hoje cedo, quando ele saiu para o estúdio da ESPN, que nos encontraríamos aqui para jantar. Caramba, não posso vê-lo agora. Preciso de um tempo para pensar em tudo.

Rapidamente, limpo a boca com o enxaguante e cuspo.

— Oi — diz ele, com um sorriso leve, assim que chego à sala de estar. — Tudo bem? — Ele me olha, suspeitando de algo, e me pergunto se, de alguma maneira, Landon sabe da verdade. Não sei como isso seria possível, sendo que eu mesma descobri há pouco tempo. Com certeza, minha barriga ainda não cresceu, mas a forma como ele me olha de cima a baixo me faz imaginar a possibilidade.

Enquanto considero como responder, mantenho-me a alguns passos de distância, temendo que, se eu me aproximar, acabarei em seus braços, contando que estou grávida, antes de eu sequer ter uma chance de compreender a situação. Não que eu esteja com medo de que Landon se chateie ou me afaste. Sei que ele não faria isso, já que é um homem íntegro. Se eu tivesse que adivinhar, diria que, assim que ele descobrisse sobre a gravidez, mergulharia de cabeça. Pediria a minha mão em casamento e que nos mudássemos para a mesma casa. Nos tornaríamos uma família perfeita aos olhos do Instagram, mas tudo seria feito por obrigação — assim como tudo o que fiz com o Richard quando descobri minha primeira gravidez. Não posso fazer a mesma coisa com o Landon. Eu o amo demais para encurralá-lo. Por experiência própria, sei como é isso. Em um primeiro momento, você fica entusiasmado com a notícia de um pequeno milagre. Mas, então, a ficha cai. Noites mal dormidas, seguidas pela necessidade de acordar cedo. Nossa vida sexual vai desaparecer, e Landon começará a se ressentir. Eu não o culparia, porque, apesar de saber que ele me ama, não pediu nada disso. Ele confiou na minha responsabilidade com o anticoncepcional, e estraguei tudo.

— Harp — chama Landon, arrancando-me dos pensamentos. — Tudo bem? — repete.

Engulo o bolo que tenho na garganta. Preciso de tempo para pensar em como lidar com isso. É claro que terei o bebê, já amo essa criança, mas preciso descobrir o que farei em relação a Landon e mim, para que possamos passar por isso juntos. Então, penso em algo... E se ele não quiser essa criança? É claro, ele me ama e tem sido incrível com meus filhos, mas os dois não são seus filhos de sangue. E se ele não planeja ter criança alguma, ou sente que já passou da idade... ou que ainda não tem a idade certa? É exatamente por isso que eu deveria ter tomado o anticoncepcional na data certa! Para que merdas assim não acontecessem. Não tivemos nem uma conversa sequer sobre casamento ou filhos.

Landon dá um passo à frente, e eu, instintivamente, dou um para trás. Ele franze as sobrancelhas, magoado e confuso, e meu peito fica apertado.

— Harper, o que está acontecendo?

— Não estou me sentindo bem — digo, porque não é mentira. — Sei que combinamos de jantar, mas não estou no clima. Desculpa.

Ele me encara por um longo momento, antes de assentir e, então, se aproximar. Uma vez que já estou contra a parede, não tenho para onde ir. Sinto minhas entranhas se revirando, e temo vomitar a qualquer minuto.

Landon diminui a distância entre nós e esfrega o polegar pelo meu lábio inferior.

— E se eu preparar um banho quente para você relaxar na banheira? Posso guardar na geladeira o jantar que comprei, e comemos tudo mais tarde, se você quiser.

Meus olhos queimam com as lágrimas não derramadas. Quero deixá-lo entrar, quero trazê-lo para perto e nunca mais soltá-lo, mas não posso ser egoísta. Desta vez, precisa ser diferente. Não posso colocar meus filhos — esse bebê — no meio de outro casamento por conveniência.

— Desculpa, mas prefiro ficar sozinha hoje. Vou me deitar. — Recusando-me a encontrar seus olhos, deslizo para o lado, e não estamos mais tão perto um do outro. — Eu te ligo amanhã.

Sem esperar Landon responder, entro no quarto e fecho a porta. E um soluço que eu estava segurando irrompe do peito e faz todo o meu corpo estremecer. Jogo-me na cama e, escondendo o rosto no travesseiro, permito-me chorar até que, finalmente, caio em um sono muito necessário.

Pela manhã, acordo com o toque do meu celular. Quando vejo que é Bridget, atendo na mesma hora, pois preciso de alguém com quem conversar.

— Oi — fala ela, hesitante. — Tudo bem? — Seu tom preocupado me deixa confusa. Ainda não disse nada a ela que há algo errado.

— Por que está me perguntando isso?

— O Landon me ligou hoje cedo, dizendo que você não estava se sentindo bem. Pediu para eu te ligar e ver como você está.

Ah, meu Deus. Era exatamente disso que eu estava falando. Ele é um homem bom até o último fio de cabelo.

— Tudo bem? — pergunta ela, de novo.

— Não — respondo, soluçando. Enquanto me preparo para contar o que está errado, uma onda de náusea me atinge. Derrubo o celular e corro para o banheiro para colocar as tripas para fora. Por eu ter ido dormir sem comer ontem à noite, a maior parte do que vomito é ácido, que queima a minha garganta.

Quando tenho certeza de que terminei, rapidamente escovo os dentes e recolho o celular. Bridget, é claro, ainda está na linha.

— Oi, desculpa.

— Eu te ouvi vomitando. Você está grávida?

— Sim — admito, e minha voz falha.

— Isso não é bom? — indaga, em um tom livre de julgamentos.

— Deveria ser... — Inspiro fundo, então solto o ar. — Mas estou com medo.

— De quê?

— Do Landon se ressentir de mim. Não quero que ele se sinta encurralado, nem enganado, como se eu tivesse roubado as escolhas dele. E se ele me pedir em casamento só porque é a coisa certa a ser feita?

— Harper — inicia ela, calma. — Você ouviu tudo o que acabou de dizer? Tudo isso não diz respeito ao Landon, mas a você e a como se sentiu quando engravidou na adolescência. Como você se sentia em relação ao seu casamento.

— Eu sei. Não quero que o Landon se sinta como eu me senti. Passei anos presa em um casamento sem amor, desejando afeto e atenção. Toda vez que Richard era promovido, eu me ressentia dele mais e mais. Cada fralda que troquei, cada lágrima dos nossos filhos que enxuguei... Eu me sentia completamente sozinha.

— Entendo. Vou te dizer algo que nunca disse a ninguém. Algo que, mesmo tendo estado fora do meu controle, ainda me deixava envergonhada... sobre o Ben.

— O Ben? — pergunto, chocada. Ben é o falecido marido de Bridget. Ela não fala muito nele, mas, certo dia, minha amiga mencionou que ele havia morrido em um acidente de carro.

— Há alguns anos... quando conheci o Simon, descobri... coisas sobre o Ben que mudaram como eu o enxergava. Descobri que, para ele, nosso casamento não tinha o mesmo significado que tinha pra mim. — Então, Bridget me conta toda a história, como descobriu que, no acidente de carro, Ben estava com uma colega de trabalho, que, na verdade, era sua amante há anos.

Quando Bridget termina, estou chocada.

— Bridget, sinto muito. — Odeio o fato de estarmos no celular e de eu não poder abraçá-la. Não consigo imaginar como seria descobrir isso tudo *depois* que o marido morreu, impossibilitando que ele se explicasse ou se defendesse.

— Não tem problema. Meu ponto é que, quando descobri o que o Ben tinha feito e escondido de mim, questionei tudo. Meu amor por ele, nosso casamento, até a mim mesma. Tudo o que um dia eu havia conhecido era uma mentira.

— Não consigo nem imaginar.

— Foi difícil, mas o Simon sempre esteve ao meu lado. Eu poderia muito bem tê-lo afastado. Dito a ele que não queria me casar, porque estava com medo de que tudo aquilo acontecesse de novo, mas sabe por que não fiz isso?

Quando não digo nada, pois tenho quase certeza de aonde essa conversa está indo, ela continua:

— Não pude viver minha vida com medo, Harp. Tive que confiar que o amor do Simon por mim é o bastante. Vi você e o Landon juntos. Ele é maravilhoso com as crianças e está mais do que apaixonado por você. O que aconteceu entre você e o Richard não diz respeito a você e ao Landon, e não é justo, para nenhum de vocês dois, tentar comparar os relacionamentos.

Sei que ela tem razão, mas ao mesmo tempo...

— E se o amor não for o bastante?

— Acho que você vai ter que acreditar que é. Há casais que se casaram há trinta anos e que, um dia, acordaram e decidiram que não se amavam mais. E acabaram se divorciando, mas isso não significa que não deveriam ter se casado. Claro, é triste que estejam se divorciando, mas e todos os anos felizes que tiveram?

Bem, pensando por esse lado...

— Muito obrigada, Bridget. Não sei o que eu faria sem você.

— Você nem vai precisar descobrir. Agora, ligue pro Landon, chame-o de volta e conte que está grávida.

— Preciso buscar as crianças. — Olho para o relógio e vejo que já é quase meio-dia. Não me lembro da última vez que acordei tão tarde.

— Deixa comigo — oferece ela. — Os dois podem até dormir aqui. Vá conversar com o Landon.

— Certo, obrigada.

Desligamos, e busco o contato dele. Estou prestes a ligar quando escuto uma batida na porta. Achando que ele voltou para conversarmos, levanto-me da cama em um pulo e corro até a porta da frente. Abro-a com tudo, mas encontro Richard do outro lado.

— Ah, é você — digo, decepcionada por não ser o Landon.

— Muito simpático da sua parte, Harp — responde Richard, entrando sem pedir permissão. — Precisamos conversar.

— Sobre o quê? — Fecho a porta e me viro.

— O Landon.

Resmungo, não querendo discutir outra vez. Não consigo nem imaginar como Richard vai reagir quando descobrir que estou grávida.

— Tem algo que você deveria saber sobre o homem que está permitindo ficar perto dos nossos filhos.

— Eu sei tudo sobre o Landon.

— Ah, é mesmo? — O cantinho da sua boca se eleva em um sorriso maligno. — Então você sabe que ele matou a Melissa...

— O quê? — Encaro-o, confusa, sem compreender o que raios o Richard está dizendo. Por que ele diria algo assim?

— Na noite em que ela morreu... Os dois transaram, e depois o Landon a matou.

Enquanto repito na minha mente as palavras que ele acabou de dizer, tentando compreendê-las, começo a me sentir confusa. Meu coração acelera, e fica difícil respirar. Tento recuperar o fôlego, mas sinto dificuldade em inspirar ar o bastante. Landon transou com a Melissa... Ele a matou...

Me lembro do dia em que ela morreu. Foi no mesmo dia em que Landon apareceu na minha porta, quando contei a ele que estava grávida e prestes a me casar. Minha barriga se revira, e o ácido queima minha garganta. Meu corpo fica quente. Minha mão toca a testa. Estou suando. Antes que eu entenda o que está acontecendo, vejo pontinhos pretos por toda parte.

A última coisa que escuto, enquanto tudo ao redor desaparece, é Richard me perguntando se estou bem.

CAPÍTULO 30

Landon

— Quero um McFlurry de Oreo, por favor.

— Um McFlurry de Oreo. Mais alguma coisa?

— Não, só isso.

— Por favor, dirija-se à primeira janela para pagar.

Depois de pagar e pegar o McFlurry, vou até a casa de Harper para conversarmos, enquanto as crianças ainda estão na colônia. Ontem à noite, quando me disse que não estava se sentindo bem, percebi que ela estava apenas tentando me afastar e deixei-a fazer isso, mas só porque eu sabia o motivo.

Quando entrei na cozinha para servir o jantar sobre o balcão, não vi a sacolinha de papel marrom que estava lá e, acidentalmente, a derrubei. Um punhado de embalagens de pílulas se espalhou. Imaginando o porquê de Harper ter arranjado tantos medicamentos diferentes, li as embalagens e descobri que eram amostras de vitaminas pré-natais. Enquanto devolvia as pílulas à sacola, vi alguns panfletos sobre gravidez.

Dizer que eu estava animado com a possibilidade de Harper estar grávida seria um eufemismo. Esquecendo-me da comida, fui em busca dela e da confirmação. Com a Bridget grávida, não quis me permitir ficar esperançoso apenas para, depois, descobrir que a sacolinha de vitaminas e as informações não eram para Harper.

Assim que nossos olhares se encontraram, percebi que havia algo errado. Seu rosto estava pálido, e seus olhos, vermelhos. Meu primeiro instinto foi confortá-la. O que tinha acontecido? Havia algo de errado com o bebê? Mas, então, Harper se afastou e me pediu para ir embora. Eu quis discutir, mas não queria chateá-la ainda mais. Apesar de isso quase ter me matado, fui embora. Dirigi por um tempo, depois, voltei a casa para ver como Harper estava. Quando cheguei, vi que ela tinha dormido na cama, aconchegada entre os lençóis, então observei-a por um tempinho. Percebi o quanto se remexia e se revirava. Quis deitar e abraçá-la, brincar com seu cabelo e suas costas, como eu sempre faço quando ela está ansiosa. Mas, em vez disso, fui embora, não querendo que ela soubesse que não respeitei seu desejo.

Provavelmente, eu deveria dar a ela mais tempo, mas não consigo mais ficar longe. Preciso conversar com a Harper e descobrir o que está se passando naquela linda cabeça. Seja lá o que for, vamos resolver juntos.

Aproximo-me da casa e vejo que o carro do *Riquinho* está na garagem. Estaciono e pego o McFlurry, esperando que isso a faça se sentir melhor. Considero bater na porta, já que ela tem uma visita, mas faz muito tempo que não faço isso. Harper me deu uma chave e me disse que eu poderia usá-la quando quisesse.

Assim que abro a porta, fico chocado pra caralho com o que encontro. Richie está sentado no sofá da sala de estar. Em seus braços, vejo Harper. Ele está, gentilmente, sussurrando algo para ela, e Harper assente em resposta à seja lá o que ele esteja dizendo.

Incapaz de controlar a dor e a raiva que de repente me dominam, bato a porta. Os olhares de Richie e Harper se voltam para mim. Ele semicerra os olhos ao me encarar, enquanto ela os arregala ao tentar sair do colo de Richie. Sim, Harper estava na porra do colo dele.

— Landon. — Ela inspira, cambaleando ao se levantar. Isso faz com que Richie se erga e segure sua cintura.

— Nossa, que bela visão — ironizo, com os olhos colados em como Richie afunda os dedos na lateral de Harper. — Estava preocupado com você. Pensei em vir aqui para conversarmos. Te trouxe um McFlurry de Oreo. — Repouso-o na mesinha. — Mas parece que você já encontrou alguém com quem conversar.

Ao me ouvir, Harper se solta de Richie e coloca a mão na barriga. Então, algo me ocorre... O bebê é dele? De jeito nenhum. Sou um grande idiota por sequer pensar nisso. Não sei o que raios está acontecendo, mas sei muito bem que Harper não me trairia, ainda mais com o Richie.

— Eu posso explicar — diz Harper, aproximando-se de mim. Ela dá um passo, e Richie enrola o braço ao redor do bíceps dela e a traz de volta para si.

— Você não tem que explicar merda alguma pra ele — brada Richie.

Meus olhos recaem para a forma como ele segura apertado o braço de Harper, e perco o controle. Indo até o Richie, acerto um soco direto em sua mandíbula. Ele cambaleia para trás, soltando a Harper.

— Nunca mais toque nela, caralho — aviso, enquanto ele agarra o braço do sofá para impedir a queda. Richie se endireita, então vem para cima de mim. Ele dá um soco, mas eu me agacho e acerto seu rosto de novo. Desta vez, ele não tem onde se segurar e cai no chão.

— Landon, pare! — grita Harper. Olho para ela e vejo que seus olhos estão cheios de lágrimas não derramadas. — Por favor.

Não querendo chateá-la ainda mais, ergo as mãos, indicando que, para mim, já chega.

Richie se levanta e limpa o sangue da boca com a mão.

— Espero que tenha gostado. — Ele dá um sorrisinho. — Porque você já era. Agora, dê o fora daqui. Você não é bem-vindo nesta casa, nem perto desta família.

— Ficou doido? — pergunto, balançando a cabeça. — Esta casa não é sua, e a Harper não é a sua família. Só vou embora se ela me pedir. Você teve a sua chance e a desperdiçou. Você fodeu tudo. Eu entendo, cara. — Dou um passo em direção a Harper, que está congelada no lugar. — A decisão mais idiota que tomei na vida foi me afastar dela, mas estamos juntos agora, e você vai ter que aceitar.

Richard sorri de novo, parecendo quase demoníaco.

— Vocês até podem estar juntos. Mas, de jeito nenhum, a Harper seria tola o bastante para ficar com você, agora que sabe a verdade.

— Não é você quem vai decidir isso — Harper finalmente se pronuncia.

Ao mesmo tempo, pergunto:

— A verdade sobre o quê?

Os olhos de Richard se arregalam. Ele gira a cabeça e olha para Harper.

— Ele não presta para você. Você ouviu o que eu te contei.

— Preciso ouvir isso vindo da boca do Landon — diz ela, calma.

— Eu te contei o que aconteceu! — rosna Richie. — Você quer mesmo ficar com um homem capaz de cometer um assassinato? — Ele aponta para mim, e meu corpo todo se arrepia.

Não. Não. Não. Ele não pode estar dizendo isso. Os documentos são confidenciais. Ninguém tem acesso a eles, exceto... Porra! O hospital.

— Não quer contar para a Harper como você matou a melhor amiga dela? — pergunta Richie. — Ou prefere que eu conte?

— Você bisbilhotou documentos confidenciais — revelo.

Por motivos de segurança, apesar de os documentos serem confidenciais, o hospital tem que manter o que houve arquivado, mas asseguraram ao meu advogado que era tudo confidencial e que ninguém teria acesso àquilo. Richie não é ninguém — ele é a merda do Chefe de Cirurgia e está na porra do conselho do hospital. Deve ter pedido para que alguém lhe enviasse os documentos. Imagino que o paciente teria que concordar com isso, mas não significa que o Richie não tenha dado um jeito — ilegalmente — de contornar esse problema.

— Você sabe que eu poderia arrancar de você a sua preciosa licença médica, né? — comento. — Tenho dinheiro e recursos para garantir que você nunca mais exerça a medicina.

Harper arfa.

— Então ele está mentindo? Você nunca transou com a Melissa e, depois, a matou?

Que caralhos ela acabou de dizer?

— É claro que não, eu não transei com a Melissa. — Encaro Richie. — Foi isso o que você disse para ela?

— Landon, preciso que você me explique tudo, por favor — implora Harper. Então, ela olha para o Richie. — Você precisa ir embora para que eu possa falar com ele.

— Até parece! Não vou te deixar sozinha com um assassino. Sei o que li. Landon está mentindo e, assim que eu for embora, ele vai mentir para você.

— Da próxima vez que for fuçar em documentos confidenciais, leia os fatos direito — digo a ele. Preferiria contar tudo a Harper sozinho, mas foda-se.

Agarrando Harper pelas mãos, levo-a até o sofá, para que possamos nos sentar. Está pálida, e estou preocupado com ela.

— Quando você me disse que estava grávida e prestes a se casar, soube que havia perdido você. Que eu havia perdido a gente. Cheguei tarde demais, e isso simplesmente acabou comigo. Fui até o bar mais próximo para ficar bêbado e, por um tempo, me esquecer de que você não era mais minha. Eu estava sentado no bar e tinha acabado de virar a primeira dose quando a Melissa se aproximou de mim.

Treze anos antes...

— Então, julgando pela sua expressão e pelo copo vazio, deve ter falado com a Harper. — Ela sorri, como a vadia peçonhenta que é, e eu a ignoro, virando a segunda dose.

— Que porra você quer? — pergunto, não confirmando, nem negando. Malditas cidades pequenas.

— Nada. — Ela dá de ombros e se empoleira no banquinho ao meu lado. — Só queria ver como você está lidando com as notícias.

— Que notícias? — finjo ignorância.

— Ah, fala sério. — Ela bufa. — Você voltou pra cidade e está sentado em um bar, tentando ficar bêbado. Só há uma razão para você estar fazendo isso. Você foi visitar a sua querida Harper e descobriu que ela está grávida e prestes a se casar com o Richie.

— Estou pouco me lixando para o que a Harper faz ou deixa de fazer.

— É, sei. Continue mentindo pra si mesmo.

Ergo dois dedos para chamar a atenção do garçom e, quando ele me olha, aponto para o copo vazio. Ele assente uma vez, indicando que entendeu. Meu celular vibra no bolso e, quando o pego, vejo que é meu irmão. Clico em recusar a chamada, mas, imediatamente, o aparelho volta a tocar.

— Ei, cara, agora não é uma boa hora.

— Nosso pai foi internado.

— O quê? — Levanto-me, pois preciso ir a algum lugar silencioso, onde posso escutá-lo melhor.

— Ele desmaiou mais cedo, e a vizinha o encontrou no chão. Ela chamou a ambulância, e o levaram para o hospital. Ele teve um derrame leve.

— Caralho!

— O médico acha que ele vai ficar bem, mas vão mantê-lo em observação por alguns dias.

— Ele precisa de algo? De um quarto privativo?

— Não, ele está bem, por ora. Só queria te avisar.

— Estou a caminho.

— Ele não pode mais receber visitas hoje. Eu teria te ligado antes, mas não

tinha sinal no hospital. Você pode vê-lo amanhã cedo, às oito. — Odeio estar tão longe, mas, ao mesmo tempo, sinto-me grato pelo meu pai ter se mudado para Providence depois que me graduei, assim, ficou mais perto de Brian, que começou a lecionar na cidade depois de se formar, no começo de dezembro. Como estou viajando por conta do beisebol, odiaria se meu pai tivesse que ficar sozinho.

— Vou chegar a tempo.

Desligamos, e volto ao bar. Outra dose me espera, então pego-a e bebo. Não quero mais nada além de beber e beber, mas preciso estar sóbrio pela manhã para dirigir até Providence e visitar meu pai. É apenas uma hora de viagem, mas vai ser um saco se eu estiver de ressaca. A última coisa que quero é que ele me veja assim.

— Tudo bem? — pergunta Melissa, lembrando-me de que ela ainda está ali.

— O que raios você ainda está fazendo aqui?

— Eu te disse. Queria ver se você está bem. — Ela repousa a mão na minha coxa e a aperta.

— Não me toque — digo a ela, retirando sua mão do meu corpo.

— Ah, vamos, Landon — ronrona Melissa. — Me deixa te ajudar a esquecer a Harper.

— Ela não é, tipo, sua melhor amiga? — Porra, pelo que lembro, Harper era sua única amiga. Ninguém, exceto a Harper, aguentava ficar perto da Melissa por tempo o bastante para que fosse mais do que um conhecido seu.

Melissa dá de ombros.

— Agora, ela tem o Richie. Estou tentando te ajudar.

— Ei, Landon — grita alguém. Olho por sobre o ombro e vejo Cohen, meu velho colega de time e amigo do ensino médio, parado ao lado da mesa de sinuca.

— E aí? — digo, caminhando até ele, na esperança de que a Melissa entenda o recado e vá embora.

— Só de boa, cara, relaxando dos estudos. — Trocamos um soquinho e um abraço lateral.

— Legal.

— Fiquei sabendo que você foi para a Liga Principal — diz ele. — Parabéns.

— Valeu.

— Então, o que te trouxe de volta pra cidade?

A imagem de Harper parada na porta de sua casa, segurando a pequena, mas visível, barriga de grávida, com o anel de noivado cintilando sob a luz, surge na minha mente.

— Nada. — Balanço a cabeça. — Estou de passagem.

— Quer jogar sinuca?

— Claro.

Enquanto jogamos uma partida de Bola 8, Melissa continua por perto, flertando comigo e com o Cohen. Em um primeiro momento, ignoro-a, mas, quanto mais ela se esfrega em mim, mais me pego querendo-a — precisando dela para me ajudar a fugir, a esquecer a Harper e o fato de que todo o nosso futuro foi destruído. Quando Cohen encaçapa a bola certa e diz que já deu para ele, nos despedimos, e ficamos apenas Melissa e eu.

— Como você está? — ronrona ela, no meu ouvido. Meu corpo se arrepia ao ouvi-la. Não gosto dessa garota, mal consigo suportá-la, mas, por alguma razão louca pra caralho, me vejo empurrando-a contra a parede e deslizando os lábios pela lateral do seu pescoço. — Que tal irmos para um lugar privado? — sugere Melissa, e eu concordo.

Ela agarra minha mão e vamos ao estacionamento.

— Sua casa — diz ela, quando chegamos ao meu carro.

Enfio a chave na fechadura, e as portas são destrancadas. Enquanto me arrumo no assento, uma sensação estranha me domina. Só tomei três doses há mais de uma hora, então sei que não estou bêbado...

Antes que eu possa repensar a situação, Melissa se inclina e puxa meu rosto para perto do dela, beijando-me com força. Seus lábios são mais duros do que os de Harper — menos carnudos —, e seu beijo é mais descuidado. Sinto uma pontada no peito. Tudo o que quero é a Harper.

— Pare — ordeno contra a boca de Melissa.

— O quê? — pergunta ela, confusa.

— Não posso fazer isso. — Balanço a cabeça, e ela bufa.

— Por que não? Não é como se a Harper estivesse te esperando, ela seguiu em frente.

— É, mas... ainda assim, não posso fazer isso.

— Landon — choraminga ela —, não seja chato. — Seus dedos roçam meu pau sobre a calça, e agarro sua mão, impedindo-a.

— Eu disse não.

— Que seja — ela resmunga. — Pode, pelo menos, me levar pra casa?

— Sim. — Ligo o motor e saio do estacionamento, entrando na Rua Principal. Melissa mora a apenas alguns quilômetros dali, então a deixarei em casa dentro de minutos.

Paro no sinal vermelho e, enquanto espero a luz mudar, ela tenta me fazer mudar de ideia, mas sigo com a minha resposta: não.

A luz fica verde, e acelero. Não vejo o caminhão vindo (mais tarde, descobrirei que ele fez uma manobra ilegal na mesma hora que tentei trocar de pista). Nossos veículos se chocam e, porque Melissa não está usando o cinto de segurança, ela voa pela janela. A polícia e as ambulâncias são chamadas, e todo mundo é levado ao hospital. Melissa morre no caminho; eu sobrevivo. Faço o teste do bafômetro, e estou logo abaixo do limite legal, então não podem me imputar nenhum crime.

Até fazerem o exame de sangue, em que descobrem traços de metanfetamina no meu corpo — também conhecida como cristal —, encontrada em uma droga chamada Molly.

Sou acusado de homicídio culposo no trânsito. Insisto que não usei nenhuma droga e chamo um advogado. Felizmente, Henry Burger, um dos melhores advogados que meu dinheiro conseguiu contratar, insiste que o bar entregue as imagens de segurança, e logo descobrimos que, enquanto eu estava no celular, minha dose foi servida e, então, Melissa adicionou uma pílula ao copo.

Eu sabia que não estava me sentindo bem. Sabia que havia algo errado. Eu nunca deveria ter pegado no volante. Sabia que não tinha bebido o suficiente para estar bêbado, mas também sabia que algo não estava certo. Melissa está morta e, apesar de terem retirado as acusações, vou ter que viver com isso pelo resto da minha vida.

Como estou enrolado com as acusações e tentando limpar meu nome, não consigo visitar meu pai. Ele tem outro derrame inesperado. Desta vez, não conseguem salvá-lo. Ele morre, e eu nem tenho a chance de me despedir.

Uma decisão.

Uma escolha.

É o necessário para mudar a sua vida.

— Ah, meu Deus! — Harper leva a mão à boca. Lágrimas escorrem pelas suas bochechas. — Como nunca fiquei sabendo que tudo isso aconteceu?

— Os pais da Melissa ficaram envergonhados pelo que ela fez. Não quiseram que suas atitudes manchassem a reputação da família, então pediram para que os documentos se tornassem confidenciais. Ela ainda não tinha dezoito anos, então puderam fazer isso. Eu poderia processá-la, para que a culpa dela ficasse registrada, mas eu estava no início da carreira no beisebol, e meu advogado achou melhor esquecermos tudo, para que minha reputação não ficasse manchada antes mesmo de eu começar. Assinamos um contrato, concordando em manter segredo quanto aos detalhes sobre a morte da Melissa. As únicas pessoas que têm acesso aos documentos são alguns funcionários do hospital.

Encaro Richie, que me fita, parecendo que engoliu algo azedo.

— Acho que o Richie, abusando da sua posição, pediu que alguém enviasse os documentos para ele.

— Dizem que encontraram sêmen nela — ele me desafia.

— É verdade, e as imagens de segurança mostram que ela transou com um cara nos fundos do bar minutos antes de eu chegar. Tinham acabado de voltar para dentro e, assim que ela me viu, o largou.

— Richard, você tem que ir embora — inicia Harper, levantando-se. — O que você fez foi errado de tantas maneiras... Entenderia se você realmente pensasse que o Landon era uma ameaça e se estivesse fazendo isso para proteger a mim e as crianças, mas sabemos que esse não é o caso. — Ela cruza os braços sobre o peito. — Só vou dizer isso uma vez: terminamos. Nunca voltaremos a ficar juntos. Sugiro que pegue toda essa energia que está usando para tentar destruir o Landon e voltar comigo e use-a para salvar seu relacionamento com os seus filhos, antes que seja tarde demais.

Ela caminha até a porta e a abre.

— Adeus, Richard.

Posso notar que ele quer discutir, mas, antes que fale algo, digo:

— E não se preocupe com seu trabalho. Apesar de que eu amaria te foder, não farei isso com a Harper e os seus filhos. Mas, daqui em diante, sugiro que cuide da sua vida.

Richie marcha pela porta, e Harper a bate com tudo, deixando-nos sozinhos. Quando ela se vira, fala:

— Sinto muito.

— Você não tem que se sentir culpada. — Eu nunca a responsabilizaria pelas merdas de Richie.

— Na verdade, tenho — diz ela, aproximando-se de mim e segurando minhas mãos. — Eu te afastei ontem.

— Não tem problema, Harp. — Inclino-me e beijo sua linda boca. — Mas, da próxima vez, não procure o Richie. Te ver nos braços dele foi horrível.

— Não, eu não fiz isso. Eu nunca faria isso. — Ela balança a cabeça. — Quando ele chegou e me contou sobre a Melissa, surtei e fiquei tonta. Desmaiei, e ele me segurou. Eu só estava no colo dele porque ele me acomodou ali enquanto eu estava apagada. Você chegou bem quando eu estava pedindo a ele que me soltasse.

Respiro, aliviado.

— Que bom. — Puxo-a para os meus braços. — Seu lugar é aqui, comigo.

— Landon, tem algo de que você precisa saber...

Quero perguntar se ela está se referindo à gravidez, mas não digo nada, deixando-a liderar a conversa.

Ela me puxa, e nos sentamos no sofá.

— Você não foi a única pessoa que a Melissa drogou. — Harper franze a testa. — Quando dormi com o Richard, ela tinha me dado metade de uma pílula. Disse que só tinha feito isso para que eu "me soltasse". Nas semanas antes da festa, eu estava com muita saudade de você e fiquei chorando e me lamentando por todo lado. Ela disse que queria me ver mais feliz. Quando dormi com ele, não estava totalmente sóbria.

— Jesus, Harp. — Puxo-a para o meu colo. — Desculpa, querida. — Aconchego o rosto em seu pescoço.

— Estou tão grata por termos nos reencontrado. Eu te amo, Landon.

Não planejei fazer isso agora, mas, de repente, me vejo erguendo a Harper e acomodando-a no sofá. Agacho-me e me apoio sobre um joelho. Então, enfio a mão no bolso. Estive carregando este anel por toda parte, esperando o momento certo para pedi-la em casamento. Apesar de que, provavelmente, esse não seja o jeito mais romântico de fazer isso, irei compensá-la no futuro.

Agora, preciso fazer com que a Harper seja minha.

Quando tiro o anel do bolso, os olhos dela se iluminam, animados e chocados.

— Landon.

— Harper, há treze anos, depois que você conquistou o meu coração e a minha alma, se tornando minha melhor amiga, perguntei se você queria ser a minha namorada, e você disse sim. Você foi a minha primeira e única namorada. Você foi a primeira e única pessoa com quem fiz amor. Você foi a primeira e única mulher a quem eu disse "eu te amo".

Lágrimas inundam seus olhos, e eu ergo a mão para enxugá-las.

— O destino foi um babaca no passado e tirou você de mim, mas não posso odiá-lo, porque, doze anos depois, ele não apenas me deu duas crianças incríveis, mas nos uniu outra vez.

Harper assente, e as lágrimas escorrem livremente.

— Você foi a minha primeira e única em tudo e, agora, te peço mais uma chance. Harper Peters, você aceita se casar comigo e ser a minha primeira e única esposa?

— Sim! — Ela se joga nos meus braços. — Sim, eu aceito. — Então, sussurra a segunda melhor notícia de todas, depois de ter aceitado ser minha esposa: — Você vai ter outra coisa pela primeira vez. Estou grávida, Landon.

Harper se afasta e mordisca o lábio inferior, esperando minha reação, e percebo que foi por isso que me afastou ontem. Estava com medo de me contar que está grávida.

— Você sabe que acabou de me transformar no homem mais feliz do mundo, né? — Envolvo seu rosto com as mãos e a beijo.

— Tudo bem para você? — pergunta, a voz falhando um pouco. — Eu estava tomando o contraceptivo, mas atrasei a consulta e, depois, tive que remarcar...

— Ei — digo, cobrindo a boca dela com dois dedos. — Por mim, está tudo perfeito. É o destino nos ajudando outra vez. — Lanço uma piscadela a ela, e Harper suspira. Seus ombros caem, aliviados. — Você teve medo de eu ficar chateado?

Ela morde o lábio inferior por vários segundos.

— Estava com medo de que você fosse se sentir encurralado, como eu me senti quando engravidei pela primeira vez. Odiei o fato de que minhas escolhas foram tomadas de mim. Não queria que se sentisse assim... Você confiou em mim quanto ao anticoncepcional...

— Harper. — Puxo-a para o meu colo, no chão. — Eu te amo. Você engravidar não significa que fui encurralado. É uma linda bênção.

Ela assente.

— Odeio o fato de que você me deu muito mais das suas "primeiras vezes" do que eu te dei.

Segurando sua mão esquerda, coloco em seu dedo o anel de noivado.

— Isso não importa, Harper, porque você está me dando todas as suas últimas experiências.

Com olhos cheios d'água, Harper observa o anel.

— Esse é...

— O anel que você mostrou a Ella na revista de joias — termino a frase. — Sim, ela e o Hunter foram comigo buscá-lo, enquanto você estava viajando. Ela rasgou a página e me disse que você tinha amado.

— É tão lindo. Não acredito que você o comprou.

— Uma bela mulher merece um belo anel.

Ficamos em silêncio por um tempo, e me pergunto se devo contar a ela que já sabia sobre a gravidez. Não disse nada antes, porque temi que a Harper pensasse que o pedido de casamento fosse por causa da gravidez, mas, agora, ela sabe que comprei o anel antes mesmo de descobrir a verdade. Opto pela honestidade, pois não quero começar nosso noivado com uma mentira.

— Preciso te dizer algo.

— O quê? — pergunta ela, ansiosa.

— Eu vi as vitaminas ontem.

Harper arregala os olhos.

— Você sabia que eu estava grávida?

— Eu suspeitava.

Ela olha para o anel.

— Mas você comprou isso enquanto eu estava no spa.

— Sim. Eu tinha planejado te pedir em casamento junto com as crianças. Elas ficaram chateadas por não fazerem parte dos noivados e dos casamentos do Richie, então queria incluí-las. Ou seja... — seguro seu dedo e tiro o anel — ... vamos ter de fazer isso de novo com a Ella e o Hunter.

Harper bufa e ri.

— É sério?

— Muito sério. A Ella deixou claro que quer usar um vestido rosa do mesmo tom do seu diamante. De jeito nenhum vou decepcioná-la. Ela vai me matar com aqueles olhinhos de cachorrinho pidão, junto com a testa franzida, e não serei forte o bastante para aguentar. Então, sim, depois que buscarmos as crianças, faremos isso de novo, e você vai ter que parecer surpresa.

— Que homem maravilhoso — diz Harper, me beijando. — Você vai ser um pai e um padrasto incrível. — Ela sorri para mim. — Por anos, pensei que estava destinada a ter uma vida sem amor, afeição ou emoção. Claro, meus filhos me amam, e eu os amo mais do que qualquer outra coisa no mundo, mas é diferente. Costumava fechar os olhos e me lembrar de como me sentia quando você me abraçava e fazia amor comigo. Honestamente, pensei que nunca mais encontraria o que tivemos. Eu tinha desistido...

— Por isso somos perfeitos um para o outro — falo, sorrindo. — Tem uma razão para me nomearem O Melhor Jogador... — Mexo as sobrancelhas, brincando. — Bem quando você acha que não há mais esperança, eu apareço e mudo o jogo. Nunca desista, querida. Não de mim, não da gente. Vou sempre ser o seu Melhor Jogador.

EPÍLOGO

Landon

Cinco anos depois

Os lábios suaves e gentis de Harper espalham beijos por todo o meu maxilar com barba por fazer. Ela desce pelo pescoço e cruza minha clavícula, enquanto suas mãos percorrem meu peito e abdome antes de mergulharem na minha cueca. Harper encontra o pau meio duro e envolve seus dedos perfeitos ao redor da extensão. Ao mesmo tempo que o afaga de cima a baixo, usa a outra mão para abaixar minha cueca.

— Sei que você está acordado — sussurra Harper no meu ouvido. — Seu pau estremeceu, e suas pálpebras estão se mexendo.

Rio do que ela diz, pois tem razão. Há alguns minutos, eu *estava* dormindo. Mas, então, minha esposa muitíssimo grávida e excitada começou a me tocar, e fui acordado do descanso — que jeito perfeito de acordar.

Desfrutando do seu toque, meus olhos continuam fechados, enquanto a sinto se mover na cama e abrir minhas pernas um pouco, para que possa se ajoelhar entre elas. Sua língua molhada desliza e sobe pelo meu pau, começando na base e parando na cabeça. Ela remexe a língua ao redor do topo antes da sua boca me tomar por completo.

— Porra — gemo.

Ela cobre minha boca com a mão.

— Shh... Se te ouvirem, vão saber que você está acordado.

Rio baixinho, depois coloco a língua para fora e lambo seus dedos molhados. Ela gargalha, então volta a estimular meu pau com a boca e as mãos. Acariciando, lambendo e chupando, Harper me excita até eu estar prestes a explodir.

— Nada disso — diz ela, afastando a boca e as mãos do meu corpo. Abro os olhos com tudo, irritado pra caralho por ela ter me roubado o prazer. Seus olhos brilham com malícia e desejo. Ela sobe no meu corpo e me guia para dentro. Quanto mais fundo me recebe em sua boceta apertada, mais alto ela geme. Harper revira um pouco os olhos, e suas mãos encontram seu lugar no meu peito, enquanto ela se acomoda. A posição preferida de Harper durante essa gravidez tem sido por cima, mas, quanto mais sua barriga cresce com nosso filho, mais fica difícil para ela achar uma posição confortável.

Olho para sua barriga protuberante e, por um momento, pergunto-me quantas outras vezes conseguirei convencê-la a engravidar. Faz cinco anos desde que Harper descobriu que estava grávida do nosso filho Noah. Desde então, consegui convencê-la a engravidar mais duas vezes. Noah tem quatro anos, e Brady, dois. Esse carinha na barriga dela deve nascer nas próximas semanas. Harper jura que será a última vez — ao que parece, cinco crianças é o bastante — e até ameaçou fazer uma laqueadura tubária.

— Não me olhe assim — fala, encarando-me. — Quando esse bebê sair de mim, acabou.

Faço um biquinho, e ela balança a cabeça.

— É sério, Landon Maxwell. — Suas unhas afundam no meu peito, enquanto ela sobe e desce pelo meu pau. — Não estamos tentando criar nosso próprio time de beisebol.

Agarro seu quadril. Ergo um pouco a cabeça e envolvo seu mamilo arrebitado com a boca, chupando-o. Solto-o e dou a mesma atenção ao outro. Harper geme.

— Landon... — Suspira. — Estou quase lá.

Solto seu mamilo, para que eu possa vê-la rebolar de um lado ao outro, de cima a baixo, em busca do orgasmo. Quando Harper joga a cabeça para trás e seus olhos voltam a se fechar, sei que o encontrou. Não tem nada mais lindo nesse mundo do que observar minha esposa nua, grávida e maravilhosa gozar no meu pau. Sabendo que ela encontrou o alívio, permito-me gozar também.

Harper abre os olhos, só um pouquinho, e me dá um sorriso sensual e satisfeito. Seu cabelo está despenteado, e as bochechas, coradas. Sei, sem qualquer sombra de dúvida, que sou o cara mais sortudo do mundo.

— Foi muito bom — diz ela, ofegante. — Obrigada.

Bufo, rindo, enquanto ela sai de mim e desce da cama.

— De nada! — grito, vendo-a rebolar em direção ao banheiro. Ela ri, fechando a porta.

Olho para o celular e vejo que ainda são cinco da manhã. Caralho, que mulher safada. Provavelmente, eu deveria voltar a dormir, já que Noah e Brady ainda estão na cama. Mas, agora que acordei, sei que isso não vai rolar — ainda mais hoje: o dia do recrutamento da Liga Principal de beisebol.

Depois de me juntar a Harper no banho, onde ela insiste que transemos de novo, nos vestimos para o dia. A casa ainda está silenciosa. Harper ama acordar cedo, para que tomemos o café da manhã juntos enquanto conversamos em paz. Isso se tornou parte da nossa rotina, que eu amo. Conversamos sobre tudo e nada, desfrutando da presença um do outro, antes de as crianças se levantarem e a casa se transformar em um zoológico.

— Não acredito que esse dia chegou — diz Harper, com lágrimas nos olhos ao tomar um gole de café. — Parece que foi ontem que o segurei nos braços, rezando para que eu soubesse o que fazer. — Suas lágrimas escorrem pela bochecha. Eu me inclino e as enxugo. — Eu era um bebê que teve um bebê. — Ela acaricia a barriga, sem se dar conta. — Agora, ele vai se formar no ensino médio e está prestes a ser recrutado para a Liga Principal. Não sei o que vou fazer quando ele sair de casa.

Suas lágrimas viram soluços, e mordo a boca para segurar o riso. Essa não é a primeira, segunda, nem décima quinta vez que ela chora pelo fato de Hunter estar se formando e saindo do ninho. Cometi o erro de rir dela na primeira vez. Nunca farei isso de novo. Houve gritos, berros e portas batendo, e fiquei no sofá por metade de uma noite — sim, metade, porque, lá pelas duas da manhã, ela veio me procurar para transarmos e me deixou voltar para a cama. Viu? Mulher. Safada. Pra. Caralho.

— Mãe, você tá chorando de novo? — pergunta Hunter, esfregando os olhos e coçando a cabeça.

— Não consigo me segurar — choraminga Harper. — Você vai se mudar e me deixar. Nunca mais vou te ver.

Hunter quase ri, mas, assim como eu, suga o lábio inferior, impedindo que o riso saia. Ele sabe qual seria a consequência. Não é burro de cometer o mesmo erro que eu.

Indo até a mãe, ele a envolve em um abraço e beija sua testa.

— Não vou a lugar nenhum, mãe.

— Vai, sim. — Ela assente, ainda soluçando. — Você já sabe que vai ser recrutado.

O agente de Hunter já disse que tem quase certeza de que o garoto vai ser recrutado na primeira rodada.

— Eu volto nos feriados e quando não estivermos no meio de uma temporada.

— Eu sei. Mas vou sentir saudade.

— Mãe, por que você está chorando? — Ella junta-se a nós na cozinha. Ela pega uma xícara de café e se senta à mesa.

— Porque o seu irmão vai embora — explico, atualizando-a.

Ella ri, e Harper a encara, fazendo-a fechar a boca de uma vez por todas.

— Quando vamos sair? — indaga Ella, olhando para o celular.

— Lá pelas quatro horas — digo. — Pediram para chegarmos antes, assim a equipe de filmagem pode se organizar melhor.

— Posso ir à casa do Greg um pouquinho e encontrar vocês depois? — Tecnicamente, Ella está perguntando a nós dois, pois sabe que a mãe e eu sempre tomamos as decisões juntos, mas evita o contato visual comigo, temendo o que direi.

Quando descobri que minha filha de quinze anos estava namorando *Greg,* um jogador de futebol americano de dezessete anos que tinha um Camaro, quase perdi o controle. Hunter e Ella até podiam não ser meus filhos biológicos, mas, desde o início, somos próximos. Hunter e eu nos conectamos por conta do beisebol, óbvio, mas Ella... Nossa relação é especial.

Harper sempre me diz que mimo a Ella demais, mas não posso evitar. Primeiro, ela é a única garota em uma casa cheia de meninos loucos e indisciplinados. Segundo, ela aperfeiçoou os olhos de cachorrinho pidão. Tudo o que ela precisa fazer é me olhar desse jeito e me chamar de pai. Sim, isso mesmo, ela me chama de pai.

Há cinco anos, quando o merdinha do seu pai decidiu aceitar um emprego a mais de três horas de distância, escolhendo a carreira em detrimento dos filhos, Ella ficou de coração partido. Enquanto Hunter diz tudo o que passa em sua cabeça, a irmã é tímida e não fala muito. Quando se chateia, fica magoada em silêncio. A partida do pai a magoou. Ela não entendia o que tinha feito de errado, nem por que ele apenas os veria em alguns feriados e por algumas semanas no verão.

Odeio o fato de Richie tê-los deixado, mas quem saiu ganhando fui eu.

Em sua ausência, meu relacionamento com o Hunter e a Ella apenas melhorou e, quando percebi, os dois começaram a me chamar de pai por conta própria. Nunca fiquei tão honrado na minha vida. Levo esse título a sério, o que me faz voltar ao ponto: Ella querer andar em um Camaro com o namorado, Greg.

— Não — nego, antes que Harper se pronuncie. Ella me encara, Hunter ri, e Harper chora ainda mais.

— Meu garotinho vai se mudar, e minha garotinha está namorando sério. — Harper soluça.

— "Sério"? — rosno. — O que você quer dizer com "sério"? — Até parece.

— Pai, por favor — suplica Ella, lançando-me aquela porcaria de olhar de cachorrinho pidão.

— Não, pode parar com isso. — Cubro os olhos, e Hunter gargalha. — Hoje é um dia apenas para a família. Seu irmão vai ser recrutado.

— E você disse que o Greg poderia participar da celebração — afirma Ella.

Porra! A gente disse isso mesmo.

— Tudo bem, você pode sair com ele... mas o seu irmão vai junto.

— É claro que não. — Hunter bufa. — Meus dias de babá acabaram. — Ele cruza os braços sobre o peito. — Estou prestes a me tornar um jogador de beisebol da Liga Principal.

— Não me importo com isso, você ainda é irmão dela.

— Landon... — começa Harper. — A gente já conversou sobre isso.

Levanto-me, irritado pra caralho. *A gente* não conversou sobre merda nenhuma. Harper me disse que a Ella está crescendo, e que teremos que deixá-la ser mais livre. Foda-se. Essa. Merda.

— Que seja — resmungo. — Vou ver se o Brady e o Noah já acordaram.

— Não ouse acordá-los — sibila Harper.

Marcho escada acima. Quando Harper descobriu que estava grávida de Brady, tomamos a decisão de comprar uma casa maior, para que as crianças mais velhas não tivessem que dividir os quartos com as mais novas. Depois de procurarmos um lugar por meses, encontramos a casa perfeita no mesmo bairro de Simon e Bridget, que, atualmente, também estão esperando o quinto filho.

— Pai, espera — pede ela, correndo escada acima, atrás de mim. — Você não está bravo de verdade comigo, está?

Meu coração fica apertado ao ouvir a pergunta.

— Não, El. Não estou bravo com você — digo, abrindo um sorriso a ela. — Não gosto da ideia de que a minha garotinha está crescendo. Em um dia, você tem nove anos e me pede para construir uma trave de equilíbrio. No outro, você tem quinze e me pede para sair com um garoto. Acho que a sua mãe não é a única pessoa sentimental nesta casa.

Ella sorri.

— Vou sempre ser a sua garotinha — promete ela, envolvendo minha cintura com os braços. — Quero muito que você dê uma chance ao Greg. — Ela me olha. — Significaria muito pra mim se você gostasse dele. Que garota não quer a aprovação do pai?

Caralho, sabe o que eu estava dizendo? Não tenho sequer uma chance. Há uma razão pela qual Deus nos deu apenas uma garota. Eu não aguentaria ter que lidar com mais de uma filha.

— Vou tentar.

— Obrigada. Então posso sair com ele hoje?

— Vou conversar com a sua mãe e te falo.

— Certo, obrigada — diz ela. Então, vai para o quarto.

Logo antes de eu entrar no quarto dos meninos, Hunter me chama, e paro no meio do caminho.

— Podemos conversar rapidinho? — pergunta ele, parecendo nervoso.

— É claro, o que houve? — Caminhamos pelo corredor até a sala de estar, que também é a sala de jogos das crianças.

— Queria conversar com você, antes de tudo ficar uma loucura mais tarde, com o recrutamento. — Ele morde o lábio inferior, e seus olhos se enchem de lágrimas não derramadas. — O Richard me disse que não vai conseguir vir hoje. A nova esposa dele terá um filho mês que vem. Ela não quer viajar.

— Sinto muito, Hunter. — Se eu achasse, sequer por um segundo, que a Harper ou eu pudesse dizer algo ao Richie que o faria mudar de ideia, eu tentaria, pelo Hunter, mas aprendi, ao longo dos anos, que o Richie só se importa consigo mesmo. Desde que continue depositando a pensão das crianças, acha que está sendo um bom pai. No dia em que eu e Harper nos casamos, ela pôs um fim na parte alimentar da pensão. Não havia razão para o ex-marido continuar pagando pela comida, já que Harper tem a mim. Saber que ele não exercia mais controle algum sobre ela o deixou louco.

— Não tem problema. Não estava esperando que ele fosse aparecer. — Ele dá de ombros, com uma expressão que não consigo decifrar. — Enfim, queria te agradecer por ter estado presente nos últimos anos, por ter cuidado da minha mãe, da Ella e de mim, e por ser um bom pai para o Brady e o Noah.

— Você não precisa me agradecer, filho — falo, olhando-o nos olhos. — É meu trabalho.

— Não, não é. É sua escolha. Ninguém tem que estar presente pra ninguém, mas você escolheu estar. Quero que saiba que isso significa muito pra mim. — Hunter fica em silêncio por alguns segundos, então diz: — Eu também... Humm... Queria... — Ele pigarreia. — Eu queria te perguntar uma coisa.

— O quê? — Estou curioso sobre o que Hunter tem a dizer que o está deixando nervoso. Ao longo dos anos, seu hábito de gaguejar quando teme que será decepcionado diminuiu, mas, de vez em quando, ainda gagueja quando está nervoso.

— Mês que vem, quando eu fizer dezoito anos, eu estava pensando... — Ele respira fundo. — Quero ser um Maxwell, como você.

— Você quer trocar o seu sobrenome? — Engasgo-me, pois minhas emoções me dominam. Porra, estou prestes a me transformar na Harper e não posso nem mesmo culpar a gravidez.

— Sim, se não tiver problema pra você. Qualquer homem pode ter um filho, mas gostaria de ter o mesmo sobrenome do homem que escolheu ser o meu pai. Quando eu estiver no campo, jogando beisebol, quero que seja o seu sobrenome na parte de trás da minha camisa.

Levanto-me e caminho até Hunter. Ergo-o e lhe dou um abraço apertado.

— Adoraria que você tivesse meu nome. Eu te amo, Hunter. Compartilhando o mesmo sobrenome ou não, você sempre será o meu filho.

— Eu também te amo, pai.

Separamo-nos, e Hunter pede licença para ligar para o Brendan. Hunter não é o único sendo recrutado hoje. O Brendan também. Fizeram uma aposta quanto a quem será recrutado antes. Eu apostei no Hunter.

Volto ao quarto dos garotos para dar uma olhada neles. Tecnicamente, eles têm seu próprio quarto, mas, como têm apenas dois anos de diferença, são próximos e preferem dividir um cômodo. Os dois estão dormindo, ainda em suas camas, parecendo anjinhos — mas não passa de uma ilusão. Assim que abrirem os olhos, se transformarão em diabinhos. Ainda bem que são fofos pra caralho.

— Daqui a algumas semanas, vamos adicionar outro animalzinho ao zoológico — diz Harper, deslizando os braços ao meu redor, pela lateral. Sua barriga acerta meu quadril. — Está pronto?

— Com certeza. — Desço a mão até sua barriga e a acaricio, com a esperança de sentir o garotinho chutar. Depois que Harper teve o Noah, conversamos sobre a possibilidade de ela ficar em casa. Harper amava o trabalho de professora de Artes, mas não quis colocá-lo em uma creche. Também não quis contratar uma estranha para criá-lo. Então, ofereci me aposentar de verdade e ficar em casa. Ela riu, achando que eu estava brincando.

Quatro anos depois, ainda estou em casa com as crianças, enquanto Harper trabalha em uma escola particular lecionando Artes. Eu não mudaria nada. Esperei tempo demais para, finalmente, ter uma família com a Harper, e aproveitarei cada segundo até nosso último filho se mudar e eu implorar que minha esposa largue o emprego e viaje ao redor do mundo comigo.

FIM

AGRADECIMENTOS

Em primeiro lugar, quero agradecer aos meus filhos. Por serem meus maiores fãs. Por apoiarem meu amor pela escrita e minha necessidade de escrever. Por conversarem sobre o enredo comigo e por me ajudarem a aprovar cada frase. Eu não seria capaz de fazer isso sem vocês dois.

Muito obrigada a todos os envolvidos na transformação dessa história incrível em um livro. Obrigada por terem embarcado nessa jornada comigo! Ashley, Stacy, Brittany, Andrea, Lisa, Krysten e Tabitha, obrigada! Juliana, obrigada por mais uma capa deslumbrante e por deixar o miolo igualmente deslumbrante! Emily, obrigada por deixar este livro perfeito. Ena e Amanda, da Enticing Journey, obrigada por segurarem as pontas da minha vida.

Muito obrigada aos blogs, que continuaram apostando em mim. Há milhares de autores por aí, e significa muito para mim que vocês escolheram ler, resenhar e compartilhar meu trabalho.

Muito obrigada a Vi Keeland e Penelope Ward. Sem vocês duas, essa história — esse mundo — nem mesmo existiria.

Obrigada aos meus colegas do Clube da Luta! Vocês são meu refúgio, e obrigada por embarcarem nessa jornada comigo.

Por último, mas não menos importante, muito obrigada aos meus leitores, vocês são a razão pela qual continuo escrevendo livros. Obrigada!

Entre em nosso site e viaje no nosso mundo literário.
Lá você vai encontrar todos os nossos
títulos, autores, lançamentos e novidades.
Acesse www.editoracharme.com.br

Você pode adquirir os nossos livros na loja virtual:
loja.editoracharme.com.br

Além do site, você pode nos encontrar em nossas redes sociais.

https://www.facebook.com/editoracharme

https://twitter.com/editoracharme

http://instagram.com/editoracharme

@editoracharme